SCHERZ KRIMI

Von Agatha Christie sind erschienen:

Das Agatha Christie Lesebuch
Agatha Christie's Hercule Poirot
Sein Leben und seine Abenteuer
Agatha Christie's Miss Marple
Ihr Leben und ihre Abenteuer
Alibi
Alter schützt vor Scharfsinn nicht
Auch Pünktlichkeit kann töten
Auf doppelter Spur
Der ballspielende Hund
Bertrams Hotel
Die besten Crime-Stories
Der blaue Expreß
Blausäure
Das Böse unter der Sonne
oder Rätsel um Arlena
Die Büchse der Pandora
Der Dienstagabend-Club
Ein diplomatischer Zwischenfall
Dreizehn bei Tisch
Elefanten vergessen nicht
Die ersten Arbeiten des Herkules
Das Eulenhaus
Das fahle Pferd
Fata Morgana
Das fehlende Glied in der Kette
Ein gefährlicher Gegner
Das Geheimnis der Goldmine
Das Geheimnis der Schnallenschuhe
Das Geheimnis von Sittaford
Die großen Vier
Das Haus an der Düne
Hercule Poirots größte Trümpfe
Hercule Poirot schläft nie
Hercule Poirots Weihnachten
Karibische Affaire
Die Katze im Taubenschlag
Die Kleptomanin
Das krumme Haus
Kurz vor Mitternacht
Lauter reizende alte Damen
Der letzte Joker
Die letzten Arbeiten des Herkules
Der Mann im braunen Anzug
Die Mausefalle und andere Fallen
Die Memoiren des Grafen
Mit offenen Karten
Mörderblumen
Mördergarn
Die mörderische Teerunde
Die Mörder-Maschen
Mord auf dem Golfplatz
Mord im Orientexpreß
Mord im Pfarrhaus
Mord im Spiegel
oder Dummheit ist gefährlich
Mord in Mesopotamien
Mord nach Maß
Ein Mord wird angekündigt
Die Morde des Herrn ABC
Morphium
Nikotin
Poirot rechnet ab
Rächende Geister
Rotkäppchen und der böse Wolf
Ruhe unsanft
Die Schattenhand
Das Schicksal in Person
Schneewittchen-Party
Ein Schritt ins Leere
16 Uhr 50 ab Paddington
Der seltsame Mr. Quin
Sie kamen nach Bagdad
Das Sterben in Wychwood
Der Tod auf dem Nil
Tod in den Wolken
Der Tod wartet
Der Todeswirbel
Tödlicher Irrtum
oder Feuerprobe der Unschuld
Die Tote in der Bibliothek
Der Unfall und andere Fälle
Der unheimliche Weg
Das unvollendete Bildnis
Die vergeßliche Mörderin
Vier Frauen und ein Mord
Vorhang
Der Wachsblumenstrauß
Wiedersehen mit Mrs. Oliver
Zehn kleine Negerlein
Zeugin der Anklage

AGATHA CHRISTIE

Rendezvous mit einer Leiche

ROMAN

SCHERZ

Einzig berechtigte Übertragung aus dem Englischen
von Ursula Gail
Titel des Originals: »Appointment with Death«
Umschlaggestaltung: Adolf Bachmann
Umschlagbild: Auguste Renoir

27. Auflage 1998, ISBN 3-502-51657-X

Gesamtherstellung: Ebner Ulm

1

»Und du? Du denkst doch auch, daß sie am besten tot wäre!«
Die Worte schwebten hinaus in die ruhige Nacht, schienen einen Augenblick in der Luft zu hängen und verklangen dann in der Dunkelheit über dem Toten Meer.
Hercule Poirots Hand lag auf dem Fensterriegel. Unbeweglich blieb er eine Minue lang stehen. Dann runzelte er die Stirn und schloß energisch das Fenster, um sich gegen jegliche schädliche Nachtluft abzuschirmen. Hercule Poirot war dazu erzogen worden zu glauben, daß alle frische Luft am besten draußen blieb und besonders die Nachtluft gefährlich für die Gesundheit war.
Er zog die Vorhänge sorgfältig zu und schritt verständnisvoll lächelnd zum Bett.
»Du denkst doch auch, daß sie am besten tot wäre!«
Seltsame Worte, die da ein gewisser Hercule Poirot, von Beruf Privatdetektiv, an seinem ersten Abend in Jerusalem hörte.
»Wirklich, wo ich auch hinfahre, immer werde ich an Verbrechen erinnert«, murmelte er vor sich hin.
Er lächelte immer noch, weil ihm eine Geschichte eingefallen war, die er über den englischen Schriftsteller gehört hatte. Trollope reiste über den Atlantik und belauschte zwei Mitpassagiere, die sich über die letzte Folge eines seiner Romane unterhielten.
»Sehr gut«, erklärte der eine. »Aber er sollte jetzt diese langweilige alte Frau endlich umbringen.«
Mit einem breiten Grinsen mischte sich Trollope ein und sagte: »Gentlemen, ich bin Ihnen zu großem Dank verpflichtet. Ich werde sie sofort ermorden!«
Hercule Poirot überlegte, was der Grund für die Worte war, die er gerade gehört hatte. Vielleicht eine Unterhaltung über ein Theaterstück oder ein Buch.
Möglicherweise werden sie mir eines Tages wieder einfallen, dachte er, und dann haben sie eine viel unheilvollere Bedeutung.
Wie er sich jetzt erinnerte, hatte die Stimme seltsam nervös

und angespannt geklungen – ein Beben schwang in ihr mit, das große Erregung verriet. Eine Männerstimme, oder die eines Jungen...
Diese Stimme erkenne ich wieder, dachte Hercule Poirot, während er die Nachttischlampe ausmachte.

Die Ellbogen auf das Fensterbrett gestützt, die Köpfe dicht beieinander, sahen Raymond und Carol Boynton in die blaue, endlose Nacht hinaus. Nervös wiederholte Raymond noch einmal: »Du denkst doch auch, daß sie am besten tot wäre!«
Carol Boynton bewegte sich unruhig. »Es ist schrecklich...« sagte sie mit ihrer tiefen und rauhen Stimme.
»Auch nicht schrecklicher als unser jetziger Zustand!«
»Wahrscheinlich nicht...«
»So kann es nicht weitergehen!« rief Raymond heftig. »So nicht! Wir müssen etwas unternehmen... und eine andere Lösung gibt es nicht.«
»Und wenn wir einfach abhauen?« warf Carol ein. Aber sie merkte selbst, wie wenig überzeugend es klang.
»Das geht nicht.« Seine Stimme tönte hohl und hoffnungslos. »Du weißt genau, Carol, wie unmöglich es ist.«
Carol erschauerte. »Ja, Ray, ich weiß es – nur zu gut!«
Er lachte bitter auf. »Man könnte uns für verrückt halten – weil wir nicht imstande sind, einfach wegzugehen.«
»Vielleicht – vielleicht sind wir verrückt«, sagte Carol zögernd.
»Das möchte ich fast behaupten. Ja, wir sind verrückt – oder werden es zumindest bald sein... obwohl manche Leute sicherlich davon überzeugt wären, daß wir es schon sind. Da stehen wir hier und planen ruhig und kaltblütig, unsere eigene Mutter zu ermorden!«
»Sie ist nicht unsere Mutter!« rief Carol scharf.
»Ja, das stimmt.«
Sie schwiegen lange. Schließlich fragte Raymond sehr sachlich: »Du bist also meiner Meinung?«
»Ich glaube, sie muß sterben – ja«, antwortete Carol mit sicherer Stimme.
Dann brach es plötzlich aus ihr heraus. »Sie ist wahnsinnig...

ich bin überzeugt, sie ist wahnsinnig... wenn – wenn sie normal wäre, würde sie uns nicht so quälen. Seit Jahren sagen wir: ›So kann es nicht weitergehen!‹ Und es geht so weiter! Wir haben gesagt: ›Irgendwann wird sie sterben.‹ Aber – sie stirbt nicht. Ich glaube, sie stirbt nie, wenn wir nicht...«

»Wenn wir sie nicht töten«, ergänzte Raymond gelassen.

»Ja.« Carol ballte die Hände.

»Du begreifst doch, daß es einer von uns beiden tun muß«, fuhr ihr Bruder in kühlem, sachlichen Ton fort. Nur ein leichtes Zittern verriet seine große innere Anspannung. »Mit Lennox können wir wegen Nadine nicht rechnen. Und Jinny dürfen wir nicht in die Geschichte reinziehen.«

Carol überlief es kalt. »Die arme Jinny... ich habe solche Angst...«

»Ich weiß. Es wird immer schlimmer. Deshalb muß etwas geschehen, und zwar schnell – bevor sie völlig durchdreht.«

Carol straffte sich plötzlich und schob das wirre dunkelbraune Haar aus der Stirn.

»Raymond«, sagte sie. »Du glaubst doch nicht, daß wir schlecht sind, weil wir so etwas tun wollen?«

Er antwortete in dem gleichen gezwungenen sachlichen Ton wie vorhin. »Nein. Es ist eher so, als müßte man einen Hund umbringen, der die Tollwut hat. Weil er jemand schaden kann und man es verhindern will. Es ist für uns die einzige Lösung.«

»Trotzdem«, murmelte Carol, »trotzdem würde man uns auf den elektrischen Stuhl schicken... ich meine, wie sollen wir erklären, wie sie wirklich ist... es klänge zu phantastisch... in gewisser Weise sind wir ja selbst schuld.«

»Niemand wird etwas erfahren. Ich habe einen Plan. Ich habe es mir genau überlegt. Kein Mensch wird uns verdächtigen.«

Carol wandte den Kopf und sah ihn scharf an. »Du bist irgendwie verändert, Raymond. Irgend etwas ist passiert... Wieso bist du ausgerechnet jetzt darauf gekommen?«

»Warum glaubst du, daß mit mir was los ist?« Er wandte sich ab und starrte wieder in die Nacht hinaus.

»Weil es stimmt... Ist das Mädchen im Zug schuld daran, Raymond?«

»Nein, natürlich nicht. Warum auch? Ach, Carol, red keinen Unsinn! Sprechen wir lieber wieder von – von...«

»Von deinem Plan? Bist du sicher, daß er gut ist?«

»Ja, völlig. Natürlich müssen wir die richtige Gelegenheit abpassen. Und dann – wenn alles klappt – sind wir frei. Wir alle!«

»Frei?« Carol seufzte leise und blickte zu den Sternen hoch. Plötzlich wurde sie von einem Weinkrampf geschüttelt.

»Carol, was ist denn?«

»Die Nacht ist so schön...« schluchzte sie herzzerbrechend. »So schön und blau, und die Sterne blitzen. Wenn wir nur dazu gehören könnten... wenn wir so sein könnten wie andere Leute... und nicht so komisch... und verdreht und falsch.«

»Alles wird gut werden – alles – wenn sie tot ist.«

»Bist du sicher? Ist es nicht schon zu spät? Werden wir nicht immer anders sein als die andern?«

»Nein, nein, nein!«

»Ich weiß nicht...«

»Carol, wenn du bloß nicht immer...«

Sie stieß seinen tröstenden Arm weg. »Nein, ich bin auf deiner Seite. Ja, ganz bestimmt. Schon wegen der andern – vor allem wegen Jinny. Wir *müssen* Jinny retten!«

»Dann –« Raymond schwieg einen Augenblick. »Dann machen wir also weiter?«

»Ja.«

»Gut. Jetzt erzähle ich dir von meinem Plan...« Er neigte sich zu ihr.

2

Die junge Ärztin Sarah King stand im Schreibzimmer des Hotels »Solomon« in Jerusalem und blätterte in den Zeitungen und Zeitschriften auf dem Tisch. Ihre Stirn war gerunzelt, sie wirkte nachdenklich.

Der große Franzose mittleren Alters, der durch die Tür zur Halle das Zimmer betrat, beobachtete sie ein paar Sekunden, ehe er zur anderen Seite des langen Tisches ging. Als sich ihre Blicke trafen, lächelte ihm Sarah als Zeichen des Wiedererkennens freundlich zu. Sie erinnerte sich daran, wie der Mann ihr bei der Abfahrt von Kairo geholfen hatte. Weil kein Träger aufzutreiben gewesen war, hatte er einen ihrer Koffer getragen.

»Ihnen gefällt Jerusalem, nicht wahr?« fragte Dr. Gerard, nachdem sie sich begrüßt hatten.

»In mancher Beziehung ist es ziemlich schrecklich«, antwortete Sarah und fügte hinzu: »Was für eine seltsame Religion!«

Den Franzosen schien diese Bemerkung zu amüsieren.

»Ich weiß, was Sie meinen.« Sein Englisch war beinahe perfekt. »Alle nur erdenklichen Sekten, die sich zanken und befehden!«

»Und dazu die scheußlichen Dinge, die man gebaut hat«, ergänzte Sarah.

»Ja, das stimmt.«

Sarah seufzte. »Heute hat man mich irgendwo rausgeworfen, weil ich ein ärmelloses Kleid trug«, sagte sie traurig. »Offenbar gefallen Gott dem Allmächtigen meine Arme nicht, obwohl er sie geschaffen hat.«

Dr. Gerard lachte. »Ich wollte eben Kaffee bestellen«, sagte er dann. »Möchten Sie auch eine Tasse, Miss –«

»King ist meine Name. Sarah King.«

»Und ich heiße – erlauben Sie.« Er holte schwungvoll eine Visitenkarte aus der Tasche. Sarah nahm sie in Empfang. Ihre Augen weiteten sich vor ehrfürchtiger Freude.

»Sie sind Theodore Gerard? Oh! Mein Gott, wie ich mich freue, Sie kennenzulernen! Ich habe natürlich alle Ihre Bücher gelesen! Ihre Ansichten über Schizophrenie sind äußerst interessant.«

»Wieso natürlich?« Dr. Gerards Augenbrauen hoben sich fragend.

»Wissen Sie«, antwortete Sarah etwas scheu, »ich bin Ärztin. Ich habe gerade mein Examen gemacht.«

»Aha, ich verstehe.«

Dr. Gerard bestellte Kaffee, und sie setzten sich in eine Ecke der Halle. Der Franzose war weniger an Sarahs medizinischem Können interessiert als an ihrem schwarzen Haar, das ihr in weichen Wellen bis in den Nacken fiel, und an ihrem schöngeformten roten Mund. Die so offensichtliche Ehrfurcht, mit der sie ihn anblickte, amüsierte ihn.

»Bleiben Sie lange hier?« fragte er im Gesprächston.

»Ein paar Tage. Das ist alles. Dann möchte ich nach Petra fahren.«

»Ah! Ich habe mir auch schon überlegt, ob ich es besuchen soll, falls die Zeit reicht. Am Vierzehnten muß ich nämlich wieder in Paris sein.«

»Soviel ich weiß, braucht man eine Woche – zwei Tage Hinfahrt, zwei Tage Aufenthalt, zwei Tage zurück.«

»Ich werde morgen vormittag zum Reisebüro gehen und mal fragen, was man da machen kann.«

Eine Gruppe von Gästen betrat die Halle und setzte sich. Sarah beobachtete sie neugierig. »Die Leute, die eben hereingekommen sind«, sagte sie mit leiser Stimme, »haben Sie sie nicht auch im Zug bemerkt? Sie sind mit uns von Kairo hergekommen.«

Dr. Gerard drückte sich sein Monokel ins Auge und blickte ungeniert hinüber. »Amerikaner?« fragte er.

Sarah nickte.

»Ja. Eine amerikanische Familie – eine ziemlich ungewöhnliche, finde ich.«

»Eine ungewöhnliche Familie? In welcher Hinsicht?«

»Na, sehen Sie doch hin! Vor allem die alte Frau!«

Dr. Gerard gehorchte. Sein scharfer, beruflich geschulter Blick glitt rasch von einem Gesicht zum andern.

Als erstes musterte er einen großen, ziemlich schlaksigen Mann von ungefähr dreißig Jahren. Er hatte ein angenehmes, aber zu weiches Gesicht. Seine Bewegungen wirkten seltsam apathisch. Dann war da ein gutaussehendes junges Paar. Der Mann besaß ein beinahe griechisches Profil.
Mit dem stimmt auch was nicht, überlegte Dr. Gerard. Ja, ganz entschieden zu nervös. Das Mädchen war eindeutig seine Schwester, es bestand eine große Ähnlichkeit, und sie wirkte ebenfalls äußerst erregt. Noch ein junges Mädchen saß dort – mit rötlichblondem Haar, das ihren Kopf wie einen Heiligenschein umgab. Sie konnte ihre Hände nicht ruhig halten und zog und zerrte an einem Taschentuch in ihrem Schoß. Und da war noch eine Frau, jung, ruhig, dunkelhaarig, mit auffallend schöner weißer Haut und einem sanften Gesicht, das an eine Madonna von Luini erinnerte. Und das Zentrum der Gruppe – um Gottes willen, dachte Dr. Gerard entsetzt, wie es nur Franzosen über häßliche Frauen sein können. Was für eine gräßliche Person! Alt, aufgedunsen saß sie da, unbeweglich wie ein alter dicker Buddha. Eine fette Spinne in ihrem Netz.
»*La Maman* ist nicht besonders schön, was?« sagte er zu Sarah und zuckte die Achseln.
»Sie hat so etwas – so etwas Düsteres, finden Sie nicht auch?« fragte sie.
Dr. Gerard betrachtete sie wieder. Diesmal mit dem Auge des Arztes, nicht des Ästheten.
»Wassersucht – krankes Herz...« Es folgten noch ein oder zwei fachliche Bemerkungen.
»Ja, das auch.« Sarah interessierte die medizinische Seite nicht. »Aber sie benehmen sich der Alten gegenüber so seltsam, finden Sie nicht?«
»Wer sind die Leute eigentlich, wissen Sie das zufällig?«
»Sie heißen Boynton. Die Mutter, ein verheirateter Sohn, seine Frau, außerdem Raymond, der jüngere Sohn, und zwei jüngere Töchter.«
»*La famille Boynton* macht eine Weltreise.«
»Eine komische Art zu reisen. Sie sprechen mit niemand, mit

keinem Fremden. Und ohne die Erlaubnis der alten Frau unternimmt keiner etwas.«
»Sie ist der Typ der Stammesmutter«, sagte Dr. Gerard nachdenklich.
»Meiner Meinung nach ein richtiger Tyrann«, erklärte Sarah.
Dr. Gerard zuckte die Achseln und bemerkte, daß die amerikanischen Frauen eben die Welt beherrschten – das wisse doch jeder.
»Ja – nur ist es bei ihr mehr als das.« Sarah blieb hartnäckig. »Sie – sie hat sie völlig eingeschüchtert. Sie müssen alle nach ihrer Pfeife tanzen. Es ist richtig peinlich.«
»Zuviel Macht zu haben ist für Frauen nicht gut«, bestätigte Dr. Gerard, plötzlich ernst geworden. Er schüttelte den Kopf. »Eine Frau erliegt leicht der Versuchung, ihren Einfluß zu mißbrauchen.«
Er warf Sarah einen kurzen Seitenblick zu. Sie beobachtete die Familie – oder interessierte sie sich für jemand Bestimmten? Dr. Gerard lächelte verständnisinnig. Aha, so war das also!
»Sie haben sich mal mit ihnen unterhalten?« fragte er vorsichtig.
»Ja – zumindest mit einem von ihnen.«
»Mit dem jungen Mann – dem jüngeren Sohn?«
»Ja. Im Zug von Kantara. Er stand im Gang. Ich sprach ihn an.«
Sarahs Einstellung zum Leben war zuversichtlich und selbstbewußt. Die Mitmenschen interessierten sie. Sie kam ihnen freundlich, wenn auch etwas ungeduldig, entgegen.
»Wieso haben Sie ihn angesprochen?« fragte Dr. Gerard.
Sarah zog erstaunt die Brauen hoch. »Warum nicht? Ich spreche häufig mit den Leuten, wenn ich unterwegs bin. Ich bin neugierig auf die Menschen – wie sie leben, was sie denken und fühlen.«
»Sie legen sie unters Mikroskop. Darauf läuft es doch hinaus.«
»Vielleicht stimmt das«, gab Sarah zu.
»Und in diesem Fall – was hatten Sie für einen Eindruck?«
»Nun.« Sie zögerte. »Er war so seltsam... um mal damit anzufangen – er errötete bis unter die Haarwurzeln.«
»Ist das so ungewöhnlich?« fragte Dr. Gerard trocken.

Sarah lachte.
»Sie meinen, er hielt mich für ein leichtes Mädchen, das ihm ein schamloses Angebot machen wollte? Nein, das glaube ich nicht. Männer kennen sich doch aus, nicht wahr?«
Sie sah ihn offen und fragend an. Dr. Gerard nickte.
»Ich hatte den Eindruck«, fuhr Sarah langsam und nachdenklich fort, »daß er – wie drücke ich mich am besten aus? – daß er aufgeregt und entsetzt zugleich war. Über jedes normale Maß hinaus aufgeregt und zur gleichen Zeit verrückterweise auch sehr ängstlich. Ist das nicht seltsam? Denn ich habe immer wieder festgestellt, daß Amerikaner ungewöhnlich selbstsicher sind. Ein amerikanischer junger Mann von, sagen wir mal, zwanzig Jahren weiß unendlich viel besser, wie es in der Welt zugeht, und hat viel mehr Lebenserfahrung als ein Engländer im gleichen Alter. Und dieser Mann ist sicher über zwanzig.«
»Etwa drei-, vierundzwanzig, schätze ich.«
»So alt?«
»Würde ich sagen.«
»Ja... vielleicht haben Sie recht... nur, irgendwie wirkt er schrecklich jung...«
»Geistig unterentwickelt. Der Kindfaktor überwiegt.«
»Dann täusche ich mich also nicht? Ich meine, er ist tatsächlich nicht ganz normal?«
Dr. Gerard hob abwehrend die Hände. Er mußte unwillkürlich über ihren Eifer lächeln.
»Meine liebe junge Dame, wer ist schon normal? Aber ich kann Ihnen versichern, daß er irgendeine Art von Neurose hat.«
»In Verbindung mit diesem entsetzlichen alten Weib, nehme ich an.«
»Sie scheinen sie gar nicht zu mögen«, stellte Dr. Gerard fest und musterte sie neugierig.
»Nein. Sie hat – oh, sie hat den bösen Blick!«
»Den kriegen viele Mütter«, murmelte Dr. Gerard, »wenn sich ihre Söhne zu faszinierenden jungen Damen hingezogen fühlen.«

Sarah zuckte ungeduldig die Schultern. Franzosen sind alle gleich, dachte sie, sie denken an nichts anderes als an Sex. Obwohl sie natürlich als gewissenhafte Psychologin zugeben mußte, daß Sex bei fast allem, was der Mensch dachte, fühlte und erlebte, eine zumindest unterschwellige Rolle spielte.
Plötzlich wurde sie aus ihren Gedanken gerissen. Raymond Boynton ging ins Schreibzimmer und suchte sich vom Stapel auf dem großen Tisch in der Mitte eine Zeitschrift aus. Als er auf dem Rückweg an ihrem Sessel vorbeikam, nickte Sarah ihm zu und fragte: »Haben Sie sich heute ein paar Sehenswürdigkeiten angesehen?«
Es war ihr nicht wichtig, was sie gefragt hatte. Sie wollte nur beobachten, wie er reagierte.
Raymond zögerte kurz, errötete und scheute wie ein nervöses Pferd. Seine Augen wanderten besorgt zur Hauptfigur seiner um einen Tisch gruppierten Familie. »Oh – oh, ja – wieso...«, murmelte er stockend. »Ja, gewiß. Ich...«
Dann, so abrupt, als habe man ihm die Sporen gegeben, eilte er zu den Seinen zurück.
Die groteske, budhaähnliche Gestalt streckte eine fette Hand nach der Zeitschrift aus. Wie Dr. Gerard bemerkte, wendete sie dabei die Augen nicht vom Gesicht des jungen Mannes ab. Sie gab einen Grunzton von sich. Wie ein Dank hörte es sich entschieden nicht an. Die Haltung ihres Kopfes änderte sich etwas. Der Arzt stellte fest, daß sie jetzt Sarah gründlich musterte. Ihr Gesicht war ausdruckslos, ohne jede Regung. Unmöglich zu beurteilen, was sich im Hirn dieser Frau abspielte.
Sarah sah auf die Uhr und stieß einen leisen Schrei aus.
»Es ist schon viel später, als ich dachte.« Sie erhob sich. »Vielen Dank für den Kaffee, Dr. Gerard. Ich muß jetzt noch ein paar Briefe schreiben.«
Dr. Gerard stand ebenfalls auf und nahm ihre Hand. »Ich hoffe, wir sehen uns bald wieder.«
»Ja, natürlich. Vielleicht fahren Sie auch nach Petra?«
»Ich hoffe, daß es mir möglich ist.«

Sarah lächelte ihm zu und wandte sich ab. Beim Hinausgehen mußte sie an den Boyntons vorbei.
Dr. Gerard, der die Szene weiter beobachtete, bemerkte, daß Mrs. Boyntons Blick wieder zu ihrem Sohn wanderte, der sie ebenfalls ansah. Als Sarah vorbeiging, wandte Raymond Boynton den Kopf – nicht in ihre Richtung, sondern von ihr weg. Es war eine langsame, unwillige Bewegung. Man hätte glauben können, Mrs. Boynton habe an einer unsichtbaren Schnur gezogen.
Sarah fiel diese ablehnende Haltung ebenfalls auf, und sie war jung und weiblich genug, sich darüber zu ärgern. Im Gang des ratternden Zuges hatten sie sich so ungezwungen über Ägypten unterhalten und über die komische Sprachmischung der Eseljungen und Straßenhändler gespottet. Sarah hatte ihre Begegnung mit einem Kamelführer beschrieben, der hoffnungsvoll und frech fragte: »Sie englisch Dame oder Amerika?« Ihre Antwort »Nein, Chinese« hatte ihn derart verblüfft, daß er sie nur noch sprachlos anstarrte. Die Szene war sehr komisch gewesen. Der junge Mann, dieser Raymond Boynton, hatte sich wie ein netter, eifriger Schuljunge benommen – sein Eifer hatte beinahe etwas Rührendes gehabt. Und jetzt war er verlegen, unhöflich bis zur Grobheit.
»Von jetzt an ist er Luft für mich«, murmelte Sarah wütend. Denn Sarah besaß, ohne über Gebühr eingebildet zu sein, eine ziemlich gute Meinung von sich selbst. Sie wußte genau, wie anziehend sie auf das andere Geschlecht wirkte, und gehörte nicht zu den Frauen, die eine Abfuhr gelassen hinnehmen. Jetzt hatte er bewiesen, was für ein ungehobelter Rüpel von Amerikaner er war!
Statt die erwähnten Briefe zu schreiben, setzte sich Sarah an ihren Frisiertisch, kämmte sich die Haare aus der Stirn und betrachtete ihre aufgebrachten, haselnußbraunen Augen. Sie machte eine Bestandsaufnahme ihres Lebens.
Sie hatte eine große Gefühlskrise durchlebt und vor einem Monat ihre Verlobung mit einem jungen, vier Jahre älteren Arzt gelöst, obwohl sie ihn sehr liebte. Aber sie waren sich in ihrem Temperament zu ähnlich gewesen. Meinungsverschie-

denheiten und Streitereien waren an der Tagesordnung. Sarah war ein Mensch, der schnell ungeduldig und wütend wurde. Es gelang ihr selten, beherrscht und gelassen zu bleiben. Wie viele stolze Frauen bildete sie sich ein, Stärke zu bewundern, und hatte sich eingeredet, daß der Mann, den sie liebe, sie auch beherrschen müsse. Aber als sie so einem Mann begegnete, entdeckte sie, daß es ihr ganz und gar nicht gefiel. Die Verlobung zu lösen, hatte sie viel Herzblut gekostet, doch sie war Realistin genug einzusehen, daß ihre gegenseitigen Gefühle als Basis für ein lebenslanges Glück nicht genügten. Um schneller zu vergessen, hatte sie diese Ferienreise gebucht. Danach würde sie ernsthaft anfangen zu arbeiten.
Sarahs Gedanken kehrten aus der Vergangenheit in die Gegenwart zurück.
Ich möchte gern wissen, überlegte sie, ob Dr. Gerard mit mir über seine Arbeit reden wird. Er hat soviel geleistet. Hoffentlich nimmt er mich als Kollegin ernst ... vielleicht frage ich ihn in Petra, falls er auch hinfährt ...
Dann fiel ihr wieder der seltsame, unhöfliche junge Amerikaner ein. Sie hatte jetzt nicht mehr den geringsten Zweifel, daß er wegen seiner Familie so komisch reagiert hatte. Trotzdem konnte sie ein gewisses verächtliches Gefühl nicht unterdrükken. So unter der Fuchtel der Mutter zu stehen – wirklich lächerlich! Vor allem für einen Mann!
Trotzdem ...
Ein sonderbares Gefühl beschlich sie. An der ganzen Geschichte war irgend etwas faul.
Plötzlich sagte sie laut: »Dem jungen Mann muß geholfen weren. Ich unternehme etwas.«

3

Nachdem Sarah gegangen war, blieb Dr. Gerard noch ein paar Minuten in seinem Sessel sitzen. Dann schlenderte er ins Schreibzimmer, holte sich die neueste Ausgabe von »Le

Matin« und steuerte einen nur ein paar Meter von den Boyntons entfernten Stuhl an. Seine Neugierde war geweckt. Zuerst hatte ihn die Anteilnahme der jungen englischen Frau an dieser Familie aus Amerika amüsiert. Er war schnell zu der Diagnose gekommen, daß vor allem ein bestimmtes Mitglied dieser Familie daran schuld war. Doch der Eindruck des Ungewöhnlichen, den diese Gruppe machte, erregte nun sein sachlicheres Interesse als Wissenschaftler.
Sehr diskret, hinter seiner Zeitung versteckt, machte er Bestandsaufnahme. Zuerst der junge Mann, der der attraktiven jungen Engländerin so sehr gefiel. Ja, überlegte Gerard, entschieden der Typ, der ihr vom Temperament her liegt. Sarah King besaß Kraft, sie hatte gute Nerven, einen kühlen Verstand und einen eisernen Willen. Dr. Gerard hielt den jungen Mann für sensibel, einsichtsvoll, unsicher und sehr beeinflußbar. Mit dem Blick des Arztes stellte er fest, daß er im Augenblick in einem Zustand höchster Nervenanspannung war. Dr. Gerard fragte sich, warum. Es beschäftigte ihn. Warum war ein junger Mann, dessen Gesundheit anscheinend hervorragend war und der den Aufenthalt in einem fremden Land genoß, in so einer Verfassung, daß er jeden Augenblick einen Nervenzusammenbruch haben konnte?
Der Arzt wandte seine Aufmerksamkeit den anderen Mitgliedern der Familie zu. Die Frau mit dem braunen Haar war offensichtlich Raymonds Schwester. Sie sahen sich sehr ähnlich, beide zartknochig, gutgewachsen, mit feinen Gesichtszügen. Sie hatten die gleichen schlanken, schöngeformten Hände, die gleiche klare Kinnlinie und die gleiche Kopfhaltung. Auch die Schwester war nervös. Sie vollführte unkontrollierte kleine hektische Gesten, und unter ihren unnatürlich glänzenden Augen lagen tiefe Schatten. Beim Sprechen klang ihre Stimme eine Spur atemlos. Sie sprach zu schnell, war wachsam, lebhaft und unfähig, sich zu entspannen.
Sie hat auch Angst, dachte Gerard. Ja, sie hat auch Angst.
Er fing Satzfetzen auf, Bruchstücke einer ganz normalen, alltäglichen Unterhaltung.
»Ob wir Salomos Ställe besuchen?« – »Wird es unserer Mutter

nicht zuviel?« – »Und morgen vormittag die Klagemauer?« – »Natürlich der Tempel – Omar-Moschee heißt er. Warum wohl?« – »Weil er den Moslems gehört, Lennox.«
Die übliche Unterhaltung von Touristen. Und doch hatte Dr. Gerard ein eigenartiges Gefühl der Unwirklichkeit, als seien diese Gesprächsbruchstücke nur eine Tarnung, die unterschwellige gefährliche Strömungen verdecken sollte, etwas, das zu abgründig und formlos war, um es in Worte fassen zu können... Wieder warf er im Schutz seiner Zeitung einen verstohlenen Blick auf die Gruppe.
Lennox – das mußte der ältere Bruder sein. Auch bei ihm war eine gewisse Familienähnlichkeit zu erkennen, doch es bestand ein deutlicher Unterschied. Lennox war nicht so angespannt, kein so nervöses Temperament, urteilte Gerard. Trotzdem schien mit ihm ebenfalls etwas nicht zu stimmen. Kein Anzeichen körperlicher Anspannung wie bei seinen beiden Geschwistern. Er saß gelassen da, fast kraftlos. Verblüfft ließ Gerard im Geist die Bilder von Patienten vorüberziehen, die so in ihrem Bett gesessen hatten.
Er ist erschöpft, überlegte er, ja ausgelaugt und müde, weil er soviel durchgemacht hat. Der Ausdruck seiner Augen – wie der Blick eines verletzten Hundes oder eines kranken Pferdes: dumpfes Leid der Kreatur. Komisch, er scheint nicht krank zu sein. Trotzdem steht fest, daß er in letzter Zeit ziemlich viel durchgemacht hat – geistig gelitten hat. Jetzt leidet er nicht mehr. Er hat resigniert und wartet darauf, daß das Schicksal zuschlägt. Worauf wartet er eigentlich? Bilde ich mir das nur ein? Nein, überlegte Gerard, der Mann wartet auf etwas Bestimmtes – auf das Ende. So sehen Krebskranke aus, die auf den Tod warten und froh sind, wenn ihnen ein schmerzstillendes Mittel ihre Qualen ein wenig erleichtert...
Lennox Boynton stand auf und hob ein Wollknäuel auf, das seine Mutter fallen gelassen hatte.
»Hier, Mutter.«
»Vielen Dank.«
Was strickte dieser teilnahmslose Koloß von einer alten Frau? Etwas Dickes und Grobes. Fäustlinge für Strafgefangene,

dachte Gerard, und mußte über diesen phantastischen Einfall selbst lächeln.
Er betrachtete das jüngste Mitglied der Runde – ein junges Mädchen mit rötlichblondem Haar, noch keine zwanzig. Ihre Haut besaß die vollkommene Reinheit, wie man sie häufig bei Rothaarigen findet. Obwohl es viel zu schmal war, war es doch ein schönes Gesicht. Sie saß da und lächelte vor sich hin – sie lächelte ins Leere. Es lag etwas Unheimliches in diesem Lächeln, es war so weit weg, so fern des Hotels »Solomon«, so fern von Jerusalem. Es erinnerte Dr. Gerard an ... an ... Dann fiel es ihm blitzartig ein: Es war das seltsame, überirdische Lächeln der Karyatiden der Akropolis – fern und lieblich und ein wenig unmenschlich. Der Zauber dieses Lächelns, die Ferne und Ruhe gaben ihm einen kleinen Stich.
Da sah er ihre Hände. Es traf ihn wie ein Schock. Der Tisch verbarg sie vor den andern, doch Gerard saß so, daß er sie genau sehen konnte. Sie hielt sie im Schoß verborgen, und ihre Finger zupften – zupften und zerrten an einem dünnen Taschentuch und zerrissen es in kleine Fetzen.
Es war ein Bild des Schreckens – das ferne ruhige Lächeln, die Ruhe ihres Körpers und diese eifrig und zerstörerisch reißenden Hände.

4

Ein leises, asthmatisch-keuchendes Husten war zu hören, dann öffnete die riesige strickende Frau den Mund.
»Du siehst müde aus, Ginevra«, sagte sie.»Geh jetzt zu Bett!«
Das junge Mädchen schreckte auf, ihre Hände lagen plötzlich still in ihrem Schoß. »Ich bin aber nicht müde, Mutter.«
Gerard stellte erfreut fest, daß ihre Stimme weich und melodisch klang. Sie besaß eine Samtigkeit und Wärme, die noch den gewöhnlichsten Äußerungen einen Zauber verlieh.
»Doch, das bist du. Ich merke es jedesmal. Ich glaube auch nicht, daß du morgen irgend etwas unternehmn kannst.«

»Ach, ich möchte mir so gern die Moschee ansehen. Mir geht es großartig.«
Mit rauher, tiefer Stimme, die fast mißtönend klang, erwiderte ihre Mutter: »Nein, das stimmt nicht. Du bist auf dem besten Weg, krank zu werden.«
»Nein! Nein!« Das junge Mädchen begann heftig zu zittern.
Da sagte eine sanfte, ruhige Stimme: »Ich begleite dich auf dein Zimmer, Jinny.« Eine ruhige Frau mit großen, nachdenklichen grauen Augen und sorgsam gewelltem dunklen Haar stand auf.
»Nein. Sie geht allein hinauf«, erklärte die alte Mrs. Boynton.
»Nadine soll mitkommen!« jammerte das Mädchen.
»Natürlich komme ich mit.« Die junge Frau trat auf Jinny zu.
»Das Kind möchte allein hinaufgehen – nicht wahr, Jinny?«
Niemand sagte etwas. Nach kurzem Schweigen antwortete Ginevra Boynton, die alle nur Jinny nannten, mit einer plötzlich ausdruckslos und hohl klingenden Stimme. »Ja, ich glaube, ich gehe lieber allein hinauf. Danke, Nadine.«
Sie schritt davon, eine große, eckige Gestalt, die sich mit erstaunlicher Anmut bewegte.
Dr. Gerard ließ die Zeitung sinken und gönnte sich einen gründlichen Blick auf die alte Mrs. Boynton. Sie sah ihrer Tochter nach. Auf ihrem fetten Gesicht lag ein seltsames Lächeln, fast die Karikatur des lieblichen, überirdischen Lächelns, das noch vor ein paar Augenblicken ihre Tochter so verklärt hatte.
Dann wanderte der Blick der alten Frau zu Nadine und wurde boshaft. Nadine hatte sich wieder gesetzt. Jetzt hob sie die Augen und musterte ihre Schwiegermutter mit ausdrucksloser Miene.
Was für eine groteske alte Tyrannin, dachte Dr. Gerard.
Und dann ruhte plötzlich der Blick der alten Frau voll auf ihm.
Er zog scharf den Atem ein. Es waren glühende kleine Augen, die eine große Kraft ausstrahlten, Willensstärke, listige Bösartigkeit. Dr. Gerard wußte über die Macht der Persönlichkeit Bescheid. Es gehörte in sein Fach. Er erkannte, daß es sich

hier nicht um eine verwöhnte tyrannische Kranke handelte, die ihren kleinlichen Launen frönte. Diese alte Frau war stark. Die Boshaftigkeit ihres Starrens erinnerte ihn an eine Kobra. Mrs. Boynton mochte alt und gebrechlich sein, das Opfer ihrer Leiden, aber sie war nicht kraftlos. Sie war eine Frau, die die Bedeutung der Macht kannte, die ihr Leben lang Macht ausgeübt und nie an ihrer Stärke gezweifelt hatte.

Dr. Gerard war einmal einer Frau begegnet, die einen äußerst gefährlichen und eindrucksvollen Dressurakt mit Tigern zeigte. Die großen Raubkatzen gehorchten ihr auf den geringsten Wink und führten die beschämenden und erniedrigenden Tricks aus, die sie verlangte. Die Augen der Tiere und ihr leises Knurren verrieten ihren Haß, einen bitteren, fanatischen Haß, aber sie gehorchten kriecherisch. Es war eine junge Frau gewesen, eine Frau von einer arroganten dunklen Schönheit, und der Blick war der gleiche gewesen.

»Eine Dompteuse«, murmelte Dr. Gerard in sich hinein.

Und nun begriff er auch die geheimen Gefühle, die hinter dem harmlosen Familiengespräch verborgen gewesen waren: Haß – ein dunkler wirbelnder Strom von Haß.

Die meisten Leute würden glauben, die Phantasie sei mit mir durchgegangen, dachte er. Sie würden mich für verrückt halten! Da genießt eine friedliche amerikanische Durchschnittsfamilie ihre Reise nach Jerusalem – und ich spinne eine Geschichte finsterster Magie um sie.

Jetzt musterte er aufmerksam die ruhige Frau, die Nadine hieß. Sie trug einen Ehering, und während er sie beobachtete, warf sie dem hellhaarigen, schlaksigen Lennox einen raschen, verräterischen Blick zu. Da wußte er Bescheid.

Die beiden waren Mann und Frau. Doch es war mehr ein mütterlicher Blick gewesen als der einer Ehefrau, ein richtig mütterlicher Blick, ängstlich und beschützend. Und er stellte noch etwas fest. Er erkannte, daß Nadine Boynton als einzige der Faszination des alten Buddhas nicht erlag. Vielleicht mochte sie die alte Frau nicht, aber auf jeden Fall hatte sie keine Angst vor ihr. Der Koloß besaß keine Macht über sie.

Nadine war unglücklich und um ihren Mann äußerst besorgt, aber sie war frei.
»Das ist alles höchst interessant«, murmelte Dr. Gerard.

5

In alle diese dunklen Hirngespinste brach die Welt des Alltäglichen mit einer fast komischen Wirkung ein.
Ein Mann betrat die Halle, entdeckte die Boyntons und eilte zu ihnen. Er war ein freundlicher Amerikaner mittleren Alters, eine durch und durch unauffällige Erscheinung, gut angezogen, mit einem langen glattrasierten Gesicht und einer monoton klingenden Stimme. Er sprach langsam und angenehm.
»Ich habe Sie alle schon gesucht«, rief er.
Er reichte einem nach dem andern die Hand. »Und wie fühlen Sie sich, Mrs. Boynton? Doch hoffentlich nicht zu erschöpft von der Reise?«
Die alte Frau keuchte fast freundlich: »Nein. Nett, daß Sie fragen. Sie wissen ja, daß meine Gesundheit nicht besonders ist...«
»Ja, leider. Bedauerlich, sehr bedauerlich.«
»Aber es geht mir keinesfalls schlechter als gewöhnlich.« Dann fügte sie mit einem breiten, schlangenhaften Lächeln hinzu: »Meine liebe Nadine hier kümmert sich ganz reizend um mich, nicht wahr, Nadine?«
»Ich tue mein Bestes.« Ihre Stimme war ausdruckslos.
»Na, das glaube ich Ihnen unbesehen«, erwiderte der Fremde warm. »Und Sie, Lennox, wie finden Sie die Stadt König Davids?«
»Ach, ich weiß nicht.«
Die Antwort klang apathisch, uninteressiert.
»Wohl etwas enttäuscht, was? Ich muß bekennen, daß es mir zuerst auch so gegangen ist. Aber vielleicht haben Sie noch wenig gesehen?«
»Wir unternehmen nicht allzuviel – wegen unserer Mutter«, warf Carol Boynton ein.

»Zwei Stunden Besichtigung ist das äußerste, was ich schaffe«, erklärte Mrs. Boynton.
»Ich finde es großartig, wieviel Sie unternehmen, Mrs. Boynton«, meinte der Fremde herzlich.
Mrs. Boynton ließ ein träges, keuchendes Kichern hören. Es klang beinahe hämisch.
»Ich lasse mich nicht von meinem Körper regieren! Es ist der Geist, der zählt! Ja, der Geist...«
Ihre Stimme erstarb. Gerard beobachtete, wie Raymond Boynton nervös zuckte.
»Sind Sie schon an der Klagemauer gewesen, Mr. Cope?« fragte er.
»Aber selbstverständlich, es war einer der ersten Orte, die ich besuchte. Ich hoffe, daß ich in ein paar Tagen mit Jerusalem gründlich durch bin. Dann lasse ich mir bei Cooks eine Reise zusammenstellen, damit ich das Heilige Land richtig kennenlerne – Bethlehem, Nazareth, Tiberias, das Tote Meer. Unerhört interessant, das alles. Dann gibt's noch Jerash mit seinen sehr interessanten Ruinen – römisch, wissen Sie. Und dann möchte ich mir auch noch Petra ansehen, die rosarote Stadt, ein höchst bemerkenswertes Naturphänomen, soviel ich hörte – und abseits der üblichen Touristenpfade –, aber man braucht fast eine Woche für die Hin- und Rückreise und eine gründliche Besichtigung.«
»Ich würde schrecklich gern hinfahren. Es hört sich großartig an«, sagte Carol.
»Nun, ich möchte behaupten, daß es ganz entschieden einen Besuch wert ist – ja, ganz entschieden.« Mr. Cope machte eine Pause, warf Mrs. Boynton einen etwas zweifelnden Blick zu und fuhr dann mit einer Stimme fort, die in den Ohren des lauschenden Franzosen ausgesprochen unsicher klang:
»Vielleicht kann ich einige von Ihnen überreden, mich zu begleiten? Natürlich weiß ich, daß es für *Sie,* Mrs. Boynton, zuviel würde, und natürlich wollen wir Sie auch nicht allein lassen, aber wenn Sie Ihre Truppen sozusagen teilten...«
Er schwieg. Nur das gleichmäßige Klicken von Mrs. Boyntons Stricknadeln war zu hören. Dann entgegnete sie:

»Ich glaube nicht, daß wir uns teilen möchten. Wir sind eine so harmonische kleine Gruppe.« Sie sah von ihrem Strickzeug auf. »Nun, Kinder, was meint ihr dazu?«
Es lag ein seltsamer Unterton in ihrer Stimme. Die Antworten kamen sofort. »Nein, Mutter.« – »Ach, lieber nicht.« – »Nein, selbstverständlich nicht.«
»Da haben Sie es – man möchte mich nicht allein hierlassen«, sagte Mrs. Boynton und lächelte ihr seltsames Lächeln. »Wie steht's mit dir, Nadine? Du hast dich noch nicht geäußert?«
»Nein, Mutter, danke. Nur wenn Lennox mitfahren würde.«
Mrs. Boynton wandte langsam den Kopf und musterte ihren Sohn.
»Na, Lennox, was ist? Warum fährst du mit Nadine nicht hin? Sie möchte es doch offensichtlich so gern.«
»Ich – nun – nein, ich glaube, wir bleiben lieber alle zusammen«, antwortete ihr Sohn zögernd.
»Das nenne ich eine anhängliche Familie!« rief Mr. Cope jovial. Aber seine Fröhlichkeit wirkte etwas gezwungen und nicht sehr glaubwürdig.
»Wir bleiben unter uns«, sagte Mrs. Boynton und begann, ihre Wolle einzupacken. »Ach, übrigens, Raymond, wer war die junge Dame, die eben mit dir sprach?«
Raymond errötete, dann wurde er bleich. »Ich – ich...«, stotterte er und fing noch einmal von vorn an. »Ich weiß nicht, wie sie heißt. Sie war im selben Zug mit uns.«
Mrs. Boynton begann sich langsam aus ihrem Sessel hochzuhieven.
»Ich glaube nicht, daß wir uns viel mit ihr abgeben sollten«, bemerkte sie.
Nadine erhob sich und half der alten Frau beim Aufstehen. Sie tat es geschickt, fast professionell, was Gerards Aufmerksamkeit erregte.
»Zeit zum Schlafengehen«, sagte Mrs. Boynton. »Gute Nacht, Mr. Cope.«
»Gute Nacht, Mrs. Boynton. Gute Nacht.«
Sie gingen – eine kleine Prozession. Es schien keinem der jüngeren Familienmitglieder einzufallen, zurückzubleiben.

Mr. Cope stand da und sah ihnen nach. Der Ausdruck auf seinem Gesicht war ziemlich seltsam.
Dr. Gerard wußte aus Erfahrung, daß Amerikaner ein freundlicher Menschenschlag waren, nicht so steif und mißtrauisch wie die reisenden Engländer. Für einen Mann von Dr. Gerards Erfahrung war es nicht weiter schwierig, mit Mr. Cope Bekanntschaft zu schließen. Der Amerikaner fühlte sich einsam und war tatsächlich aufgeschlossen und freundlich. Dr. Gerard präsentierte erneut eine Visitenkarte.
Mr. Jefferson Cope las sie und war gehörig beeindruckt.
»Ach, ja, Dr. Gerard – Sie waren erst kürzlich bei uns in den Staaten, nicht wahr?«
»Im vergangenen Herbst. Ich hielt Vorlesungen in Harvard.«
»Ich erinnere mich. Sie sind einer der bekanntesten Vertreter Ihres Berufs, Dr. Gerard. Sie sind der führende Kopf in Paris.«
»Mein Lieber, Sie sind zu freundlich! Ich muß protestieren.«
»Nein, wirklich, es ist mir eine große Ehre, Sie so zwanglos kennenlernen zu dürfen. Im Augenblick sind sogar mehrere sehr bekannte Leute hier in Jerusalem. Sie und dann Lord Welldon und Sir Gabriel Steinbaum, der Finanzmann. Außerdem der alte englische Archäologe Sir Manders Stone. Und Lady Westholme, eine prominente englische Politikerin. Nicht zu vergessen der berühmte belgische Privatdetektiv Hercule Poirot.«
»Der kleine Hercule Poirot ist auch in Jerusalem?«
»Ich las in der hiesigen Zeitung, daß er kürzlich eingetroffen ist. Anscheinend gibt sich die ganze Welt und noch ein paar Leute mehr im ›Solomon‹ ein Stelldichein. Ist ja auch ein wirklich schönes Hotel. Und so geschmackvoll eingerichtet.«
Kein Zweifel, Mr. Jefferson Cope genoß das Leben. Dr. Gerard konnte, wenn er Lust hatte, eine Menge Charme entwickeln. Es dauerte nicht lange, und die beiden Männer hatten ihren Standort in die Bar verlegt.
Nach ein paar Drinks fragte Gerard: »Sagen Sie mal, ist das eigentlich eine typisch amerikanische Familie, mit der Sie sich vorhin unterhielten?«
Jefferson Cope nippte nachdenklich an seinem Drink. »Nein,

das möchte ich nicht behaupten«, erwiderte er schließlich. »Nicht unbedingt typisch.«
»Nicht? Es macht den Eindruck, als verstünde man sich prächtig.«
»Sie meinen, weil sich alles um die alte Dame dreht?« fragte Cope. »Das ist nur zu wahr. Sie ist eine sehr bemerkenswerte Person, wissen Sie.«
»Ach, wirklich?«
Mr. Cope brauchte keine weitere Ermunterung mehr. Diese freundliche Einladung genügte bereits.
»Ich kann Ihnen verraten, Dr. Gerard, daß ich mich mit der Familie ziemlich viel beschäftigt habe. Immer wieder muß ich an sie denken. Ich möchte es einmal so ausdrücken – es wäre mir eine große Erleichterung, wenn wir uns über dieses Thema etwas unterhalten könnten. Das heißt, falls es Sie nicht langweilt.«
Dr. Gerard beruhigte ihn in diesem Punkt. Mr. Copes freundliches glattrasiertes Gesicht nahm einen nachdenklichen Ausdruck an.
»Ehrlich gesagt«, fuhr er fort, »bin ich ein wenig besorgt. Mrs. Boynton ist eine gute Freundin von mir, verstehen Sie. Das heißt, nicht die alte Mrs. Boynton, sondern die junge, Lennox Boyntons Frau.«
»Ach ja, jene sehr charmante dunkelhaarige junge Dame.«
»Genau. Das ist Nadine. Nadine Boynton ist ein sehr liebenswerter Mensch, Dr. Gerard. Ich kannte sie schon, bevor sie heiratete. Damals arbeitete sie in einem Krankenhaus und wollte Schwester werden. Dann verbrachte sie einmal den Urlaub bei den Boyntons und heiratete Lennox.«
»Tatsächlich?«
Mr. Jefferson Cope nippte wieder an seinem Drink und fuhr fort:
»Ich würde Ihnen gern ein wenig mehr über die Familiengeschichte erzählen, Dr. Gerard.«
»Ja? Das interessiert mich sehr.«
»Tja, also, wissen Sie, der verstorbene Elmer Boynton, ein ziemlich bekannter Mann, eine große Persönlichkeit, heiratete

zweimal. Seine erste Frau starb, als Carol und Raymond fast noch in den Windeln steckten. Die zweite Mrs. Boynton soll zur Zeit der Eheschließung hübsch gewesen sein, allerdings schon nicht mehr ganz jung. Wenn man sie heute erlebt, kann man kaum fassen, daß sie mal gut ausgesehen haben soll. Doch ich weiß es aus sehr glaubwürdiger Quelle. Wie auch immer – ihr Mann hielt große Stücke von ihr und fragte sie in allem um Rat. Die letzten Jahre vor seinem Tod kränkelte er, und sie führte das Regiment. Sie ist eine sehr tüchtige Frau und hat Geschäftssinn. Äußerst gewissenhaft. Nach Elmers Tod lebte sie nur noch für die Kinder. Sie hatte auch ein eigenes, eine Tochter, Ginevra, ein hübsches rothaariges Mädchen, nur ein wenig zart. Na, wie ich schon sagte, Mrs. Boynton ging ganz in ihrer Familie auf. Sie schloß sich völlig von der Außenwelt ab. Ich weiß ja nicht, was Sie davon halten, Dr. Gerard, aber ich finde das ziemlich unvernünftig.«

»Da haben Sie recht. Für junge Menschen in der Entwicklung ist es äußerst gefährlich.«

»Ja, das trifft genau den Kern. Mrs. Boynton schirmte die Kinder vor der Welt ab und erlaubte nie, daß sie Kontakt zu andern Menschen bekamen. Das Ergebnis ist, daß sie – nun, daß sie irgendwie unsicher sind, nervös, zerfahren, wenn Sie verstehen, was ich meine. Sie können sich mit Fremden nicht anfreunden. Zu schlimm, so was.«

»Ja, sehr schlimm.«

»Ich bin überzeugt, daß Mrs. Boynton nur das Beste wollte. Zu große Mutterliebe.«

»Leben sie alle zu Hause?« fragte der Arzt.

»Ja.«

»Die Söhne arbeiten nicht?«

»Wieso? Nein. Elmer war reich. Er hinterließ zwar das ganze Geld seiner Frau, aber er nahm selbstverständlich an, daß sie immer für die Familie sorgen würde.«

»Sie sind also finanziell von ihr abhängig?«

»So ist es. Sie hat sie auch nicht ermuntert, etwas zu lernen und sich Arbeit zu suchen. Das ist vermutlich ganz in Ordnung, schließlich ist ein Haufen Geld da. Sie können es sich leisten, nichts zu tun. Nur bin ich überzeugt, daß für das männliche Geschlecht Arbeit ein gutes Allheilmittel ist. Dann ist da noch etwas anderes – keiner hat irgendein Hobby. Sie spielen nicht Golf. Sie gehören zu keinem Klub. Sie tanzen nicht und gehen auf keine Feste – sie tun überhaupt nichts, was andere junge Leute tun. Sie wohnen in einer riesigen Kaserne von Haus mitten auf dem Land, meilenweit weg vom nächsten Nachbarn. Ich sage Ihnen, Dr. Gerard, ich finde das alles ganz und gar nicht richtig.«

»Ganz Ihrer Meinung«, bestätigte Dr. Gerard.

»Keiner von ihnen hat auch nur das leiseste Sozialgefühl. Der Sinn für die Gemeinschaft – das ist es, was ihnen vollkommen abgeht. Sie mögen ja eine sehr harmonische Familie sein, aber sie kapseln sich völlig von der Welt ab.«

»Tauchte denn nie das Problem auf, daß einer von ihnen ein selbständiges Leben führen wollte?«

»Nicht, daß ich wüßte. Sie sitzen bloß herum.«

»Geben Sie den Kindern die Schuld oder der Mutter?«

Jefferson Cope zuckte unbehaglich die Achseln.

»Nun, in gewisser Weise finde ich, daß die Mutter mehr oder weniger dafür verantwortlich ist. Sie hat sie falsch erzogen. Trotzdem – wenn ein junger Kerl erwachsen wird, sollte er auch mal über die Stränge schlagen. Er sollte nicht ständig an Mutters Schürzenzipfel hängen. Er muß sich von ihr freimachen und unabhängig werden.«

»Vielleicht ist es unmöglich«, meinte Dr. Gerard nachdenklich.

»Wieso unmöglich?«

»Es gibt Methoden, Mr. Cope, einen Baum am Wachsen zu hindern.«

Cope starrte ihn verblüfft an. »Die sind alle völlig gesund, Dr. Gerard.«

»Der Geist kann genauso in seiner Entwicklung gehindert werden und verkrüppeln wie der Körper.«

»Aber sie sind intelligent und wach!« Jefferson Cope schwieg einen Augenblick und fuhr dann fort: »Nein, Dr. Gerard, glauben Sie mir, der Mensch hat es selbst in der Hand, wie er sein Schicksal gestaltet. Ein Mann mit Selbstachtung zieht allein los und versucht, aus seinem Leben etwas zu machen. Er sitzt nicht nur herum und dreht Daumen. Keine Frau könnte so einen Mann achten.«

Gerard sah in neugierig an. Nach ein paar Augenblicken des Schweigens sagte er: »Sie meinen damit wohl Mr. Lennox Boynton?«

»Hm, ja, ich dachte dabei vor allem an Lennox. Raymond ist fast noch ein Knabe. Aber Lennox ist bald dreißig. Zeit zu zeigen, aus was für einem Holz er geschnitzt ist.«

»Vermutlich hat es seine Frau nicht leicht?«

»Natürlich ist es für sie besonders schwierig! Nadine ist eine großartige Frau. Ich bewundere sie mehr, als ich sagen kann. Sie beklagt sich nie, mit keinem Wort. Aber sie ist nicht glücklich, Dr. Gerard. Sie ist so unglücklich, wie man nur sein kann.«

Gerard nickte. »Ja, das glaube ich auch.«

»Ich weiß ja nicht, wie *Sie* darüber denken, Dr. Gerard, aber *ich* finde, daß es eine Grenze für das gibt, was eine Frau sich gefallen lassen muß! Wenn ich Nadine wäre, würde ich das dem jungen Lennox mal klarmachen. Entweder unternimmt er etwas und zeigt, was er kann, oder ...«

»Oder sie sollte ihn verlassen?«

»Es ist auch *ihr* Leben, Dr. Gerard, um das es geht. Wenn Lennox sie nicht so behandelt, wie es ihr zusteht, dann – nun, es gibt noch andere Männer.«

»Wie Sie, zum Beispiel?«

Der Amerikaner errötete. Dann sah er dem andern mit einer gewissen einfachen Würde offen in die Augen.

»Ja, das stimmt«, sagte er. »Ich schäme mich meiner Gefühle für die Dame nicht. Ich respektiere sie und fühle mich sehr zu ihr hingezogen. Ich möchte nur, daß sie glücklich wird. Wenn sie es mit Lennox wäre, würde ich sie in Ruhe lassen und sofort verschwinden.«

»Aber so wie der Fall liegt...«

»So wie der Fall liegt, warte ich ab. Wenn sie mich braucht – ich bin da!«

»Sie sind wirklich der perfekte edle Ritter«, murmelte Gerard.
»Wie bitte?«
»Mein Lieber, Kavaliere gibt es heute nur noch in Amerika. Sie sind glücklich, wenn Sie der Dame Ihres Herzens dienen dürfen, auch ohne Hoffnung auf Belohnung! So etwas ist bewundernswert! Wie wollen Sie ihr denn eigentlich helfen?«
»Ich bin einfach da, wenn sie mich braucht.«
»Und darf ich fragen, wie die ältere Mrs. Boynton darüber denkt?«
»Ich bin mir über die alte Dame nicht im klaren«, erwiderte Jefferson Cope. »Wie ich Ihnen schon erzählte, hat sie mit der Außenwelt wenig Kontakt. Aber mir gegenüber verhält sie sich anders. Sie ist immer sehr freundlich und behandelt mich fast, als gehörte ich zur Familie.«
»Sie billigt also Ihre Freundschaft mit Nadine?«
»Ja.«
Dr. Gerard zuckte die Achseln. »Ist das nicht ein wenig seltsam?«
»Ich kann Ihnen versichern, Dr. Gerard«, erklärte Jefferson Cope steif, »daß an unserer Beziehung nichts Ehrenrühriges ist. Sie ist rein platonischer Natur.«
»Mein Lieber, davon bin ich überzeugt. Trotzdem beharre ich darauf, daß ich Mrs. Boyntons Benehmen in diesem Punkt ziemlich komisch finde. Wissen Sie, Mr. Cope, Mrs. Boynton interessiert mich – sie interessiert mich sogar sehr!«
»Bestimmt ist sie eine ausgeprägte Persönlichkeit. Elmer Boynton hatte größtes Vertrauen in ihr Urteilsvermögen.«
»Ein so großes Vertrauen sogar, daß er seine Kinder auf Gnade oder Ungnade ihrer Mutter auslieferte. – ich meine, was die finanzielle Seite ihres Lebens betrifft. In meinem Land, Mr. Cope, wäre dies unmöglich. Wir haben Gesetze, die so etwas verhindern.«
Mr. Cope stand auf. »Wir Amerikaner«, rief er, »glauben fest an die absolute Freiheit des Menschen!«
Dr. Gerard erhob sich ebenfalls. Mr. Copes letzte Bemerkung beeindruckte ihn nicht besonders. Schon viele Angehörige der unterschiedlichsten Nationen hatten diese Behauptung

aufgestellt. Der Glaube, Freiheit sei das besondere Vorrecht der eigenen Rasse, war ziemlich weit verbreitet.
Dr. Gerard war klüger. Er wußte, daß keine Rasse, kein Land, kein Individuum als frei bezeichnet werden konnte. Doch er wußte auch, daß es verschiedene Grade der Unfreiheit gab.
Nachdenklich und neugierig zugleich ging er auf sein Zimmer.

6

Sarah King stand auf dem Tempelplatz, den Rücken dem Felsendom zugewandt. Das Rauschen der Brunnen klang ihr sanft in den Ohren. Manchmal kamen Trüppchen von Touristen vorbei, ohne den Frieden dieser fremdländischen Atmosphäre zu stören.
Seltsam, dachte Sarah, daß ein Jebusiter diesen Platz einmal als Dreschboden benützt haben soll und König David ihn für sechshundert Schekel Gold erwarb und in einen heiligen Ort verwandelte. Und heute schnatterten hier die Touristen in allen Sprachen der Erde.
Sie drehte sich um und betrachtete die Moschee, die jetzt den Schrein barg, und überlegte, ob Salomos Tempel auch nur halb so schön gewesen war.
Das Klappern von Schritten war zu hören. Eine kleine Gruppe trat aus der Moschee. Es waren die Boyntons, begleitet von einem geschwätzigen Führer. Mrs. Boynton ging zwischen Lennox und Raymond, die sie stützten. Nadine und Mr. Cope folgten ihnen. Carol kam als letzte. Als sie Sarah sah, zögerte sie.
Während die anderen weitergingen, wirbelte sie plötzlich herum und lief leicht und geräuschlos über den Platz.
»Entschuldigen Sie«, sagte sie atemlos. »Ich muß – ich – ich muß einfach mit Ihnen reden.«
»Ja?« fragte Sarah nur. Carol zitterte heftig. Ihr Gesicht war sehr weiß.

»Es ist wegen – wegen meines Bruders. Als Sie gestern abend – als Sie ihn gestern abend ansprachen, benahm er sich sehr unhöflich. Aber er meinte es nicht so. Er – er kann nichts dafür. O bitte, glauben Sie mir!«
Sarah fand die ganze Szene ziemlich lächerlich. Sowohl ihr Stolz wie ihr guter Geschmack waren beleidigt worden. Warum kam dieses junge Mädchen wie eine Verrückte auf sie zugerannt und entschuldigte sich auf diese unsinnige Weise für ihren Flegel von Bruder?
Eine nichtssagende Antwort schwebte ihr auf den Lippen, doch dann änderte sich ihre Meinung.
Irgend etwas stimmte nicht. Dem jungen Mädchen war es todernst mit seiner Entschuldigung. Sarah hatte nicht umsonst den Beruf des Arztes gewählt. Ihr Instinkt sagte ihr, daß das junge Mädchen sehr unglücklich war.
»Erzählen Sie doch mehr«, meinte sie aufmunternd.
»Er unterhielt sich mit Ihnen im Zug, nicht wahr?« begann Carol.
Sarah nickte. »Ja. Eigentlich war ich es, die ihn dazu ermunterte.«
»Natürlich. Anders kann ich es mir auch gar nicht denken. Aber wissen Sie, gestern abend hatte Ray Angst...« Sie brach abrupt ab.
»Wieso Angst?«
Carols blasses Gesicht lief hochrot an.
»Ach, ich weiß, es klingt verrückt, völlig verrückt. Verstehen Sie, meine Mutter ist – sie – also, es geht ihr nicht besonders – und sie möchte nicht, daß wir uns mit irgendwelchen Leuten anfreunden. Aber – aber ich weiß, daß Ray gern Ihr Freund sein möchte.«
Sarahs Neugierde regte sich. Doch ehe sie antworten konnte, sprach Carol schon weiter. »Ich – ich weiß, was ich da sage, klingt sehr komisch, aber wir sind auch eine – eine ziemlich komische Familie.« Sie blickte sich rasch um. Offensichtlich hatte sie Angst. »Ich – ich darf nicht mehr länger bleiben«, murmelte sie. »Man wird mich schon vermissen.«
Sarah faßte einen Entschluß. »Warum sollten Sie nicht noch

ein wenig hierbleiben, wenn Sie Lust haben? Gehen wir doch etwas spazieren.«
»O nein!« Carol trat einen Schritt zurück. »Das ist unmöglich. Ganz unmöglich!«
»Warum?«
»Es geht wirklich nicht. Meine Mutter würde – sie würde ...«
Da sagte Sarah ruhig und betont: »Manchmal ist es für Eltern schrecklich schwierig einzusehen, daß ihre Kinder erwachsen geworden sind. Sie wollen immer weiter bestimmen, wie sie leben sollen. Aber es ist ein Jammer, wissen Sie, wenn man nachgibt. Man muß um sein Recht kämpfen.«
»Sie haben keine Ahnung ...« sagte Carol leise. »Sie begreifen nicht das geringste ...« Ihre Hände verkrampften sich nervös ineinander.
»Manchmal gibt man nach, weil man Angst vor einer Auseinandersetzung hat. Streitereien sind sehr unangenehm, aber ich glaube, die eigene Freiheit ist es wert, daß man sich dafür einsetzt.«
»Was für eine Freiheit?« Carol starrte sie entgeistert an. »Keiner von uns ist je frei gewesen. Wir werden es nie sein.«
»Unsinn!« rief Sarah empört.
Carol beugte sich vor und berührte ihren Arm. »Hören Sie! Ich möchte so gern, daß Sie mich verstehen. Vor ihrer Heirat war meine Mutter – eigentlich meine Stiefmutter – Gefängnisaufseherin. Mein Vater war der Direktor, und sie heirateten. Also – es hat sich nie etwas geändert. Sie ist immer noch die Wärterin – unsere Wärterin. Und deswegen leben wir alle – wir leben wie in einem Gefängnis.« Sie warf wieder einen unruhigen Blick über den Platz. »Man wird mich schon suchen. Ich, ich muß weiter.«
Sie wollte davonstürzen, doch Sarah hielt sie am Ärmel zurück. »Einen Augenblick noch. Wir müssen uns wiedersehen und weiter darüber sprechen.«
»Ich kann nicht. Unmöglich.«
»Doch, Sie können es!« Es klang wie ein Befehl. »Wenn sie alle schlafen gegangen sind, kommen Sie zu mir. Ich habe Zimmer 319. Vergessen Sie nicht: 319!«

Sie ließ den Ärmel los. Carol rannte davon, um ihre Familie einzuholen.
Sarah stand da und blickte ihr nach. Sie war so in Gedanken versunken, daß sie Dr. Gerards Kommen nicht bemerkte.
»Guten Morgen, Miss King. Sie haben sich also mit Miss Carol Boynton etwas unterhalten?«
Sarah schreckte auf und begrüßte ihn. Dann sagte sie: »Ja, wir hatten ein höchst seltsames Gespräch. Hören Sie!«
Sie wiederholte das Wesentliche der Geschichte, die Carol ihr erzählt hatte. Gerard fand vor allem einen Punkt interessant.
»Soso, sie war Gefängnisaufseherin, das alte Nilpferd. Vielleicht ist das sehr wichtig.«
»Sie meinen, es könnte der Grund für ihr tyrannisches Regiment sein? Es ist ihr durch den früheren Beruf zur Gewohnheit geworden?«
Gerard schüttelte den Kopf. »Nein. Die Sache von diesem Blickwinkel aus zu betrachten wäre falsch. Der Grund liegt viel tiefer. Ein Zwang beherrscht sie. Sie ist nicht etwa deshalb eine Despotin, weil sie einmal Gefängniswärterin war. Ich möchte vielmehr behaupten, daß sie eine wurde, eben weil sie die Macht liebte. Meiner Theorie nach war es ihre heimliche Sehnsucht, die Menschen zu knechten, die sie diesen Beruf ergreifen ließ.«
Sein Gesicht war sehr ernst. »Was für seltsame Dinge doch tief im Unbewußten verborgen sind. Die Gier nach Macht, die Gier nach Grausamkeit, das wilde Verlangen niederzureißen, zu zerstören – das ganze Erbe unserer menschlichen Entwicklung. Es ist alles da, Miss King, Grausamkeit, Wildheit, Gier... Wir schließen davor die Augen und verdrängen diese Gefühle aus dem bewußten Leben, aber manchmal – manchmal sind sie zu stark.«
Sarah erschauerte. »Ich weiß.«
»Wir erleben es täglich«, fuhr Gerard fort. »In den politischen Glaubensbekenntnissen, im Verhalten der Völker. Eine Abkehr von der Menschenliebe, vom Mitleid, vom brüderlichen guten Willen. Manchmal klingen diese politischen Bekenntnisse überzeugend, dank einer klugen Führung, einer ge-

schickten Regierung, aber sie beruhen auf Gewalt, auf einem Fundament aus Grausamkeit und Angst. Sie öffnen weit die Tür, diese Apostel der Gewalt, sie lassen die alte Wildheit frei, die alte Freude an der Grausamkeit um ihrer selbst willen. Ja, es ist schwierig – der Mensch ist ein Tier und hat ein sehr empfindliches seelisches Gleichgewicht. Sein oberstes Gebot ist – zu überleben. Vorauszulaufen kann genauso tödlich sein wie zurückzubleiben. Er muß überleben. Vielleicht ist ein gewisses Maß an Barbarei tatsächlich notwendig, aber man darf sie nicht – auf keinen Fall – zur Gottheit erheben.«

Sie schwiegen eine Weile. Dann sagte Sarah: »Sie halten die alte Mrs. Boynton also für eine Art Sadistin.«

»Ich bin beinahe sicher. Ich glaube, sie freut sich, wenn sie andern Schmerz zufügen kann. Wohlgemerkt, seelischen Schmerz, keinen körperlichen. So etwas gibt es seltener und ist auch viel schwieriger nachzuweisen. Sie liebt die Macht über ihre Mitmenschen, und es macht ihr Spaß, sie leiden zu sehen.«

»Ziemlich gemein«, stellte Sarah fest.

Gerard berichtete ihr von seinem Gespräch mit Jefferson Cope.

»Er begreift also gar nicht, was los ist?« fragte sie zweifelnd.

»Wie sollte er. Er ist kein Psychologe.«

»Stimmt. Er ist nicht so mißtrauisch wie wir.«

»Er ist ein netter, ordentlicher, normaler Amerikaner. Er glaubt mehr an das Gute als an das Schlechte. Er merkt zwar, daß die Familie nicht so harmonisch zusammenlebt, wie sie vorgibt, aber er glaubt, daß Mrs. Boyntons übertriebene Mutterliebe daran schuld ist, nicht bewußte Bösartigkeit.«

»Das gefällt ihr bestimmt«, meinte Sarah.

»Glaube ich auch.«

»Aber warum brechen sie nicht aus?« fragte Sarah heftig. »Das könnten sie doch!«

Gerard schüttelte erneut den Kopf. »Nein, Sie täuschen sich. Das können sie eben nicht. Haben Sie mal das bekannte Experiment mit einem Huhn gesehen? Sie ziehen einen Kreidestrich auf den Boden und legen das Huhn mit dem Schnabel darauf. Es glaubt, daß es festgebunden ist, und rührt sich nicht. Es kann den Kopf nicht heben. So geht es auch diesen Unglücklichen. Erinnern Sie sich, daß sie sie seit ihrer Kindheit bearbeitet hat! Und ihr Einfluß war geistiger Art! Sie hat sie so hypnotisiert, daß sie überzeugt sind, sie *könnten* ihr gar nicht ungehorsam sein! Ja, mir ist klar, daß die meisten Leute so etwas für Unsinn halten – aber Sie und ich, wir wissen es besser. Mrs. Boynton hat ihren Kindern eingebläut, daß sie ihre vollkommene Abhängigkeit nicht ändern können. Sie sind schon so lange im Gefängnis, daß es ihnen gleichgültig ist, ob die Zellentür offensteht oder nicht. Mindestens einer von ihnen hat gar nicht mehr das Verlangen, frei zu sein. Außerdem hätten sie alle Angst vor der Freiheit.«

»Was passiert, wenn sie stirbt?« fragte Sarah nüchtern.

Gerard zuckte die Achseln. »Das hängt von verschiedenen Dingen ab. Etwa davon, wie bald es passiert. Jetzt, zum Beispiel, wäre es meiner Meinung nach noch nicht zu spät. Der Bruder und die Schwester – sie sind noch jung und wandlungsfähig. Ich glaube, sie würden sich zu normalen menschlichen Wesen entwickeln. Bei Lennox ist es vermutlich schon zu spät. Er macht auf mich den Eindruck eines Mannes, der jede Hoffnung verloren hat. Er lebt und leidet wie ein Tier.«

»Seine Frau hätte etwas unternehmen müssen«, stellte Sarah fest. »Sie hätte ihn wachrütteln müssen.«

»Ich weiß nicht recht. Vielleicht hat sie es versucht – und versagt.«

»Glauben Sie, daß sie auch unter dem Einfluß der Alten steht?«

»Nein. Meiner Meinung nach hat sie keine Macht über Nadine. Und deshalb haßt sie sie bis zur Erbitterung. Achten Sie mal auf ihre Augen.«

Sarah runzelte die Stirn. »Ich kann sie nicht richtig einschätzen – ich meine die jüngere Mrs. Boynton. Ist ihr wohl klar, was eigentlich los ist?«

»Ich denke doch, daß sie merkt, was gespielt wird.«

»Hm«, machte Sarah. »Dieses alte Weib sollte man umbringen. Arsen in den Frühstückstee wäre mein Rezept.«

Dann fragte sie abrupt: »Was ist mit der jüngsten Tochter? Der Rotblonden mit dem faszinierenden fernen Lächeln?«
Gerard strich sich nachdenklich über das Kinn. »Ich weiß es nicht. Da stimmt auch irgend etwas nicht. Ginevra Boynton ist ihre eigene Tochter.«
»Ja. Vermutlich macht das einen Unterschied – oder doch nicht?«
»Ich glaube nicht«, sagte Gerard langsam, »daß ein Mensch, der von dem Wunsch nach Macht besessen ist und sich an den Qualen anderer weidet, jemanden verschont, und sei es das Liebste, was er hat.«
Er schwieg einen Augenblick und fuhr dann fort: »Sind Sie Christin, Mademoiselle?«
»Ich weiß nicht recht«, antwortete Sarah zögernd. »Ich dachte immer, ich sei gar nichts, doch nun – nun bin ich nicht mehr so sicher. Ich habe das Gefühl – ja, ich würde am liebsten all dies hier –« Sie machte eine heftige Geste mit der Hand, »– alle Gebäude und Religionsgemeinschaften und die sich so heftig zankenden Kirchen verschwinden lassen. Vielleicht – vielleicht würde ich Christus sehen, wie er still auf einem Esel in Jerusalem einreitet. Und vielleicht würde ich dann glauben können.«
»Ich halte zumindest von einem der christlichen Dogmen etwas«, erklärte Gerard ernst. »Nämlich sich zu bescheiden mit dem, was man hat. Ich bin Arzt und weiß, daß Ehrgeiz, der Wunsch, Erfolg zu haben – Macht zu haben –, die Ursache für die meisten Krankheiten der menschlichen Seele ist. Wenn dieser Ehrgeiz befriedigt wird, stellt sich Arroganz ein, Gewalttätigkeit und schließlich Überdruß. Doch wenn man seinen Ehrgeiz nicht befriedigen kann – ah, ja dann! Öffnet bloß die Irrenanstalten! Sie sind der beste Beweis. Sie sind voll von Menschen, die ihre Mittelmäßigkeit, ihre Bedeutungslosigkeit, ihre Einflußlosigkeit nicht ertragen konnten und sich ihren eigenen Fluchtweg aus der Wirklichkeit schufen, so daß sie für immer vom Leben ausgeschlossen bleiben.«
»Es ist ein Jammer«, sagte Sarah trocken, »daß die alte Boynton nicht in so einer Anstalt ist.«

Gerard winkte ab. »Nein, ihr Platz ist nicht bei den Versagern. Viel schlimmer! Sie hat erreicht, was sie wollte, verstehen Sie. Sie machte ihren Traum wahr.«
Sarah überlief es kalt. »So etwas sollte es nicht geben!« rief sie heftig.

7

Sarah war sehr neugierig, ob Carol Boynton ihre nächtliche Verabredung einhalten würde. Eigentlich zweifelte sie daran. Sie befürchtete, daß Carol ihr halbvertrauliches Gespräch vom Vormittag unterdessen bereute und ins andere Extrem verfiel. Trotzdem traf sie ihre Vorbereitungen, schlüpfte in einen blauen Satinmorgenmantel und stellte Wasser auf dem kleinen Spirituskocher bereit.
Sie wollte Carol gerade ganz aufgeben – es war schon nach ein Uhr – und zu Bett gehen, als es leise an die Tür klopfte. Sie öffnete und trat rasch zurück, um Carol einzulassen.
»Ich hatte Angst, Sie würden schon schlafen...« sagte Carol außer Atem. »Ich...«
Sarah hatte beschlossen, einen sachlichen Ton anzuschlagen. »Nein, nein«, antwortete sie ruhig. »Ich habe auf Sie gewartet. Möchten Sie nicht eine Tasse Tee trinken? Es ist echter Lapsang Souchong.«
Sie brachte ihr eine Tasse. Carol war nervös und unsicher gewesen. Jetzt nahm sie die Tasse und einen Keks in Empfang und wurde ruhiger.
»So was macht doch Spaß«, sagte Sarah und lächelte.
Carol sah sie ein wenig mißtrauisch an. »Ja«, sagte sie zweifelnd. »Ja, sicher.«
»Es erinnert mich an die mitternächtlichen Feste im Internat«, fuhr Sarah fort. »Sie waren wohl auf keiner Schule?«
Carol schüttelte den Kopf. »Nein, wir sind nie von zu Hause weggekommen. Wir hatten Erzieherinnen – viele. Sie blieben nie sehr lange.«

»Sie waren noch nie allein fort?«
»Nein. Wir haben immer im selben Haus gelebt. Dies ist unsere erste Reise.«
»Es muß für Sie ja ein großes Abenteuer sein«, meinte Sarah freundlich.
»O ja! Es – es ist wie ein Traum!«
»Was hat Ihre – Ihre Stiefmutter dazu veranlaßt, diese Reise zu unternehmen?«
Bei der Erwähnung von Mrs. Boyntons Namen war Carol zusammengezuckt. Sarah sagte rasch: »Sie müssen wissen, ich bin Ärztin. Ich habe gerade mein Examen gemacht. Ihre Mutter – oder vielleicht ihre Stiefmutter interessiert mich sehr, als Fall, verstehen Sie? Ich möchte behaupten, daß sie ganz entschieden krank ist.«
Carol starrte sie entgeistert an. Offensichtlich war dieser Gedanke für sie etwas völlig Neues. Sarah hatte absichtlich mit einem gewissen Nachdruck gesprochen. Mrs. Boynton thronte wie ein riesiges häßliches Götzenbild über ihrer Familie, und Sarah wollte versuchen, dieser Gewalt den Schrecken zu nehmen.
»Ja«, sagte sie. »Es gibt eine Krankheit des Geistes, eine Art Größenwahn, der einen Menschen befallen kann. Man wird sehr herrschsüchtig und verlangt, daß alles genauso gemacht wird, wie man selber es will. Alles in allem sind es Menschen, mit denen nur sehr schwer auszukommen ist.«
Carol stellte ihre Tasse ab.
»Ach«, rief sie, »bin ich froh, daß wir darüber sprechen! Ich glaube nämlich, daß Ray und ich ziemlich – nun, ziemlich komisch geworden sind. Wir haben uns über alles schrecklich aufgeregt.«
»Mit einem Außenseiter zu reden tut immer gut«, antwortete Sarah. »Unter sich, in der Familie, kann man manchmal zu heftig werden.« Dann fragte sie beiläufig: »Haben Sie nie daran gedacht fortzugehen – wenn Sie schon so unglücklich sind?«
Carol wurde aufgeregt. »Nein, nein. Wie könnten wir denn? Ich – ich meine, unsere Mutter würde es nie erlauben.«

»Aber sie kann Sie nicht zurückhalten«, erwiderte Sarah vorsichtig. »Sie sind volljährig.«
»Ich bin dreiundzwanzig.«
»Eben.«
»Aber trotzdem, ich weiß nicht, wie ich – ich meine, wo sollte ich hingehen, was sollte ich tun?« Ihre Stimme klang bestürzt. »Wir haben doch gar kein Geld.«
»Haben Sie keine Freunde, die Sie besuchen könnten?«
»Freunde?« Carol schüttelte den Kopf. »Nein, wir haben niemand.«
»Dachte keines Ihrer Geschwister je daran, wegzugehen?«
»Nein, ich glaube nicht. O nein, es ist unmöglich!«
Sarah wechselte das Thema. Carol war so bestürzt, daß sie ihr leid tat.
»Mögen Sie Ihre Stiefmutter?« fragte sie.
Langsam schüttelte Carol den Kopf. »Ich hasse sie. Genau wie Ray. Wir haben uns – wir haben uns oft gewünscht, sie wäre tot.«
Wieder wechselte Sarah das Thema. »Erzählen Sie mir von Ihrem älteren Bruder.«
»Von Lennox? Ich weiß wirklich nicht, was mit ihm los ist. Er redet kaum noch ein Wort und läuft herum, als wäre er mit den Gedanken ganz woanders. Nadine macht sich schreckliche Sorgen um ihn.«
»Sie mögen Ihre Schwägerin?«
»Ja. Nadine ist anders. Sie ist immer nett. Aber sie ist sehr unglücklich.«
»Wegen Ihres Bruders?«
»Ja.«
»Sind sie schon lange verheiratet?«
»Vier Jahre.«
»Und sie wohnten immer im Haus?«
»Ja.«
»Gefällt das Ihrer Schwägerin?« fragte Sarah.
»Nein.«
Es entstand eine kurze Pause. Dann erzählte Carol:
»Es gab mal eine große Aufregung. Das ist jetzt über vier Jahre

her. Wie ich Ihnen erzählte, geht nie jemand von uns weg. Natürlich gehen wir in den Park, aber weiter nicht. Aber Lennox unternahm mal was. An einem Abend verschwand er. Er fuhr nach Fountain Springs, zum Tanzen. Als meine Mutter es entdeckte, wurde sie schrecklich böse. Es war fürchterlich! Und dann, danach, lud sie Nadine ein. Nadine ist eine sehr entfernte Kusine meines Vaters. Sie hatte kein Geld und arbeitete in einem Krankenhaus, weil sie Krankenschwester werden wollte. Sie nahm die Einladung an und blieb einen Monat. Ich kann Ihnen gar nicht sagen, wie aufregend es war, Besuch zu haben. Und sie verliebten sich, Lennox und Nadine. Meine Mutter meinte, es sei doch das beste, wenn sie gleich heirateten und weiter bei uns im Haus wohnten.«
»War Nadine damit einverstanden?«
Carol zögerte.
»Ich glaube nicht, daß es ihr besonders gefiel. Aber sie hatte auch nichts dagegen. Später wollte sie fort – mit Lennox natürlich...«
»Aber sie blieben?« fragte Sarah.
»Ja, meine Mutter wollte nichts davon hören.« Sie schwieg nachdenklich. »Ich glaube, sie mag Nadine nicht besonders«, fuhr sie dann fort. »Nadine ist komisch. Man weiß nie, was sie denkt. Sie versucht, Jinny zu helfen, und das paßt meiner Mutter nicht.«
»Jinny ist Ihre jüngere Schwester?«
»Ja. Eigentlich heißt sie Ginevra.«
»Ist sie auch so – so unglücklich?«
Zweifelnd schüttelte Carol den Kopf. »Seit kurzem benimmt sich Jinny sehr seltsam. Ich verstehe sie nicht mehr. Sie war immer sehr zart, wissen Sie, und meine Mutter macht viel Aufhebens um sie und – und dadurch wird alles noch schlimmer. In letzter Zeit ist Jinny wirklich sehr komisch. Manchmal macht sie mir direkt Angst. Sie – sie weiß nicht immer, was sie tut.«
»War sie beim Arzt?«
»Nein. Nadine wollte das auch, aber meine Mutter erlaubte es nicht. Jinny wurde völlig hysterisch und schrie, sie wolle sich

nicht untersuchen lassen. Ich mache mir wirklich Sorgen um sie.«
Plötzlich stand Carol auf.
»Ich möchte Sie nicht länger stören. Es – war ganz reizend, daß ich Sie besuchen durfte und wir uns unterhalten konnten. Sie müssen uns für eine sehr seltsame Familie halten.«
»Ach, eigentlich sind alle Menschen irgendwo seltsam«, antwortete Sarah leichthin. »Kommen Sie doch wieder! Und bringen Sie Ihren Bruder mit!«
»Darf ich das wirklich?«
»Ja. Dann schmieden wir Pläne. Ich möchte auch, daß Sie einen Freund von mir kennenlernen, Dr. Gerard, einen schrecklich netten Franzosen.«
Carols Wangen färbten sich rosig. »Wie ich mich freue! Wenn nur meine Mutter nichts merkt!«
Sarah unterdrückte eine impulsive Antwort und meinte nur: »Warum sollte sie? Gute Nacht. Wollen wir uns für morgen nacht verabreden? Um die gleiche Zeit?«
»Ja, sehr schön. Übermorgen fahren wir vielleicht weg.«
»Dann machen wir es für morgen also fest. Gute Nacht.«
»Gute Nacht – und vielen Dank.«
Carol schlüpfte hinaus und huschte leise über den Gang. Ihr eigenes Zimmer lag ein Stockwerk höher. Sie ging hinauf, öffnete die Tür und blieb wie erstarrt auf der Schwelle stehen. In einem Sessel beim Kamin saß Mrs. Boynton. Sie trug einen wollenen roten Morgenrock.
Carol stieß einen kleinen Schrei aus. Ein Paar schwarze Augen bohrten sich in ihr Gesicht. »Wo warst du, Carol?«
»Ich – ich ...«
»Wo warst du?«
Diese leise, rauhe Stimme mit dem seltsam drohenden Unterton ließ Carols Herz jedesmal vor Entsetzen schneller schlagen. »Ich besuchte Miss King – Miss Sarah King.«
»Die Frau, die sich mit Raymond unterhielt?«
»Ja, Mutter.«
»Hast du die Absicht, sie wiederzusehen?«
Carols Lippen bewegten sich, ohne daß ein Wort zu hören

war. Sie konnte nur nicken, weil eine große Welle der Furcht sie zu überspülen drohte.
»Wann?«
»Morgen nacht.«
»Du gehst nicht hin. Verstanden?«
»Ja, Mutter.«
»Du versprichst es?«
»Ja – ja!«
Mrs. Boynton versuchte, sich aus dem Sessel hochzuziehen. Automatisch trat Carol auf sie zu und half ihr. Auf einen Stock gestützt, schritt Mrs. Boynton langsam durch das Zimmer. Bei der Tür blieb sie stehen und drehte sich um.
»Diese Miss King ist von jetzt an Luft für dich, verstanden?«
»Ja, Mutter.«
»Wiederhole es!«
»Sie ist Luft für mich.«
»Gut.«
Mrs. Boynton ging hinaus und schloß die Tür.
Hölzern bewegte sich Carol durch das Zimmer. Ihr war elend zumute, ihr Körper fühlte sich steif und unwirklich an. Sie ließ sich auf das Bett fallen und brach plötzlich in heftiges Schluchzen aus.
Ihr war gewesen, als hätte sich vor ihr der Blick geöffnet auf eine sonnenbeschienene Landschaft mit Bäumen und Blumen. Und jetzt schlossen sich die schwarzen Mauern wieder um sie.

8

»Kann ich Sie einen Augenblick sprechen?«
Nadine Boynton wandte sich erstaunt um und musterte das dunkle, eifrige Gesicht der ihr völlig unbekannten jungen Frau.
»Aber natürlich!«
Noch während sie sprach, warf sie unwillkürlich einen raschen nervösen Blick über die Schulter zurück.
»Ich heiße Sarah King«, sagte die andere.

»Ja, bitte?«
»Was ich jetzt sage, werden Sie sicherlich sehr seltsam finden, Mrs. Boynton. Kürzlich habe ich mich mit Ihrer Schwägerin ziemlich lange unterhalten.«
Ein leichter Schatten huschte über Nadine Boyntons ernstes Gesicht.
»Sie sprachen mit Ginevra?«
»Nein, nicht mit Ginevra. Mit Carol.«
Nadines Gesicht erhellte sich. »Ach so! Mit Carol.« Sie wirkte erstaunt und erfreut zugleich. »Wie haben Sie denn das geschafft?«
»Sie kam auf mein Zimmer – spätabends.« Sarah sah, wie sich die zarten nachgezogenen Brauen hoben. Etwas verlegen fuhr sie fort: »Das finden Sie bestimmt sehr komisch, Mrs. Boynton.«
»Nein«, antwortete Nadine, »gar nicht. Ich freue mich. Ich freue mich sogar sehr. Es ist schön, wenn Carol eine Freundin hat, mit der sie sich unterhalten kann.«
»Wir – wir verstanden uns ausgezeichnet, ja.« Sarah wählte ihre Worte sehr sorgfältig. »Wir verabredeten uns sogar. Sie wollte mich in der nächsten Nacht wieder besuchen.«
»Und?«
»Carol kam nicht.«
»Sie kam nicht?«
Nadines Stimme klang kühl und nachdenklich. Ihr ruhiges, schönes Gesicht verriet Sarah nichts.
»Ja. Gestern ging sie in der Halle an mir vorbei. Ich sprach sie an, aber sie reagierte nicht. Sie sah mich nur an und blickte wieder weg und lief davon.«
»Ich verstehe.«
Sie schwiegen. Sarah wußte nicht mehr weiter. Schließlich meinte Nadine Boynton: »Das tut mir leid. Wirklich. Aber Carol ist schrecklich nervös.«
Wieder schwiegen sie. Sarah nahm ihren ganzen Mut zusammen. »Wissen Sie, Mrs. Boynton«, begann sie, »ich bin Ärztin. Ich glaube – ich glaube, es würde Ihrer Schwägerin guttun, sich nicht so sehr von anderen Leuten abzukapseln.«

Nadine sah Sarah nachdenklich an. »Aha, Sie sind Ärztin«, sagte sie. »Das ist natürlich etwas anderes.«
»Verstehen Sie, worauf ich hinaus will?« drängte Sarah.
Nadine senkte den Kopf. Sie war immer noch sehr nachdenklich. »Sie haben recht«, sagte sie nach einer Pause. »Aber da gibt es gewisse Probleme. Die Gesundheit meiner Schwiegermutter ist nicht die beste. Sie hat eine, ich möchte fast sagen pathologische Abneigung gegen Fremde, die sich für ihre Familie interessieren.«
»Aber Carol ist doch erwachsen«, protestierte Sarah.
Nadine schüttelte den Kopf.
»O nein«, erwiderte sie. »Vielleicht körperlich, aber nicht geistig. Da Sie sich mit ihr unterhalten haben, muß es Ihnen aufgefallen sein. In einer Notsituation wird sie immer wie ein verschrecktes Kind reagieren.«
»Glauben Sie, daß das der Grund ist? Glauben Sie, daß sie Angst bekommen hat?«
»Ich könnte mir vorstellen, Miss King, daß meine Schwiegermutter Carol untersagte, weiter mit Ihnen zu verkehren.«
»Und Carol läßt sich das gefallen?«
»Halten Sie es wirklich für möglich, daß sie sich wehren würde?« fragte Nadine Boynton ruhig.
Die Augen der beiden Frauen trafen sich. Sarah spürte, daß sie sich trotz der unverbindlichen Unterhaltung verstanden. Nadine schätzte die Situation richtig ein, aber sie war nicht gewillt, darüber zu sprechen.
Sarahs Mut sank. An jenem Abend hatte es so ausgesehen, als sei die Schlacht schon zur Hälfte gewonnen. Sie hatte geglaubt, daß sie sich von nun an öfter treffen würden und sie Carol und selbstverständlich auch Raymond zur Revolte anstiften könnte. (Sei ehrlich, Sarah, hast du bei der ganzen Sache nicht vor allem an Raymond gedacht?) Und nun war sie schon in der ersten Runde des Kampfes von diesem unförmigen Haufen Fleisch mit den bösen Augen schmählich geschlagen worden. Carol hatte widerstandslos kapituliert.
»Es ist alles so falsch!« rief Sarah.
Nadine antwortete nicht. Ihr Schweigen legte sich wie eine

eisige Hand auf Sarahs Brust. Sie weiß, wie hoffnungslos es ist, dachte Sarah. Sie lebt seit Jahren mit dieser Hoffnungslosigkeit.
Die Türen des Fahrstuhls öffneten sich. Die alte Mrs. Boynton trat heraus, gestützt auf ihren Stock. Auf der anderen Seite ging Raymond.
Sarah gab es einen kleinen Ruck. Sie beobachtete, wie die Augen der alten Frau von ihr zu Nadine wanderten und wieder zurück. Sie war darauf gefaßt gewesen, Abneigung in diesen Augen zu sehen, ja sogar Haß. Doch was sie jetzt in ihnen entdeckte – darauf war sie nicht vorbereitet gewesen: triumphierende, boshafte Freude. Sarah wandte sich ab. Nadine ging auf die beiden zu.
»Da bist du ja, Nadine«, sagte Mrs. Boynton. »Ich werde mich ein wenig setzen und ausruhen, ehe wir weggehen.«
Sie brachten sie zu einem hochlehnigen Sessel, in dem sie sich ächzend niederließ. Nadine setzte sich neben sie.
»Mit wem hast du dich eben unterhalten, Nadine?«
»Mit einer gewissen Miss King.«
»Ach ja, das ist die Frau, die kürzlich mal mit Raymond sprach. Na, Ray, warum gehst du nicht zu ihr und begrüßt sie? Sie sitzt drüben beim Schreibtisch.«
Der Mund der alten Frau verzog sich zu einem breiten, boshaften Lächeln. Raymond errötete. Er senkte den Kopf und murmelte etwas Unverständliches.
»Was sagtest du eben, mein Sohn?«
»Ich möchte nichts mit ihr zu tun haben.«
»Ja, das glaube ich auch. Du könntest gar nicht mit ihr reden, und wenn du es noch so gern wolltest.«
Sie hustete plötzlich – ein pfeifendes Husten.
»Mir macht diese Reise großen Spaß, Nadine«, sagte sie. »Um nichts auf der Welt hätte ich sie versäumen mögen.«
»Tatsächlich?« Nadines Stimme war ausdruckslos.
»Ray?«
»Ja, Mutter?«
»Hol mir doch bitte ein Blatt Papier – von dem Tisch dort drüben in der Ecke.«

Gehorsam stand Raymond auf. Nadine hob den Kopf. Aber sie beobachtete nicht den jungen Mann, sondern Mrs. Boynton. Die alte Frau hatte sich vorgebeugt, ihre Nasenflügel bebten wie vor Freude. Raymond schritt dicht an Sarah vorbei. Sie sah ihn an. Ein hoffnungsvoller Ausdruck lag auf ihrem Gesicht. Doch er verschwand sofort, als Raymond hastig weiterging, ein paar Bogen Papier nahm und wortlos kehrtmachte.
Auf seiner Stirn standen kleine Schweißtropfen. Sein Gesicht war leichenblaß.
»Ah, danke«, sagte Mrs. Boynton leise. Dann merkte sie, daß Nadines Blick immer noch auf ihr ruhte. Sie starrte sie haßerfüllt an. »Wo ist denn eigentlich Mr. Cope?« fragte sie.
Nadine schlug die Augen nieder. »Ich weiß es nicht. Ich habe ihn heute vormittag noch nicht gesehen«, antwortete sie in freundlichem, nichtssagendem Ton.
»Mir gefällt er«, fuhr Mrs. Boynton fort. »Er gefällt mir sogar sehr. Wir sollten ihn öfters einladen. Das möchtest du doch auch, Nadine, nicht wahr?«
»Ja«, erwiderte Nadine. »Das würde mich freuen.«
»Was ist in letzter Zeit nur mit Lennox los! Er wirkt so still und in sich gekehrt. Ihr habt euch doch nicht etwa gestritten?«
»Nein, nein. Dazu haben wir keinen Grund.«
»Ich weiß nicht recht. Eheleute sind nicht immer ein Herz und eine Seele. Vielleicht wärt ihr glücklicher, wenn ihr ein eigenes Heim hättet?«
Nadine sagte nichts.
»Nun, was hältst du von meiner Idee? Gefällt sie dir?«
Nadine schüttelte den Kopf. »Ich glaube eher, Mutter«, sagte sie lächelnd, »daß sie *dir* nicht gefällt.«
Mrs. Boyntons Lider zuckten. »Du warst schon immer gegen mich, Nadine«, sagte sie giftig.
Nadine blieb gelassen. »Es tut mir leid, daß du so etwas denkst.«
Die Hand der alten Frau packte den Stock fester. Ihr Gesicht schien noch einen Ton röter zu werden. »Ich habe meine Tropfen vergessen«, sagte sie kühl. »Geh und hol sie mir, Nadine!«

»Sofort.«
Nadine stand auf und ging durch die Halle zum Aufzug. Mrs. Boynton sah ihr nach. Raymond saß schlaff in seinem Sessel und starrte dumpf vor sich hin.
Nadine fuhr hinauf und ging den Korridor entlang. Dann betrat sie das Wohnzimmer ihrer Suite. Lennox saß am Fenster, ein Buch in der Hand, doch er las nicht. Bei Nadines Eintritt schreckte er auf. »Hallo, Nadine«, sagte er.
»Ich will nur Mutters Tropfen holen. Sie hat sie vergessen.«
Sie ging weiter zu Mrs. Boyntons Schlafzimmer. Aus einem Fläschchen auf dem Waschständer zählte sie sorgfältig die vorgeschriebene Dosis in ein kleines Medizinglas und füllte es mit Wasser auf. Als sie wieder im Wohnzimmer war, blieb sie stehen und sagte leise: »Lennox.«
Es dauerte ein paar Augenblicke, ehe er reagierte. Es war, als habe das Wort einen weiten Weg zurückzulegen.
»Entschuldige bitte. Was gibt's denn?« fragte er schließlich.
Nadine stellte das Glas sorgfältig auf einem Tischchen ab und trat zu ihm. »Sieh doch die Sonne, Lennox, dort draußen vor dem Fenster! Das Leben kann so schön sein, glaube mir! Wir sollten jetzt woanders sein, statt hier drin, getrennt von der Welt durch eine Scheibe ...«
Wieder schwieg er lange. Dann sagte er: »Tut mir leid. Möchtest du weggehen?«
»Ja, ich möchte weggehen«, antwortete sie heftig. »Mit dir! Hinaus in den Sonnenschein, hinaus ins Leben. Und leben möchte ich – mit *dir!* Nur wir beide!«
Er schien in seinem Stuhl zusammenzuschrumpfen. In seinen Augen lag ein ruheloser, gehetzter Ausdruck. »Meine liebe Nadine – mußt du denn schon wieder davon anfangen?«
»Ja, ich muß! Verschwinden wir! Leben wir unser eigenes Leben!«
»Wie können wir das? Wir haben kein Geld.«
»Wir werden welches verdienen.«
»Wie? Was könnten wir tun? Ich habe nichts gelernt. Tausende von Menschen, Leute mit einer guten Ausbildung, mit Erfahrung, haben keine Arbeit. Wir würden es nie schaffen!«

»Ich verdiene für uns beide.«
»Meine Liebe, du hast kein Examen. Es ist hoffnungslos – unmöglich.«
»Nein, das stimmt nicht. Hoffnungslos und unmöglich ist nur das Leben, das wir leben.«
»Du weißt nicht, wovon du redest. Unsere Mutter ist so gut zu uns. Sie verwöhnt uns und gibt uns, was wir haben wollen.«
»Nur keine Freiheit. O Lennox, versuch es doch wenigstens! Komm mit mir, jetzt, sofort ...«
»Du bist verrückt, Nadine!«
»Nein, ich bin ganz normal. Völlig normal. Ich möchte mein eigenes Leben leben, zusammen mit dir, draußen im Sonnenschein – nicht im dumpfen Schatten einer alten Frau, einer Tyrannin, der es Spaß macht, wenn du unglücklich bist.«
»Vielleicht ist meine Mutter etwas eigenwillig, aber ...«
»Deine Mutter ist verrückt. Völlig verrückt!«
»Das ist nicht wahr«, antwortete er ruhig. »Sie hat einen bemerkenswerten Geschäftssinn.«
»Na ja – vielleicht.«
»Und denk auch daran, Nadine, daß sie schließlich nicht ewig leben wird. Sie wird alt, und ihre Gesundheit ist alles andere als gut. Nach ihrem Tod wird das Geld meines Vaters zu gleichen Teilen unter uns Kindern geteilt. Erinnerst du dich an das Testament, das sie uns vorlas?«
»Bis sie stirbt, ist es vielleicht zu spät.«
»Zu spät wozu?«
»Zu spät, daß wir noch glücklich werden können.«
»Zu spät für unser Glück«, murmelte Lennox. Ein Schauder überlief ihn. Nadine trat noch näher und legte ihm die Hand auf die Schulter.
»Ich liebe dich, Lennox! Es ist ein Kampf zwischen deiner Mutter und mir. Bist du auf meiner Seite oder auf ihrer?«
»Auf deiner – nur auf deiner!«
»Dann komm mit!«
»Es ist unmöglich!«
»Nein, es ist nicht unmöglich! Überleg doch, Lennox. Wir könnten Kinder haben ...«

»Meine Mutter möchte auch, daß wir Kinder haben. Das hat sie gesagt.«
»Ich weiß. Aber ich will kein Kind auf die Welt bringen, das in ihrer Einflußsphäre aufwachsen muß, so wie ihr. *Dich* kann deine Mutter beeinflussen, aber über *mich* hat sie keine Macht.«
»Du ärgerst sie manchmal«, murmelte Lennox. »Das ist nicht sehr klug, Nadine.«
»Sie ärgert sich nur, weil sie weiß, daß sie mich nicht beeinflussen und mir nicht vorschreiben kann, was ich denken soll.«
»Du bist immer freundlich und höflich zu ihr, wirklich. Du bist großartig. Und du bist viel zu gut für mich. Das warst du immer. Als du einverstanden warst, mich zu heiraten, konnte ich es gar nicht fassen. Es war wie ein Traum.«
»Es war falsch, dich zu heiraten«, sagte Nadine ruhig.
»Ja, es war falsch.« Es klang hoffnungslos.
»Du verstehst mich nicht. Ich meine es so: Wenn ich damals wieder weggegangen wäre und dich gebeten hätte, mitzukommen, hättest du es getan. Ja, davon bin ich überzeugt... Ich war deiner Mutter nicht gewachsen. Ich begriff nicht, worauf sie hinauswollte.«
Sie schwieg nachdenklich. »Du weigerst dich also, mitzukommen?« fragte sie dann. »Nun, ich kann dich nicht zwingen. Aber mich hält hier nichts. Ich glaube, es ist besser, wenn wir uns trennen...«
Er starrte sie ungläubig an. Zum erstenmal antwortete er sofort, als flösse der träge Strom seiner Gedanken endlich schneller. »Aber – aber –«, stammelte er. »Das kannst du doch nicht! Meine Mutter – sie würde es nie zulassen.«
»Sie kann mich nicht aufhalten.«
»Du hast kein Geld.«
»Ich verdiene welches, ich leihe es mir, stehle oder bettle. Verstehst du, Lennox, deine Mutter hat keine Macht über mich! Ich kann gehen oder bleiben, ganz wie ich will. Ich habe fast das Gefühl, daß ich dieses Leben langsam satt habe.«
»Nadine – verlaß mich nicht! Verlaß mich nicht...«

Nachdenklich sah sie ihn an, ohne jede Erregung, mit ausdruckslosem Gesicht.
»Bleib bei mir, Nadine!«
Es klang wie eine kindliche Bitte. Sie wandte sich ab, damit er die Betroffenheit in ihren Augen nicht sah. Sie beugte sich zu ihm hinab. »Dann komm doch mit, Lennox! Komm mit! Du kannst es! Wirklich! Wenn du nur willst.«
Er schob sie von sich. »Unmöglich! Es ist unmöglich. Ich habe nicht – mein Gott, ich habe nicht den Mut dazu...«

9

Dr. Gerard betrat das Reisebüro Castle und entdeckte Sarah sofort. Sie stand an der Theke und lächelte ihm freundlich zu. »Hallo, guten Morgen!« rief sie. »Ich mache gerade die Tour nach Petra fest. Eben höre ich, daß Sie doch mitfahren.«
»Ja. Ich kann es noch einschieben.«
»Wie nett.«
»Ob es eine Menge Leute werden?«
»Man sagte mir, es seien noch zwei Damen dabei – außer Ihnen und mir. Also ein Wagen voll.«
»Wie erfreulich«, sagte Gerard mit einer kleinen Verbeugung. Dann wandte er sich an einen der Angestellten und besprach die näheren Einzelheiten.
Kurz darauf schloß er sich wieder Sarah an, die vor der Agentur auf ihn gewartet hatte. Es war ein frischer, sonniger Tag. Ein kühler Hauch lag in der Luft.
»Was gibt es Neues über Ihre Freunde, die Boyntons?« fragte Dr. Gerard. »Ich war inzwischen in Bethlehem und Nazareth und noch an ein paar anderen Orten – eine Tour von drei Tagen.«
Langsam, fast etwas widerwillig, erzählte Sarah von ihren fehlgeschlagenen Bemühungen, sich mit Carol oder Nadine anzufreunden.

»Wie auch immer, ich habe es nicht geschafft«, schloß sie. »Und morgen reisen sie ab.«
»Wohin fahren sie?«
»Ich habe keine Ahnung.« Dann fügte sie etwas ärgerlich hinzu: »Wissen Sie, ich habe das Gefühl, daß ich mich ziemlich dumm benommen habe.«
»Wieso?«
»Weil ich mich in anderer Leute Angelegenheiten eingemischt habe.«
Gerard zuckte die Achseln. »Das ist Ansichtssache.«
»Sie meinen, ob man sich einmischen soll oder nicht?«
»Ja.«
»Und Sie?«
Der Franzose grinste. »Sie wollen wissen, ob mich das Privatleben meiner Mitmenschen beschäftigt? Meine ehrliche Antwort ist nein.«
»Dann finden Sie, es war falsch zu versuchen, den jungen Boyntons zu helfen?«
»Nein, nein, Sie mißverstehen mich!« Gerard wurde energisch. »Meiner Meinung nach kann man sich darüber streiten.« Er sprach jetzt sehr schnell. »Wenn man sieht, wie jemandem Unrecht geschieht, soll man ihm zu Hilfe kommen? Sich einzumischen kann richtig sein, aber man kann auch unermeßlichen Schaden anrichten. Feste Regeln gibt es nicht. Manche Leute haben eine wahre Begabung zu helfen und erreichen viel. Andere sind sehr ungeschickt und sollten es lieber bleibenlassen. Außerdem ist es auch eine Frage des Alters. Junge Menschen kämpfen für ihre Ideale mit Mut und Überzeugung, aber sie denken eher theoretisch als praktisch. Sie haben noch nicht die Erfahrung gemacht, daß sich die Theorie der Praxis widersetzt. Wenn man Selbstvertrauen hat und von dem, was man tut, überzeugt ist, kann man häufig viel erreichen, was sich zu erreichen lohnt. (Übrigens richtet man dabei meistens auch ziemlich viel Schaden an!) Andererseits besitzt man, wenn man älter wird, Erfahrung. Der Mensch entdeckt, daß es meistens mehr schadet als nützt, sich in anderer Leute Angelegenheiten zu mischen. Weshalb er

sich – klug geworden – aus allem heraushält. Das Ergebnis ist in beiden Fällen dasselbe: die Jugend richtet Schaden an und tut Gutes, der weise gewordene Mensch in mittleren Jahren tut weder das eine, noch das andere.«
»Das hilft mir nicht viel weiter«, bemerkte Sarah.
»Kann man überhaupt dem andern helfen? Es ist *Ihr* Problem, nicht meines.«
»Soll das heißen, daß Sie wegen der Boyntons überhaupt nichts unternehmen?«
»Ja. Denn meine Erfolgschancen wären gleich Null.«
»Also meine auch?«
»Bei Ihnen könnte die Sache anders liegen.«
»Wieso?«
»Weil Sie bestimmte Vorbedingungen mitbringen: Sie sind jung und eine Frau.«
»Aha!«
»Es läuft immer wieder darauf hinaus, nicht wahr? Bei der jungen Frau hatten Sie kein Glück. Daraus folgt nicht, daß Sie auch bei ihrem Bruder scheitern würden. Was Sie mir eben berichteten – ich meine die Geschichte, die Carol Ihnen erzählte –, verrät sehr deutlich, woher Mrs. Boyntons Selbstherrlichkeit Gefahr droht. Als junger Mann lehnte sich ihr ältester Sohn, Lennox, gegen sie auf. Er riß von zu Hause aus und ging im Nachbarort tanzen. Seine Sehnsucht nach dem anderen Geschlecht war stärker als der hypnotische Einfluß seiner Mutter. Sie war sich über die Macht des Sex sehr wohl klar. Sie wird in ihrem Beruf einiges davon mitbekommen haben. Geschickt, wie sie mit dem Problem fertig wurde! Sie holte ein hübsches, aber armes Mädchen ins Haus – und förderte eine baldige Heirat. So hatte sie noch jemand, der ihr hörig war.«
Sarah schüttelte den Kopf. »Ich glaube nicht, daß die junge Mrs. Boynton keinen eigenen Willen mehr hat.«
Gerard stimmte ihr zu. »Ja, vielleicht. Weil sie ein so ruhiges, freundliches junges Mädchen war, unterschätzte Mrs. Boynton wahrscheinlich ihre Willenskraft. Zur Zeit ihrer Heirat war Nadine Boynton zu jung und zu unerfahren, um ihre Lage zu begreifen. Jetzt hat sie begriffen. Aber es ist zu spät.«

»Glauben Sie, sie hat alle Hoffnung aufgegeben?«
Dr. Gerard schüttelte zweifelnd den Kopf. »Falls sie irgendwelche Pläne hat, weiß es sicherlich niemand. Es gäbe noch die Möglichkeit, Cope ins Spiel einzubeziehen. Jeder Mann ist von Natur aus ein eifersüchtiges Tier – und die Eifersucht ist ein starker Motor. Vielleicht würde das Lennox Boynton aus seiner Lethargie aufschrecken, in der er immer mehr versinkt.«
»Und Sie finden –«, Sarah sprach absichtlich in einem neutralen, sachlichen Ton, »Sie finden, daß ich eine kleine Chance habe, Raymond zu helfen?«
»Ja.«
Sarah seufzte. »Vielleicht hätte ich es wirklich versuchen sollen. Na ja, jetzt ist es jedenfalls zu spät. Außerdem – außerdem gefällt mir dieser Gedanke nicht.«
Gerard lächelte. »Das kommt, weil Sie Engländerin sind. Die Engländer haben einen Komplex, was das Sexuelle betrifft. Sie halten es für eine schmutzige Sache.«
Sarahs empörter Protest beeindruckte ihn nicht.
»Doch, doch, es stimmt! Ich weiß, daß Sie sehr modern sind, daß Sie in der Öffentlichkeit die schlimmsten Ausdrücke verwenden, die Sie im Lexikon finden können, daß Sie als Ärztin keine Vorurteile haben und aufgeschlossen sind. *Tout de même* – trotzdem ist für Sie typisch, was schon für Ihre Mutter und Großmutter typisch war: Sie sind immer noch die hold errötende englische Maid, obwohl Sie nicht mehr erröten.«
»Ich habe noch nie so einen Unsinn gehört!«
Dr. Gerard grinste und fügte völlig unbeeindruckt hinzu: »Und es steht Ihnen ganz entzückend!«
Diesmal war Sarah sprachlos.
Hastig lüftete Dr. Gerard den Hut und sagte: »Ich verabschiede mich jetzt besser – ehe Sie die Gelegenheit haben, mir all das an den Kopf zu werfen, was Sie denken.« Er flüchtete ins Hotel. Sarah folgte ihm langsam.
Vor dem Hotel herrschte ziemliche Unruhe. Mehrere mit Gepäck beladene Wagen fuhren gerade ab. Lennox Boynton und seine Frau standen mit Mr. Cope vor einem großen Reisewagen und überwachten das Verladen einiger Gepäck-

stücke. Ein dicker Reiseführer redete schnell und in kaum verständlichem Englisch auf Carol ein.
Sarah schritt an ihnen vorbei, ohne sie zu beachten, und betrat das Hotel.
Mrs. Boynton saß in einen dicken Mantel gewickelt in einem Sessel und wartete, daß man sie holen würde. Während Sarah sie betrachtete, schlug ihre Meinung über sie plötzlich um. Bis jetzt hatte sie immer gedacht, Mrs. Boynton sei eine finstere Gestalt, die Verkörperung des Bösen, der Boshaftigkeit.
Jetzt sah sie die alte Frau in einem ganz neuen Licht – eine tragische Figur, eine Versagerin. Mit einer solchen Machtgier geboren zu werden, mit einem solchen Verlangen zu herrschen – und dann nichts weiter zu werden als ein kleiner Familiendrachen! Wenn ihre Kinder sie doch so hätten sehen können, wie Sarah sie in diesem Augenblick sah – ein Gegenstand des Mitleids, eine dumme, böse, pathetische alte Frau, die sich in Pose setzte. Impulsiv trat Sarah auf sie zu.
»Auf Wiedersehen, Mrs. Boynton«, sagte sie. »Ich wünsche Ihnen eine gute Reise.«
Die alte Dame musterte sie. Feindseligkeit und Haß lagen in ihrem Blick.
»Sie wollten mir eins auswischen«, sagte Sarah. (Bin ich verrückt geworden, dachte sie, warum, in aller Welt, rede ich so mit ihr?) »Sie wollten verhindern, daß sich Ihr Sohn und Ihre Tochter mit mir anfreunden. Finden Sie nicht, daß so was dumm und kindisch ist? Sie tun gern so, als wären Sie eine Art Ungeheuer – wie im Märchen –, aber wissen Sie, in Wirklichkeit sind Sie zu bemitleiden und ziemlich lächerlich. An Ihrer Stelle würde ich dieses einfältige Spiel aufgeben. Vermutlich werden Sie mich für das, was ich gesagt habe, hassen. Aber es ist mir ernst – und ich hoffe, daß etwas hängenbleibt. Wissen Sie, Sie können noch soviel Freude am Leben haben. Es ist wirklich viel besser, freundlich und gütig zu sein. Das könnten sie sein, wenn Sie es versuchen.«
Es entstand eine Pause.
Mrs. Boynton war zu völliger Unbeweglichkeit versteinert. Schließlich fuhr sie sich mit der Zunge über die trockenen

Lippen. Ihr Mund öffnete sich. Doch sie brachte kein Wort hervor.
»Nur zu!« rief Sarah. »Sagen Sie es schon! Sie können mich nicht beeindrucken. Aber denken Sie mal über meine Worte nach!«
Schließlich fand Mrs. Boynton ihre Sprache wieder. Ihr Basiliskenblick ruhte nicht auf Sarah, sondern auf einem Punkt hinter ihrer Schulter. Es hatte den Anschein, als spräche sie nicht mit Sarah, sondern mit irgendeinem vertrauten Geist.
»Ich vergesse nie«, sagte sie mit leiser, rauher und doch durchdringender Stimme. »Denken Sie daran! Ich habe noch nie etwas vergessen – kein wichtiges Ereignis, keinen Namen, kein Gesicht ...«
Die Worte selbst waren harmlos, doch die Gehässigkeit, mit der sie gesprochen wurden, entsetzte Sarah. Sie trat unwillkürlich einen Schritt zurück. Und dann lachte Mrs. Boynton. In Sarahs Ohren klang es schauerlich.
Sie zuckte die Achseln. »Sie arme alte Frau«, sagte sie und wandte sich ab.
Beim Fahrstuhl wäre sie beinahe mit Raymond Boynton zusammengeprallt. Einer Regung des Augenblicks folgend, sagte sie zu ihm: »Gute Reise! Hoffentlich haben Sie eine schöne Zeit. Vielleicht sehen wir uns einmal wieder.« Sie lächelte ihn an, es war ein herzliches, warmes Lächeln. Dann ging sie rasch weiter.
Raymond stand da wie zu Stein erstarrt. Er war so in Gedanken versunken, daß ein kleiner Mann mit einem großen Schnurrbart, der den Fahrstuhl verlassen wollte, mehrmals »*Pardon*« sagen mußte, bis Raymond merkte, daß er ihm den Weg versperrte.
Schließlich reagierte er und trat zur Seite. »Entschuldigen Sie«, sagte er. »Ich – ich war mit dem Kopf woanders.«
Carol kam auf ihn zu.
»Bitte, hol Jinny, Ray! Sie ging noch mal auf ihr Zimmer. Wir sind startbereit.«
»Gut. Ich sage ihr, daß sie sofort herunterkommen muß.« Raymond trat in den Lift.

Hercule Poirot stand da und blickte ihm mit hochgezogenen Brauen nach, den Kopf etwas schief gelegt, als lausche er. Dann nickte er befriedigt. Während er durch die Halle ging, betrachtete er Carol gründlich, die bei ihrer Mutter saß. Dann winkte er dem Oberkellner, der in seiner Nähe einen Tisch abräumte. »*Pardon!* Können Sie mir sagen, wie die Leute dort drüben heißen?«
»Der Name ist Boynton, Monsieur. Sie sind Amerikaner.«
»Vielen Dank!« sagte Hercule Poirot.
Im dritten Stock ging Dr. Gerard durch den Gang auf sein Zimmer zu, als ihm Raymond Boynton und Ginevra begegneten, die unterwegs zum Lift waren. Gerade als sie ihn betreten wollten, rief Ginevra: »Warte einen Moment, Ray, ich bin gleich wieder da!«
Dr. Gerard sah sich erstaunt um.
Das junge Mädchen lief auf ihn zu und ergriff seinen Arm. »Sie bringen mich weg. Vielleicht werden sie mich töten... Ich gehöre gar nicht zu ihnen, wissen Sie. Ich heiße nämlich nicht Boynton...«
Sie plapperte weiter, und ihre Worte überstürzten sich:
»Ich vertraue Ihnen ein Geheimnis an. Ich bin – ich bin von *königlicher* Geburt, ja! Ich bin Thronerbin. Und deshalb – ich bin von Feinden umgeben. Sie wollen mich vergiften – alles mögliche... Helfen Sie mir! Ich muß fliehen...«
Sie brach ab. Schritte waren zu hören. »Jinny!«
Sie war schön, als sie plötzlich eine erschrockene Bewegung machte und den Finger an die Lippen legte. Sie warf Gerard noch einen flehenden Blick zu und rannte davon.
»Ich komm schon, Ray!«
Mit nachdenklich hochgezogenen Brauen ging Dr. Gerard weiter. Immer wieder schüttelte er den Kopf.

Es war am Morgen der Abreise nach Petra.
Als Sarah vor das Hotel trat, stand dort eine große, energische Frau mit einer Nase wie die eines Schaukelpferdes. Sie war ihr schon im Hotel aufgefallen. Die energische Frau beschwerte sich heftig über das Auto.
»Es ist viel zu klein! Vier Personen sollen reinpassen? Und der Führer? Da brauchen wir einen viel größeren Reisewagen. Bringen Sie das Auto zurück und kommen Sie mit einem anständigen Fahrzeug wieder!«
Vergeblich versuchte der Angestellte des Castle-Reisebüros, die Lage zu erklären. Dieser Wagentyp werde stets für die Reise zur Verfügung gestellt. Es sei wirklich ein sehr bequemes Gefährt. Ein größeres sei für die Wüstenpisten ungeeignet. Die große Frau ging über ihn hinweg wie eine Dampfwalze.
Dann wandte sie sich an Sarah. »Sie sind also Miss King?« fragte sie. »Ich bin Lady Westholme. Sie sind doch sicherlich auch meiner Meinung, daß dieser Wagen völlig ungeeignet ist? Er ist viel zu klein!«
»Nun«, antwortete Sarah vorsichtig, »ich finde auch, daß die Fahrt in einem größeren angenehmer wäre.«
Der junge Mann von Castle murmelte, daß ein größeres Auto die Sache verteuern würde.
»Der Preis«, erklärte Lady Westholme fest, »versteht sich inklusive. Ich weigere mich entschieden, irgendwelche zusätzlichen Kosten zu akzeptieren. In Ihrem Prospekt steht deutlich: Fahrt in bequemem Reisewagen. Sie werden sich an Ihr Angebot halten müssen.«
Der junge Mann von Castle sah seine Niederlage ein, murmelte, daß er sein Bestes tun werde, und zog geschlagen ab. Lady Westholme sah Sarah mit einem triumphierenden Lächeln auf dem wettergegerbten Gesicht an, und ihre großen roten Schaukelpferdnüstern blähten sich.
Lady Westholme war in der englischen Politik eine sehr bekannte Figur. Als der arglose Lord Westholme, Angehöriger

des englischen Hochadels und im Leben an nichts anderem interessiert als am Reiten, Fischen und Jagen, einmal von einer Reise in die Vereinigten Staaten zurückkehrte, lernte er auf dem Schiff eine Mitreisende namens Mrs. Vansittart kennen. Kurze Zeit nach der Ankunft im Mutterland wurde aus Mrs. Vansittart Lady Westholme. Die Heirat wurde oft als warnendes Beispiel für die vielfältigen Gefahren einer Schiffsreise angeführt. Die neue Lady trug nie etwas anderes als Tweed und derbe Schuhe, züchtete Hunde, verschreckte die Dorfbewohner und zwang ihren Mann erbarmungslos, ein öffentliches Amt zu übernehmen. Als ihr schließlich dämmerte, daß die Politik nicht Lord Westholmes Berufung war und auch nie sein würde, erlaubte sie ihm gnädig, seine sportlichen Betätigungen wiederaufzunehmen. Sie kandidierte selbst fürs Parlament, wurde mit großer Mehrheit gewählt und stürzte sich mit Vehemenz ins politische Leben. Vor allem in der Fragestunde wurde sie aktiv. Bald erschienen die ersten Karikaturen über sie – immer ein sicheres Zeichen für Erfolg. In der Öffentlichkeit machte sie sich stark für so altmodische Werte wie Familienleben und Frauenarbeit in der Wohlfahrt und war eine glühende Anhängerin des Völkerbundes. In Fragen der Landwirtschaft, des Wohnungsbaus und der Slumsanierung hatte sie ganz klare Vorstellungen. Sie genoß allgemein viel Respekt, jedoch kaum Sympathie. Es war höchst wahrscheinlich, daß sie als Unterstaatssekretärin im Parlament einziehen würde, sobald ihre Partei wieder an die Macht kam. Im Augenblick waren die Liberalen am Ruder, was niemand erwartet hatte.
Lady Westholme blickte dem abfahrenden Wagen mit grimmiger Zufriedenheit nach. »Die Männer glauben immer, sie könnten mit uns Frauen machen, was sie wollen«, erklärte sie.
Sarah überlegte, daß ein Mann schon mehr als mutig sein mußte, um es mit Lady Westholme aufzunehmen. Sie stellte Dr. Gerard vor, der inzwischen aus dem Hotel gekommen war.
»Ihr Name ist mir natürlich bekannt«, sagte Lady Westholme und schüttelte ihm die Hand. »Ich traf kürzlich Professor Chantereau in Paris. Das Problem der Behandlung mittelloser

nervenkranker Patienten beschäftigt mich sehr. Wollen wir hineingehen und in der Halle warten, bis der Ersatzwagen kommt?«

Es stellte sich heraus, daß die unscheinbare kleine Dame mit den grauen Haarsträhnen, die schon längere Zeit vor dem Hoteleingang herumgestanden hatte, Miss Amabel Pierce war, die letzte der vier Teilnehmer der Reise. Auch sie wurde unter Lady Westholmes schützenden Fittichen in die Halle gescheucht.

»Sind Sie berufstätig, Miss King?«

»Ich habe gerade mein Arztexamen gemacht.«

»Sehr gut«, lobte Lady Westholme etwas gönnerhaft. »Wenn auf dieser Welt etwas geändert werden soll, dann nur mit Hilfe der Frauen. Denken Sie immer daran!«

Zum erstenmal im Leben war es Sarah in ihrer Rolle als Frau etwas unbehaglich. Scheu folgte sie Lady Westholme zu einer Sitzgruppe in der Halle.

Während sie warteten, erzählte Lady Westholme, daß sie die Einladung des Hochkommissars, während ihres Aufenthalts in Jerusalem bei ihm zu wohnen, ausgeschlagen habe. »Ich wollte durch diese Beamten in meiner Bewegungsfreiheit nicht eingeschränkt werden. Mir ist es lieber, die Dinge aus direkter Anschauung kennenzulernen.«

Was meint sie damit, überlegte Sarah.

Lady Westholme erklärte noch einmal, sie wohne im »Solomon«, um ungestört zu sein. Sie fügte hinzu, daß sie dem Direktor schon einige Vorschläge gemacht habe, wie man das Hotel besser führen könne.

»Tüchtigkeit«, rief sie. »Das ist meine Parole.«

Das schien in der Tat nicht gelogen! Denn nach einer Viertelstunde traf ein großer und äußerst bequemer Wagen ein, und kurz darauf – nachdem Lady Westholme gute Ratschläge gegeben hatte, wie das Gepäck zu verstauen sei – brach die kleine Gruppe auf.

Am Toten Meer machten sie zum erstenmal Rast. In Jericho aßen sie zu Mittag. Nachdem Lady Westholme, bewaffnet mit

einem Baedeker, Miss Pierce, Dr. Gerard und der dicke Führer weggegangen waren, um das alte Jericho zu besichtigen, schlenderte Sarah in den Garten des Hotels.
Sie hatte leichte Kopfschmerzen und wollte allein sein. Eine tiefe Deprimiertheit hatte sie ergriffen, deren Ursache sie sich nicht erklären konnte. Plötzlich fühlte sie sich lustlos, hatte an nichts mehr Interesse und keinerlei Verlangen, Sehenswürdigkeiten zu besichtigen. Die Mitreisenden langweilten sie. In diesem Augenblick wünschte sie, daß sie sich nie auf diese Tour nach Petra eingelassen hätte. Es würde sehr teuer werden, und sie war gar nicht sicher, ob es ihr gefiel. Lady Westholmes dröhnende Stimme, Miss Pierces endloses Gezwitscher und die antijüdischen Ausfälle des Führers zerrten heftig an ihren Nerven. Beinahe ebensowenig mochte sie Dr. Gerards amüsierte Miene, als wisse er genau, wie sie sich fühlte.
Sie überlegte, wo die Boyntons jetzt waren – vielleicht reisten sie nach Syrien und waren schon in Baalbek oder Damaskus. Raymond – was er jetzt wohl gerade machte? Seltsam, wie deutlich sie sein Gesicht vor sich sah, seine Lebhaftigkeit, seine Unsicherheit, seine nervöse Gespanntheit...
Ach, zum Teufel! Warum dachte sie an Leute, die sie vermutlich nie im Leben wiedersehen würde. Die Szene, die sie der alten Frau gemacht hatte – was war nur über sie gekommen? Sich vor der alten Dame aufzubauen und einen Haufen Unsinn zu reden! Noch andere Leute mußten ihre Worte gehört haben. War nicht Lady Westholme in der Nähe gewesen? Sarah versuchte, sich genau zu erinnern, was sie gesagt hatte. Auf jeden Fall mußte es ziemlich hysterisch und verrückt geklungen haben. Mein Gott, wie dumm sie sich benommen hatte! Aber eigentlich war es nicht ihre, sondern Mrs. Boyntons Schuld. Sie hatte irgend etwas an sich, das einen durcheinanderbrachte. Man verlor jeden Sinn für das richtige Maß.
Dr. Gerard erschien im Garten und ließ sich neben Sarah in einen Stuhl fallen.

»Puh! Die Frau sollte man vergiften!« rief er und wischte sich den Schweiß von der Stirn.
Sarah schreckte hoch. »Mrs. Boynton etwa?«
»Wieso Mrs. Boynton? Nein, ich meine diese Lady Westholme! Unfaßbar, daß sie seit Jahren verheiratet ist und ihr Mann es noch nicht getan hat. Ich frage Sie, was ist das überhaupt für ein Mann?«
Sarah lachte. »Er ist der sportliche Typ, der gern jagt und fischt.«
»Psychologisch gesehen sehr vernünftig. Er befriedigt seine Mordlust an der sogenannten einfacheren Kreatur.«
»Er soll auf die Karriere seiner Frau sehr stolz sein.«
»Vermutlich, weil sie dadurch häufig von zu Hause fort ist«, meinte der Franzose. »Das kann ich verstehen.« Er machte eine Pause. Dann fragte er: »Was sagten Sie eben? Sie erwähnten Mrs. Boynton. Zweifellos wäre es eine sehr gute Idee, auch sie zu vergiften. Sicher die einfachste Lösung dieses Familienproblems. Ach, eigentlich müßte man eine Menge Frauen umbringen. Alle alten und häßlichen.« Er zog ein Gesicht.
Sarah lachte herzlich. »Oh, Sie Franzose!« rief sie. »Wenn eine Frau nicht jung und hübsch ist, können Sie nichts mit ihr anfangen.«
Gerard zuckte die Achseln. »Wir sind bloß ehrlicher, das ist alles. Kein Engländer steht in der U-Bahn oder im Zug wegen einer häßlichen Frau auf – bestimmt nicht!«
»Wie deprimierend das Leben sein kann«, sagte Sarah und seufzte.
»*Sie* haben keinen Grund zu seufzen, Mademoiselle.«
»Nun – ich bin heute eben schrecklich mißmutig.«
»Natürlich.«
»Was heißt das – natürlich?« fragte Sarah wütend.
»Wenn Sie ehrlich zu sich sind und genau darüber nachdenken, entdecken Sie die Ursache sehr schnell.«
»Ich glaube, die beiden mitreisenden Damen sind an meiner Depression schuld. Es ist schrecklich, wirklich, aber ich hasse die Frauen. Wenn sie unfähig und dumm sind wie Miss Pierce, machen sie mich wütend, und wenn sie so tüchtig sind

wie Lady Westholme, ärgere ich mich sogar noch mehr über sie.«
»Ich möchte behaupten, daß Sie sich zwangsläufig über die beiden ärgern müssen. Lady Westholme ist für das Leben, das sie führt, wie maßgeschneidert. Sie ist völlig glücklich. Sie hat Erfolg. Miss Pierce arbeitete jahrelang als Kinderfräulein. Mit dem bißchen Geld, das sie erbte, hat sie sich den Traum ihres Lebens verwirklicht: Sie macht eine große Reise. Bis jetzt hat sie noch keine Enttäuschung erlebt. Weil man andererseits *Ihre* Pläne durchkreuzt hat und Sie nicht erreichten, was Sie erreichen wollten, ärgert Sie natürlich die Existenz von Leuten, die im Leben erfolgreicher waren als Sie.«
»Sie haben wohl recht«, antwortete Sarah düster. »Was für ein guter Gedankenleser Sie sind! Einfach scheußlich! Ich versuche, mir etwas vorzumachen, und Sie lassen es nicht zu.«
In diesem Augenblick kehrten auch die anderen zurück. Der Führer schien der erschöpfteste von den dreien zu sein. Auf der Fahrt nach Amman war er ziemlich still und gab nur spärliche Auskünfte. Nicht ein einziges Mal erwähnte er die Juden. Wofür alle mehr als dankbar waren. Seine wortreichen, wilden Berichte über ihre Schlechtigkeit waren ihnen seit Jerusalem auf die Nerven gegangen.
Jetzt wand sich die Straße vom Jordan in vielen Kurven aufwärts. Roter Oleander blühte am Wegrand.
Sie erreichten Amman am späten Nachmittag. Nach einer kurzen Besichtigung des griechisch-römischen Theaters gingen sie bald zu Bett. Am nächsten Morgen wollten sie früh aufbrechen, weil die Fahrt durch die Wüste bis Ma'an einen ganzen Tag dauerte.
Sie fuhren kurz nach acht Uhr los. Niemand hatte große Lust, sich zu unterhalten. Es war ein heißer windstiller Tag, und als sie mittags Rast machten, um Picknick zu machen, hatten sie das Gefühl, in einem Backofen zu schmoren. Bei dieser Hitze den ganzen Tag im Wagen zusammengepfercht zu sein, zehrte an den Nerven.
Lady Westholme und Dr. Gerard hatten eine leicht gereizte Auseinandersetzung über den Völkerbund, dessen glühende

Anhängerin Lady Westholme war, während der Franzose über ihn spottete. Über die Haltung des Völkerbundes in der Abessinien- und Spanienfrage kamen sie zum Grenzstreit von Litauen, von dem Sarah noch nie gehört hatte, und landeten schließlich bei den Maßnahmen, die der Völkerbund zur Eindämmung des Rauschgifthandels ergriffen hatte.
»Sie müssen zugeben, daß Großes geleistet wurde. Wirklich gute Arbeit!« trompetete Lady Westholme.
Dr. Gerard machte eine nichtssagende Geste. »Vielleicht. Aber die Kosten sind auch großartig.«
»Die Sache ist doch sehr wichtig. Seit dem Drogengesetz ...«
Sie stritten weiter.
»Es ist *riesig* interessant, mit Lady Westholme zu reisen«, zwitscherte Miss Pierce Sarah zu.
»Ach, tatsächlich?« sagte Sarah bissig. Aber Miss Pierce bemerkte die Schärfe nicht und zwitscherte fröhlich weiter.
»Ich habe ihren Namen so *oft* in der Zeitung gelesen. Es müssen so *intelligente* Frauen sein, die in die Politik gehen und sich da behaupten. Ich bin immer *froh*, wenn *Frauen* etwas erreichen.«
»Warum?« fragte Sarah wütend.
Miss Pierces Mund formte ein erstauntes O. »Nun, weil –«, stotterte sie, »weil, ich meine – weil es gut ist, wenn Frauen etwas *tun* können.«
»Ich kann Ihnen nicht zustimmen«, antwortete Sarah. »Ich finde es erfreulich, wenn irgendein menschliches Wesen etwas im Leben erreicht. Es spielt absolut keine Rolle, ob es ein Mann oder eine Frau ist. Warum auch?«
»Ja, natürlich –«, sagte Miss Pierce. »Ja – ich muß gestehen, wenn man es von dieser Seite her betrachtet –«
Sie sah etwas betrübt aus. Sarah meinte freundlicher:
»Entschuldigen Sie bitte, aber ich hasse diese Unterscheidung in Mann und Frau. ›Die moderne Frau hat eine sachliche, karrierebewußte Einstellung zum Leben‹, wie ich irgendwo einmal gelesen habe. Es ist einfach nicht wahr! Manche Frauen wollen beruflich etwas erreichen und andere nicht. Manche Männer sind Träumer und Wirrköpfe, andere denken logisch

und haben einen klaren Verstand. Es gibt eben die unterschiedlichsten Gehirne. Das Geschlecht spielt nur dort eine Rolle, wo es konkret um Sex geht.«

Bei dem Wort »Sex« errötete Miss Pierce ein wenig und wechselte rasch das Thema.

»Ich kann mir nicht helfen, aber etwas Schatten wäre angenehm«, sagte sie. »Finden Sie nicht auch, daß dieses leere Land etwas Großartiges hat?«

Sarah nickte.

Ja, dachte sie, die Leere ist großartig ... tröstlich ... friedlich. Kein menschliches Wesen kann einen mit seinen Gefühlen und Wünschen quälen ... keine brennenden Probleme. Jetzt hatte sie endlich das Gefühl, sich von den Boyntons befreit zu haben. Sie hatte nicht mehr den seltsamen, drängenden Wunsch, sich in das Leben von Menschen einzumischen, die sie kaum berührten. Sie fühlte sich ruhiger und war mit sich im reinen. Hier war Einsamkeit, Leere, Größe – ja, Friede.

Nur war sie nicht allein, um ihn zu genießen. Lady Westholme und Dr. Gerard hatten das Thema Rauschgift beendet und diskutierten jetzt über die unschuldigen jungen Mädchen, die auf die finsterste Weise in argentinische Nachtklubs verschleppt wurden. Während der ganzen Unterhaltung hatte Dr. Gerard wenig Ernsthaftigkeit gezeigt, was Lady Westholme, die wie alle wahren Politiker keinen Sinn für Humor besaß, äußerst beklagenswert fand.

»Wir fahren jetzt weiter, ja?« verkündete der Führer, der einen Fes trug, und begann wieder von der Schlechtigkeit der Juden zu sprechen.

Etwa eine Stunde vor Sonnenuntergang erreichten sie schließlich Ma'an. Seltsame Männer mit wilden Gesichtern scharten sich um den Wagen. Nach einem kurzen Aufenthalt fuhren sie weiter.

Sarah blickte über das flache Wüstenland und fragte sich, wo die Felsenstadt Petra wohl lag. Sicherlich konnte man hier meilenweit sehen? Es gab keine Berge, keine Hügel. Wie weit mochten sie vom Ziel ihrer Reise noch entfernt sein?

Sie kamen nach Ain Musa, wo sie den Wagen stehen lassen

mußten. Es warteten Pferde auf sie – traurig aussehende magere Tiere. Miss Pierces gestreifter Rock war zum Reiten nicht sehr praktisch, was sie äußerst beunruhigte. Lady Westholme hatte vernünftigerweise Reithosen angezogen, für ihre Figur vielleicht nicht besonders schmeichelhaft, aber auf jeden Fall zweckdienlich.
Die Pferde wurden aus dem Ort geführt. Sie ritten über einen schmalen Weg mit losen Steinen. Der Boden senkte sich, ein Zickzackpfad führte in die Tiefe. Die Sonne ging gerade unter.
Sarah war von der langen Reise in dem heißen Wagen sehr müde und wie betäubt. Der Ritt war wie ein Traum. Später dachte sie daran zurück wie an das Tor zur Hölle, das sich zu ihren Füßen geöffnet hatte. Immer weiter ging es abwärts, hinunter in die Schlucht. Die Felswände wurden zusehends höher, und sie mußten noch weiter hinunter, hinunter ins Innere der Erde, durch ein Labyrinth roter Klippen, die jetzt zu beiden Seiten aufragten. Sarah fühlte sich unsicher, bedroht von der sich immer weiter verengenden Schlucht.
Hinunter ins Tal des Todes, dachte sie benommen, hinunter ins Tal des Todes...
Und immer weiter hinab. Es wurde dunkel, das lebhafte Rot der Felsen verblaßte, und kein Ende war abzusehen. Sie war gefangen, verloren in einem Irrgarten aus Stein.
Es ist phantastisch, unglaublich... eine tote Stadt, dachte Sarah.
Lampen wurden angezündet. Die Pferde fanden den Weg wie von allein. Plötzlich kamen sie in ein weites Tal hinaus, die Wände fielen zurück. In der Ferne waren Lichter zu erkennen.
»Das ist das Lager«, sagte der Führer.
Die Pferde gingen etwas schneller, nicht sehr viel, dazu waren sie zu unterernährt und lustlos, doch sie zeigten immerhin einen Anflug von Begeisterung. Jetzt führte der Weg ein steiniges Flußbett entlang. Die Lichter kamen näher.
Sie konnten eine Ansammlung von Zelten erkennen, eine

Reihe stand direkt unter einer Felsenwand. Auch Höhlen waren zu sehen, Löcher in den Felsen.
Sie waren am Ziel. Beduinendiener kamen angerannt. Sarah starrte zu einer der Höhlen hinauf. Saß dort nicht eine Gestalt? Wer war sie? Ein Götzenbild? Ein riesiger hockender Gott? Nein, es hatte im unruhigen Lichtschein nur so groß und drohend gewirkt. Aber es mußte eine Art Götzenbild sein. Unbeweglich saß die Gestalt da und blickte drohend über das Tal...
Und dann machte Sarahs Herz plötzlich einen Satz. Sie hatte sie erkannt.
Verflogen war das Gefühl der Ruhe, der Leichtigkeit, das sie in der Wüste verspürt hatte. Sie war aus der Freiheit in die Gefangenschaft zurückgebracht worden. Sie war in diese dunkle gewundene Schlucht hinuntergeritten, und hier saß wie die Urpriesterin eines vergessenen Kults, wie ein ungeheurer weiblicher Buddha Mrs. Boynton.

11

Mrs. Boynton war in Petra!
Mechanisch beantwortete Sarah alle Fragen, die man stellte. Ob sie sofort zu Abend essen wolle, es sei alles fertig. Ob sie sich vorher waschen wolle? Ob sie lieber im Zelt oder in einer Höhle schlafe?
Die Antwort auf die letzte Frage kam rasch: im Zelt. Beim Gedanken an eine Höhle erschauerte sie. Wieder sah sie im Geist die riesige Gestalt dasitzen. (Wieso hatte sie das Gefühl, daß an dieser Frau etwas Übermenschliches war?)
Sie folgte einem der Eingeborenendiener. Er trug stark geflickte Khakireithosen, unordentliche Wickelgamaschen und eine so zerrissene Jacke, daß er sie ebensogut hätte weglassen können. Sein Beduinenkopftuch, das auch den Nacken schützte, wurde von einer fest um den Kopf geschlungenen schwarzen Seidenschnur zusammengehalten. Sarah be-

wunderte die Leichtigkeit und Eleganz, mit der er ging, und seine stolze Kopfhaltung. Nur die europäischen Kleidungsstücke wirkten billig und falsch.
Die Zivilisation ist an allem schuld, dachte Sarah. Wenn wir keine Zivilisation hätten, gäbe es auch keine Mrs. Boynton. Bei den Wilden hätte man sie schon längst getötet und aufgegessen. Etwas belustigt stellte sie fest, daß sie übermüdet und gereizt war. Eine Säuberung mit warmem Wasser und etwas Puder auf die Wangen, und sie war wieder ihr altes Selbst – kühl, beherrscht und etwas verlegen über ihre panische Reaktion bei Mrs. Boyntons Anblick.
Sie kämmte sich das dichte schwarze Haar und betrachtete ihr Ebenbild im flackernden Schein einer kleinen Öllampe in einem ziemlich unzulänglichen Spiegel.
Dann schob sie den Zeltvorhang beiseite und trat in die Nacht hinaus. Sie wollte zu dem weiter unten liegenden größeren Zelt hinuntergehen.
»Was – Sie sind auch hier?« Es klang fast wie ein leiser Schrei, erstaunt und ungläubig.
Sie wandte sich um und sah direkt in Raymond Boyntons Augen. Wieviel Erstaunen in ihnen lag! Und eine unfaßbare Freude, die sie verlegen und stumm machte. Als hätte er einen Blick ins Paradies getan – erstaunt, dankbar, demütig. Niemals in ihrem ganzen Leben würde Sarah diesen Blick vergessen.
»Ja«, sagte sie nur.
Er trat einen Schritt auf sie zu und ergriff plötzlich ihre Hand. »Sie sind es tatsächlich!« rief er. »Sie sind aus Fleisch und Blut! Zuerst hielt ich Sie für einen Geist – denn ich dachte ständig an Sie.« Er schwieg lange und sagte dann: »Ich liebe Sie ... von dem Moment an, als ich Sie im Zug sah. Das ist mir inzwischen klargeworden. Und ich möchte, daß Sie es wissen. Denn es ist nicht mein wahres Ich, das ... nein, ich bin es nicht, der sich so ungehobelt benimmt. Sehen Sie, nicht einmal jetzt kann ich für mein Benehmen garantieren. Ich wäre zu – zu allem fähig. Vielleicht gehe ich an Ihnen vorbei, ohne Sie zu grüßen, oder behandle Sie wie Luft – doch das bin ich nicht, es ist nicht mein wahres Selbst. Bitte, glauben Sie mir! Es sind meine

Nerven. Ich kann nichts dagegen machen. Wenn *sie* befiehlt, tu dieses, tu jenes – dann tue ich es. Meine schwachen Nerven bringen mich dazu. Sie verstehen das doch, nicht wahr? Sie können mich verachten, wenn Sie wollen ...«
»Ich werde Sie nicht verachten«, unterbrach ihn Sarah. Ihre Stimme war leise und sanft.
»Trotzdem, ich bin ein Schwächling. Ich sollte mich wie ein Mann benehmen können.«
Sei es, daß sie an Dr. Gerards Rat dachte, sei es, daß sie selbst daran glaubte oder es hoffte – Sarah antwortete bestimmt und energisch: »Von nun an werden Sie es können.«
»Wirklich?« Seine Stimme klang zweifelnd. »Vielleicht ...«
»Sie haben jetzt den Mut dazu. Ich bin fest davon überzeugt.«
Er warf den Kopf zurück. »Mut?« rief er. Er straffte sich. »Ja, nur etwas Mut ist nötig.«
Plötzlich beugte er sich vor und berührte ihre Hand mit den Lippen. Dann war er gegangen.

12

Sarah schlenderte zu dem großen Zelt hinunter. Ihre drei Reisegefährten waren schon da. Sie saßen an einem Tisch und aßen. Der Führer erzählte, daß noch eine andere Gruppe gekommen sei.
»Vor zwei Tagen. Reisen übermorgen. Amerikaner. Mutter sehr fett. Herbringen schwierig. Im Stuhl getragen. Die Leute sagen, sehr schwere Arbeit. Viel Schweiß. Ja.«
Sarah mußte plötzlich lachen. Natürlich, wenn man es genau betrachtete, war die ganze Geschichte doch sehr komisch.
Der dicke Führer sah sie dankbar an. Seine Aufgabe war nicht einfach. Lady Westholme hatte ihn heute mit ihrem Baedeker dreimal widerlegt und dann noch das Bett bemängelt, in dem sie schlafen sollte. Er war froh, daß wenigstens ein Mitglied seiner Gruppe so gute Laune hatte, wenn er auch nicht wußte, warum.

»Ha!« rief Lady Westholme. »Ich glaube, die Leute waren auch im ›Solomon‹. Die alte Mutter erkannte ich hier wieder. Ich glaube, Sie unterhielten sich mit ihr in der Halle, Miss King.«

Sarah errötete schuldbewußt und hoffte, daß Lady Westholme nicht viel von der Unterhaltung mitbekommen hatte. Wirklich, wie hatte sie so etwas nur tun können, dachte Sarah. Es wurmte sie immer noch.

Inzwischen hatte Lady Westholme eine Erklärung abgegeben. »Uninteressante Leute. Sehr spießig«, sagte sie.

Miss Pierce gab eifrig heuchlerisch-zustimmende Zischlaute von sich, und Lady Westholme begann ausführlich von verschiedenen prominenten Amerikanern zu erzählen, die sie vor kurzem kennengelernt hatte.

Da das Wetter für die Jahreszeit ungewöhnlich warm war, wurde für den nächsten Tag ein früher Aufbruch verabredet. Die vier trafen sich um sechs Uhr zum Frühstück. Von den Boyntons war weit und breit nichts zu sehen. Nachdem Lady Westholme ihr Mißfallen über das Fehlen von Obst verkündet hatte, tranken sie Tee mit Dosenmilch und aßen in Fett schwimmende Spiegeleier mit sehr salzigem Speck.

Dann brachen sie auf. Lady Westholme diskutierte mit Dr. Gerard lebhaft über die Bedeutung der Vitamine bei einer Abmagerungskur und über die richtige Ernährung der arbeitenden Klassen.

Plötzlich hörten sie laute Rufe aus dem Lager. Sie blieben stehen, weil ihnen jemand nachgelaufen kam. Es war Mr. Jefferson Cope. Mit vor Anstrengung gerötetem Gesicht holte er sie ein.

»Ich hoffe, Sie haben nichts dagegen, wenn ich mich anschließe!« rief er. »Guten Morgen, Miss King. Was für eine Überraschung, Sie und Dr. Gerard hier wiederzusehen. Was halten Sie davon?«

Er machte eine schwungvolle Geste zu den phantastischen roten Felsen, die das Tal einschlossen.

»Es ist großartig und auch ein wenig schrecklich«, sagte Sarah. »Ich hatte immer so romantische Vorstellungen – die

›rosarote Stadt‹ – wie ein Traum. Aber es ist alles viel wirklicher. So wirklich wie – wie ein Stück rohes Fleisch.«
»Und hat auch so eine Farbe«, stimmte Mr. Cope zu.
»Aber es ist unglaublich schön«, sagte Sarah.
Sie begannen aufzusteigen. Zwei Beduinenführer gingen voran, große Männer mit elastischen Bewegungen. Sie traten in ihren genagelten Schuhen sicher auf dem glatten Gestein auf. Bald begannen die Schwierigkeiten. Sarah war völlig schwindelfrei, Dr. Gerard ebenfalls. Aber sowohl Mr. Cope als Lady Westholme waren alles andere als glücklich, und die arme Miss Pierce mußte man über besonders steile Stücke fast tragen. Ihr Gesicht war grünlich, und sie jammerte unaufhörlich vor sich hin.
»Ich konnte nie in die Tiefe sehen! Nie – schon als Kind nicht!« klagte sie immer wieder.
Einmal erklärte sie, sie wolle umkehren, doch als sie sah, welchen Weg sie gekommen waren, wurde ihre Haut noch eine Schattierung grünlicher, und widerwillig erkannte sie, daß ihr nichts anders übrigblieb, als weiterzugehen.
Dr. Gerard war verständnisvoll und ermunterte sie, wo er konnte. Er blieb hinter ihr und hielt einen Stock zwischen sie und den Abgrund wie ein Geländer. Miss Pierce gestand, daß ihr diese Illusion eines Schutzes bei der Bekämpfung ihres schrecklichen Schwindelgefühls half.
Sarah, die ein wenig keuchte, fragte Mahmud, den einen Führer, der trotz seiner Körperfülle keine Ermüdungserscheinungen zeigte: »Haben Sie nie Mühe, die Leute hinaufzuführen? Vor allem die älteren?«
»Immer – immer haben wir Probleme«, bestätigte Mahmud.
»Aber Sie nehmen jeden an und gehen mit ihm hinauf?«
Mahmud zuckte mit den dicken Schultern.
»Sie wollen mitkommen. Sie haben Geld bezahlt, um was zu sehen. Und dann wollen sie es auch sehen. Die Beduinenführer sind sehr tüchtig, sehr sicher. Sie schaffen es immer.«
Schließlich waren sie oben. Sarah atmete tief ein.
Um sie und unter ihnen erhoben sich blutrote Felsen, ein seltsamer, unwirklicher, einzigartiger Anblick. In der saube-

ren, klaren Morgenluft standen sie da wie Götter, die ihr Reich überblicken, ein unter ihnen liegendes Reich flammender Gewalttätigkeit.
Wie der Führer berichtete, war dies die Opferstätte, der Thron. Er zeigte ihnen die Mulde, die in den flachen Stein gehauen worden war.
Sarah entfernte sich etwas von den andern und den glatten Worten, die dem Führer so mühelos über die Lippen flossen. Sie setzte sich auf einen Stein, strich sich das dichte schwarze Haar zurück und blickte auf die Welt zu ihren Füßen hinunter. Dann wurde ihr bewußt, daß jemand neben ihr stand. Es war Dr. Gerard.
»Jetzt sehen Sie, wie richtig im Neuen Testament die Versuchung durch den Teufel beschrieben ist. Satan führte unseren Herrn auf den Gipfel des Berges und zeigte Ihm die Welt. ›Dies alles will ich dir geben, wenn du vor mir niederfällst und mich anbetest.‹ Wieviel größer ist doch die Versuchung in solcher Höhe, sich als mächtiger Gott zu fühlen.«
Sarah nickte, aber sie war offensichtlich mit ihren Gedanken ganz woanders. Gerard musterte sie erstaunt.
»Worüber grübeln Sie nach?« fragte er.
»Es war ein großartiger Einfall, hier oben eine Opferstätte zu errichten«, antwortete sie nachdenklich. »Finden Sie nicht auch, daß manchmal ein Opfer nötig ist ... ich meine, man schätzt das Leben manchmal zu hoch ein. Der Tod ist nicht so wichtig, wie wir immer tun.«
»Wenn Sie das glauben, Miss King, haben Sie Ihren Beruf verfehlt. Für uns Ärzte ist und bleibt der Tod der Erzfeind.«
Sarah erschauerte. »Ja, vermutlich haben Sie recht. Und trotzdem wird ein Problem oft durch den Tod gelöst. Ja, er kann sogar mehr Leben schaffen ...«
»›... der sich selbst gegeben hat, für alle zur Erlösung‹«, zitierte Gerard ernst.
Verwundert sah ihn Sarah an. »So meinte ich es nicht ...« Sie brach ab, weil Jefferson Cope auf sie zuschritt.
»Ist das nicht ein unglaublicher Anblick!« rief er. »Wirklich beeindruckend! Ich bin so froh, daß ich mitgekommen bin.

Mrs. Boynton ist gewiß ein bemerkenswerte Frau, und ich bewundere ihren mutigen Entschluß, hierher zu reisen, aber durch sie werden manche Dinge doch recht kompliziert. Ihre Gesundheit ist nicht die beste, und natürlich nimmt man dann wenig Rücksicht auf die Gefühle seiner Mitmenschen. Es scheint ihr nicht in den Sinn zu kommen, daß ihre Familie auch einmal einen Ausflug ohne sie machen könnte. Sie ist so gewöhnt, sie um sich zu haben, daß sie vergißt...«

Mr. Cope schwieg plötzlich. Sein nettes, freundliches Gesicht wirkte leicht beunruhigt.

»Wissen Sie«, fuhr er fort, »ich habe etwas über Mrs. Boynton erfahren, das mich doch sehr beschäftigt.«

Sarah hing wieder ihren Gedanken nach. Mr. Copes Stimme drang nur wie das Plätschern eines fernen Baches an ihr Ohr. Aber Dr. Gerard war neugierig geworden.

»Tatsächlich?« rief er. »Was haben Sie denn gehört?«

»Im Hotel in Tiberias lernte ich zufällig eine Dame kennen, die mir die Geschichte erzählte. Es handelt sich um ein Dienstmädchen, das bei Mrs. Boynton arbeitete. Die junge Frau hatte – sie war...«

Mr. Cope machte eine Pause, warf Sarah einen scheuen Blick zu und senkte seine Stimme. »Sie war schwanger«, sagte er leise. »Die alte Dame fand das heraus, war aber ganz freundlich zu ihr. Dann, ein paar Wochen bevor das Kind kommen sollte, warf sie sie zum Haus hinaus.«

Dr. Gerard runzelte die Stirn. »Soso«, sagte er nachdenklich.

»Meine Informantin war sich über die Einzelheiten ganz sicher. Ich weiß nicht, ob Sie mir zustimmen, aber ich finde so etwas sehr grausam und herzlos. Ich kann nicht begreifen –«

Dr. Gerard unterbrach ihn.

»Überlegen Sie mal! Zweifellos hatte Mrs. Boynton viel Spaß daran.«

Mr. Cope sah ihn entsetzt an. »Nein, Sir«, erwiderte er nachdrücklich, »das kann ich nicht glauben. So etwas ist unvorstellbar.«

»Mein Lieber«, sagte Dr. Gerard, »ich habe es mir in meinem Leben zur Aufgabe gemacht, all die seltsamen Dinge zu

erforschen, die sich im Kopf des Menschen abspielen. Es hat keinen Zweck, nur die hellen Seiten des Lebens zu sehen. Hinter der Wohlanständigkeit und den gesellschaftlichen Spielregeln des Alltagslebens liegt ein riesiges Reservoir mit den wunderlichsten Dingen verborgen. Nehmen wir zum Beispiel die Freude an der Grausamkeit um ihrer selbst willen. Wenn Sie ihr begegnen, werden Sie entdecken, daß dahinter noch etwas anderes steckt: eine echte und bemitleidenswerte Sehnsucht nach Liebe. Wenn sie nicht erfüllt wird, wenn ein Mensch nicht die Anteilnahme erfährt, die er braucht, wendet er andere Mittel an. Er will Gefühle wecken, er will Eindruck machen, und so kommt es zu zahllosen seltsamen Perversionen. Grausamkeit kann zur Gewohnheit werden, man pflegt sie, sie ergreift Besitz von einem...«
Mr. Cope hüstelte. »Ich glaube, Dr. Gerard, daß Sie ziemlich übertreiben. Die Luft hier oben ist so herrlich...«
Er kehrte zu den andern zurück. Gerard lächelte. Dann sah er Sarah an. Sie runzelte die Stirn. Ihr junges Gesicht war ernst. Sie erinnerte Dr. Gerard an eine junge Richterin, die gerade das Urteil sprechen will.
Er wandte sich um, weil er Schritte hinter sich hörte. Miss Pierce trippelte unsicher auf ihn zu. »Wir steigen ab«, plapperte sie. »O Gott! Ich schaffe es *bestimmt* nicht. Der Führer meint, daß der Weg *leichter* ist. Es ist eine andere Route. Na, hoffentlich. Denn schon als Kind war ich nicht schwindelfrei...«
Der Abstieg führte ein Bachbett hinunter. Es lagen zwar viele lose Steine herum, was nicht ungefährlich war, denn man konnte sich rasch den Knöchel vertreten, doch wenigstens gab es keine Ausblicke in Abgründe mehr.
Die Gruppe traf müde, aber in guter Stimmung und sehr hungrig im Lager ein. Es war kurz nach zwei Uhr, noch Zeit für ein spätes Mittagessen.
Die Familie Boynton saß an dem großen Tisch im Zelt. Sie hatten gerade fertig gegessen. In ihrem herablassendsten Ton richtete Lady Westholme zwei hübsche Sätze an ihre Adresse. »Das war wirklich ein höchst interessanter Vormittag«, sagte sie. »Petra ist ein wunderschönes Fleckchen.«

Carol, an die die Worte gerichtet zu sein schienen, warf ihrer Mutter einen hastigen Blick zu und murmelte: »O ja – ja, bestimmt.« Dann verstummte sie wieder.

In dem Gefühl, dem Anstand Genüge getan zu haben, widmete sich Lady Westholme ihrem Essen. Dann besprachen die vier noch ihre Pläne für den Nachmittag.

»Ich glaube, ich ruhe mich etwas aus«, meinte Miss Pierce. »Es ist gefährlich, wenn man zuviel unternimmt.«

»Ich mache einen Spaziergang und schaue mich etwas um«, sagte Sarah. »Wie steht's mit Ihnen, Dr. Gerard?«

»Ich begleite Sie.«

Mrs. Boynton ließ einen Löffel auf den Boden fallen, und ihre Kinder sprangen auf, um ihn aufzuheben.

»Ich denke«, sagte Lady Westholme, »daß ich Ihrem Beispiel folge, Miss Pierce. Vielleicht lese ich eine halbe Stunde, dann lege ich mich hin und mache ein Nickerchen von mindestens einer Stunde. Dann ein kurzer Spaziergang.«

Mit Lennox' Hilfe zog sich die alte Mrs. Boynton langsam aus ihrem Stuhl hoch. Einen Augenblick stand sie schweigend da, dann sagte sie unerwartet freundlich: »Ihr geht heute nachmittag am besten alle spazieren.«

Es war fast etwas komisch zu beobachten, was für erstaunte Gesichter ihre Kinder machten.

»Aber was ist mit dir, Mutter?«

»Ich brauche euch nicht. Ich ziehe mich mit einem Buch zurück. Jinny gegleitet euch besser nicht. Sie soll sich hinlegen und etwas schlafen.«

»Ich bin nicht müde, Mutter! Ich möchte mit den andern gehen.«

»Doch, du bist erschöpft. Kopfweh hast du auch! Du mußt gut auf dich aufpassen! Geh und leg dich hin! Ich weiß, was für dich gut ist.«

»Ich – ich –« Jinny warf den Kopf zurück und starrte ihre Mutter herausfordernd an. Dann senkte sie die Augen und wurde unsicher.

»Du dummes Ding«, sagte Mrs. Boynton. »Lauf in dein Zelt!« Sie stampfte hinaus. Die andern folgten ihr.

»Du meine Güte!« zwitscherte Miss Pierce, nachdem sie verschwunden waren, »was für seltsame Leute. Und das Gesicht! Ich meine, von der Mutter. Hochrot war es. Vermutlich das Herz. Die Hitze muß ihr ziemlich zu schaffen machen.«
Sie läßt sie allein weg, heute nachmittag, überlegte Sarah, und sie weiß, daß Raymond mit mir zusammensein möchte. Warum macht sie das? Ist es eine Falle?
Nach dem Essen, als sie im Zelt stand und sich ein frisches Baumwollkleid anzog, beschäftigte sie dieser Gedanke immer noch. Seit dem vergangenen Abend hatte sich ihre Einstellung Raymond gegenüber geändert. Sie dachte jetzt mit großer Zärtlichkeit an ihn und hatte das dringende Verlangen, ihn zu beschützen. Das mußte Liebe sein – wenn man sich wegen eines andern so quälte, wenn man den heißen Wunsch hatte, den anderen vor Angst und Schmerz zu bewahren ... ja, sie liebte Raymond Boynton! Der heilige Georg und der Drache – nur umgekehrt. Hier kam sie als Retter, und Raymond war das hilflose Opfer.
Und Mrs. Boynton war der Lindwurm, dessen plötzliche Freundlichkeit in Sarahs mißtrauischen Augen höchst verdächtig war.
Ungefähr Viertel nach drei Uhr schlenderte Sarah zum großen Zelt hinunter.
Lady Westholme saß in einem Stuhl. Trotz der Hitze trug sie immer noch ihren praktischen Harristweedrock. In ihrem Schoß lag der Bericht einer Untersuchungskommission. Dr. Gerard unterhielt sich mit Miss Pierce, die mit einem Buch in der Hand vor ihrem Zelt stand. Der Titel des Buches lautete »Der Schrei nach Liebe«, und im Klappentext wurde eine spannende Geschichte um Leidenschaft und Mißverständnisse versprochen.
»Es ist nicht gut, sich sofort nach dem Mittagessen hinzulegen«, erklärte Miss Pierce. »Es ist wegen der Verdauung, wissen Sie. Hier im Zeltschatten ist es kühl und angenehm. Mein Gott, glauben Sie, es ist richtig, daß die alte Dame dort oben in der Sonne sitzt?«

Alle blickten zu dem Felsen vor ihnen hinauf. Mrs. Boynton saß wie ein unbeweglicher Buddha vor dem Eingang zu ihrer Höhle, genau wie gestern abend. Sonst war keine Menschenseele zu sehen. Die Beduinen, die im Lager arbeiteten, schliefen. Weiter in der Ferne war eine kleine Gruppe von Leuten zu erkennen, die einen Talweg entlanggingen.
»Ausnahmsweise«, sagte Dr. Gerard, »erlaubt die liebe Mama, daß sie sich allein amüsieren. Ist das etwa eine neue Teufelei von ihr?«
»Wissen Sie«, erklärte Sarah, »ich habe eben dasselbe gedacht.«
»Wie mißtrauisch wir sind! Kommen Sie, gehen wir den Flüchtlingen nach.«
Sie überließen Miss Pierce ihrer aufregenden Lektüre und machten sich auf den Weg. Nach einer Weile, als sie um einen Felsvorsprung bogen, hatten sie die jungen Boyntons beinahe eingeholt, weil diese sehr langsam gingen. Ausnahmsweise wirkten sie glücklich und sorglos. Auch Mr. Cope war da.
Die Begrüßung war freundlich und ungezwungen, und bald unterhielt man sich fröhlich und lachend.
Alle hatten das Gefühl, daß dies ein gestohlener Augenblick der Freiheit war – eine unverhoffte Freude, die bis zur Neige ausgekostet werden mußte. Sarah und Raymond sonderten sich nicht ab. Im Gegenteil – Sarah ging neben Carol und Lennox. Dr. Gerard unterhielt sich mit Raymond. Als letzte kamen Nadine und Jefferson Cope.
Es war dann der Franzose, der den Frieden störte. Schon seit einiger Zeit hatte er etwas verkrampft gesprochen. Plötzlich blieb er stehen. »Ich bitte tausendmal um Entschuldigung. Ich fürchte, ich muß umkehren.«
Sarah sah ihn aufmerksam an. »Stimmt etwas nicht?«
Er nickte. »Ich habe Fieber. Ich merke es schon seit dem Mittagessen.«
»Malaria?«
»Ja. Ich drehe um und schlucke Chinin. Hoffentlich ist es kein zu schlimmer Anfall. Ein Andenken an eine Reise in den Kongo.«

»Soll ich mitkommen?« fragte Sarah.
»Nein, nein. Ich habe die nötigen Medikamente immer bei mir. Eine dumme Geschichte. Bitte lassen Sie sich nicht stören!«
Er ging rasch in Richtung des Camps davon.
Unentschlossen starrte Sarah ihm nach. Dann spürte sie Raymonds Blick, sie lächelte ihn an, und Dr. Gerard war vergessen.
Eine Zeitlang gingen die sechs, Carol, Sarah, Lennox, Mr. Cope, Nadine und Raymond zusammen weiter. Dann blieben Sarah und Raymond ohne besonderen Grund etwas zurück. Sie kletterten über Steine und schmale Spalten und machten schließlich an einer schattigen Stelle Rast.
Sie schwiegen lange. Dann fragte Raymond: »Wie heißen Sie eigentlich? King, ich weiß. Aber Ihr Vorname?«
»Sarah.«
»Sarah. Darf ich Sie auch so nennen?«
»Natürlich.«
»Erzählen Sie mir etwas von sich, Sarah!«
Sarah lehnte sich gegen einen Felsen und berichtete ihm von ihrem Leben zu Hause in Yorkshire, von ihren Hunden und der Tante, die sie erzogen hatte.
Dann war Raymond an der Reihe. Er sagte nicht viel und erzählte nur bruchstückhaft.
Wieder herrschte Schweigen. Wie zufällig berührten sich ihre Hände. Wie Kinder saßen sie Hand in Hand da und fühlten sich merkwürdig zufrieden.
Als die Sonne schon sehr tief stand, wurde Raymond unruhig. »Ich kehre jetzt um«, sagte er. »Nein, nicht mit dir zusammen. Ich möchte allein zurückgehen. Da ist noch etwas, das ich erledigen muß. Wenn ich es hinter mir habe, wenn ich bewiesen habe, daß ich kein Feigling bin, dann komme ich zu dir und bitte dich um Hilfe. Denn ich werde Hilfe brauchen, weißt du. Wahrscheinlich muß ich dich um Geld anpumpen.«
Sarah grinste. »Freut mich, daß du Realist bist. Du kannst mit mir rechnen.«
»Aber vorher muß ich noch etwas erledigen.«

»Was denn?«
Sein jungenhaftes Gesicht wurde sehr ernst. »Ich muß beweisen, daß ich Mut habe. Wenn ich es jetzt nicht tue, habe ich keine Gelegenheit mehr dazu.« Er stand auf und ging mit schnellen Schritten davon.
Sarah beobachtete seine immer kleiner werdende Gestalt. Irgend etwas an seinen Worten beunruhigte sie. Er hatte so gespannt gewirkt, so ernst und doch nervös. Einen Augenblick wünschte sie, daß sie ihn begleitet hätte.
Doch sofort rief sie sich zur Ordnung. Raymond wollte für sich allein einstehen und seinen neugefundenen Mut beweisen. Das war sein gutes Recht.
Sie betete aus tiefstem Herzen, daß ihn dieser Mut nicht verließ...
Die Sonne sank, als Sarah das Camp erreichte. Während sie durch die Dämmerung darauf zuging, konnte sie Mrs. Boynton oben im Eingang zu ihrer Höhle sitzen sehen. Beim Anblick der großen bewegungslosen Gestalt lief Sarah ein Schauder über den Rücken.
Sie eilte den Pfad unter dem Felsen entlang und betrat das hellerleuchtete große Zelt.
Lady Westholme saß da und strickte einen marineblauen Pullover. Ein Strang Wolle hing ihr um den Hals. Miss Pierce bestickte eine Tischdecke mit bleichsüchtigen Vergißmeinnicht und wurde dabei über die Reformbedürftigkeit der Scheidungsgesetze informiert.
Die Diener kamen und gingen und trafen Vorbereitungen für das Abendessen. Die Boyntons saßen am anderen Ende des Zeltes in Segeltuchstühlen und lasen. Mahmud erschien, dick und würdevoll, und beklagte sich jammernd. Nach dem Tee sei eine so schöne Besichtigung eingeplant gewesen, aber kein Mensch sei dagewesen... das Programm sei nun völlig durcheinandergeraten... Dabei sei eine so schöne Führung durch die Bauten der Nabatäer geplant gewesen.
Sarah sagte hastig, sie hätten sich alle auch so glänzend unterhalten.
Sie ging in ihr Zelt, um sich vor dem Abendessen noch zu

waschen. Auf dem Rückweg blieb sie vor Dr. Gerards Zelt stehen und rief ihn leise beim Namen: »Dr. Gerard!«
Nichts rührte sich. Sie hob den Vorhang und spähte hinein. Der Arzt lag still auf seinem Bett. Sarah schlich sich leise weg und hoffte, daß er schlief.
Ein Diener kam auf sie zu und deutete auf das große Zelt. Offensichtlich war das Abendessen fertig. Sie schlenderte hinunter. Alle waren schon versammelt, mit Ausnahme von Dr. Gerard und Mrs. Boynton. Ein Diener wurde losgeschickt, um der alten Dame mitzuteilen, daß das Essen bereit sei. Plötzlich entstand draußen Unruhe. Zwei erschreckte Diener kamen hereingerannt und sprachen in Arabisch heftig auf den Führer ein.
Mahmud blickte aufgeregt um sich und eilte hinaus. Aus einem Impuls heraus folgte ihm Sarah.
»Was ist passiert?« fragte sie.
»Es ist wegen der alten Dame. Abdul sagt, sie sei krank – sie kann sich nicht bewegen.«
»Ich komme mit und sehe sie mir an.«
Sarah hatte es plötzlich eilig. Sie stieg hinter Mahmud den Felsenpfad hinauf, bis sie zu der im Sessel sitzenden Gestalt kam, berührte das fleischige Handgelenk, suchte nach dem Puls, beugte sich über sie ...
Als sie sich wieder aufrichtete, war sie sehr blaß.
Sie eilte zum Zelt zurück. Im Eingang blieb sie zögernd stehen und betrachtete die Gruppe am unteren Ende des Tisches.
»Es tut mir sehr leid«, sagte sie mit einer Stimme, die in ihren Ohren brüsk und unnatürlich klang. »Ihre Mutter ist tot, Mr. Boynton.« Sie hatte absichtlich zu Lennox, dem Oberhaupt der Familie, gesprochen.
Wie aus weiter Ferne beobachtete sie neugierig die Gesichter der fünf Menschen, für die diese Nachricht die Freiheit bedeutete.

13

Oberst Carbury lächelte seinem Gast über den Tisch zu und hob sein Glas. »Also, auf das Verbrechen!«
In Hercule Poirots Augen blitzte es auf. Der Toast gefiel ihm. Poirot war mit einem Empfehlungsschreiben von Oberst Race aus Amman zu Carbury gekommen.
Carbury hatte den weltberühmten Privatdetektiv kennenlernen wollen, über dessen Können Race, sein alter Freund und Kollege im Geheimdienst, so voll des Lobes war.
»Die sauberste psychologische Lösung, die ich je erlebt habe«, hatte Race über die Klärung des Shaitana-Mordes geschrieben.
»Sie müssen alle Sehenswürdigkeiten hier in der Gegend besichtigen«, sagte Carbury und zwirbelte seinen etwas struppigen graumelierten Schnurrbart. Er war ein ungepflegter, dicklicher Mann, mittelgroß, mit einer Halbglatze und leeren, freundlichen blauen Augen. Er sah nicht im geringsten wie ein Offizier aus. Er sah nicht einmal besonders intelligent aus. Er war auch nicht das, was man sich unter einem disziplinierten Menschen vorstellte. Trotzdem hatte er hier in Transjordanien großen Einfluß.
»Da ist zum Beispiel Jerash«, sagte er. »Interessieren Sie sich für so etwas?«
»Ich interessiere mich für alles!«
»Ja«, sagte Carbury. »Das ist die einzig mögliche Einstellung dem Leben gegenüber.« Er schwieg einen Augenblick. »Hören Sie mal«, begann er dann, »passiert es Ihnen manchmal, daß Ihr Beruf Sie verfolgt?«
»Pardon?«
»Also – wie drücke ich mich aus –, Sie reisen irgendwohin, um Urlaub vom Verbrechen zu machen, und dann stolpern Sie über eine Leiche.«
»Das ist schon vorgekommen, ja. Mehr als einmal.«
»Hm«, machte Oberst Carbury und sah besonders geistesabwesend aus.
Dann gab er sich einen Ruck. »Ich habe da eine Leiche, über die ich nicht sehr glücklich bin«, bemerkte er.

»Ach, wirklich?«
»Ja. Hier in Amman. Eine alte Amerikanerin. Sie machte mit ihrer Familie die Tour nach Petra. Eine anstrengende Fahrt, ungewöhnlich heiß für diese Jahreszeit, die alte Frau hatte sowieso ein schlechtes Herz, die Strapazen der Reise waren größer, als sie gedacht hatte, eine zusätzliche Belastung für ihr Herz – und weg war sie!«
»Hier in Amman?«
»Nein, unten in Petra. Heute wurde die Leiche hergebracht.«
»Ah.«
»Alles ganz normal. Durchaus möglich. So etwas passiert alle Tage. Nur –«
»Nur?«
Oberst Carbury kratzte seinen fast kahlen Schädel. »Ich habe das Gefühl«, sagte er, »daß ihre Familie sie um die Ecke gebracht hat.«
»Und wieso haben Sie dieses Gefühl?«
Oberst Carbury antwortete auf diese Frage nicht direkt. »Anscheinend eine unangenehme Person. Kein großer Verlust. Allgemein ist man erleichtert, daß sie tot ist. Jedenfalls dürfte es sehr schwierig sein, irgend etwas zu beweisen, solange die Familie dichthält und, wenn nötig, lügt wie der Teufel. Man möchte keine Komplikationen oder Unannehmlichkeiten auf internationaler Ebene. Am einfachsten wäre es wohl, die Sache auf sich beruhen zu lassen! Nichts, womit man was anfangen könnte. Ich kannte mal einen Arzt, der hatte öfter den Verdacht, einer seiner Patienten sei zu schnell ins Jenseits befördert worden. *Er* meinte, man solle am besten den Mund halten, außer man hätte einen wirklich guten Ansatzpunkt. Sonst gibt's nur gräßlichen Stunk, man kann nichts beweisen, und ein hart arbeitender seriöser Arzt hat einen schwarzen Fleck auf der Weste. So ungefähr sagte er. Trotzdem –« Er kratzte sich wieder am Kopf. »Ich bin ein ordentlicher Mensch«, bemerkte er überraschend.
Oberst Carburys Krawatte saß unter seinem linken Ohr, seine Socken waren verrutscht, das Jackett voller Flecken und abgewetzt. Trotzdem lächelte Hercule Poirot nicht. Er sah sehr

wohl, wie klar und logisch Oberst Carburys Verstand arbeitete, wie sorgfältig er Fakten sammelte und Eindrücke analysierte.
»Ja, ich bin ein ordentlicher Mensch«, wiederholte Carbury. Er wedelte mit der Hand durch die Luft. »Ich mag keine Unordnung. Wenn mir so was unterkommt, möchte ich immer aufräumen. Verstehen Sie?«
Hercule Poirot nickte ernst. Er verstand.
»Da unten gab es keinen Arzt?« fragte er.
»Doch. Sogar zwei. Der eine hatte zwar gerade einen Malariaanfall. Der andere ist eine Frau. Sie kommt frisch von der Universität. Trotzdem versteht sie was von ihrem Fach, glaube ich. An dem Tod ist aber nichts faul. Die alte Frau hatte ein schwaches Herz und mußte schon seit längerer Zeit Medikamente nehmen. Kein Wunder, daß ihre Pumpe so plötzlich streikte.«
»Was, mein Freund, beunruhigt Sie dann so?« fragte Poirot freundlich.
Oberst Carbury blickte ihn mit seinen blauen Augen gequält an. »Haben Sie schon mal von einem Franzosen namens Gerard gehört? Theodore Gerard?«
»Natürlich. Ein sehr bekannter Mann in seinem Fach.«
»Klapsmühlen«, bestätigte Oberst Carbury. »Weil Sie sich mit vier Jahren in die Putzfrau verliebten, bilden Sie sich mit achtunddreißig ein, Sie seien der Erzbischof von Canterbury. Wieso und warum habe ich nie begriffen und werde es wohl auch in Zukunft nicht, aber diese Herrschaften erklären es sehr einleuchtend.«
»Dr. Gerard ist jedenfalls eine Autorität für gewisse Formen schwerer Neurosen«, stellte Poirot mit einem Lächeln fest. »Gehen – hm – zielt seine Ansicht über die Ereignisse in Petra in diese Richtung?«
Oberst Carbury schüttelte heftig den Kopf.
»Nein, nein! Dann hätte ich mich nicht weiter darum gekümmert. Ich bezweifle ja nicht, daß es so etwas gibt. Es gehört nur zu den Dingen, die ich nicht verstehe. Wenn einer meiner Beduinen mitten in der flachen Wüste aus dem Wagen steigt,

mit der Hand über den Boden tastet und einem auf ein bis zwei Meilen genau sagt, wo man sich befindet, verstehe ich das auch nicht. Es ist keine Zauberei, aber es kommt mir so vor. Nein, Dr. Gerards Geschichte hält sich an Tatsachen, alles verständlich und eindeutig. Falls es Sie interessiert – es interessiert Sie doch?«

»Ja, ja.«

»Freut mich. Am besten rufe ich ihn gleich an und bitte ihn, herzukommen. Dann können Sie alles von ihm direkt hören.«

Nachdem der Oberst einen Burschen losgeschickt hatte, fragte Poirot: »Wer gehört alles zur Familie?«

»Sie heißen Boynton. Es sind zwei Söhne, der eine verheiratet. Seine Frau ist hübsch, der ruhige, vernünftige Typ. Und außerdem zwei Töchter. Beide sehen blendend aus, auf ganz verschiedene Art. Die jüngere wirkt etwas zerfahren, aber das kann der Schock sein.«

»Boynton«, wiederholte Poirot und runzelte die Stirn. »Wie seltsam – sehr seltsam!«

Carbury sah ihn fragend an. Doch als Poirot nichts weiter sagte, meinte er: »Anscheinend war die Mutter eine Pest. Sie ließ sich von Kopf bis Fuß bedienen. Alle mußten ständig um sie herumtanzen. Sie hatte die Hand auf dem Geldbeutel. Keiner besaß auch nur einen Penny.«

»Aha. Alles sehr interessant. Ist bekannt, wem sie ihr Vermögen hinterließ?«

»Diese Frage habe ich so nebenbei mit einfließen lassen – Sie verstehen schon. Es wird christlich geteilt.«

Poirot nickte. Dann fragte er: »Ihrer Meinung nach stecken sie alle unter einer Decke?«

»Ich weiß nicht. Da liegt der Hund begraben! Ob es eine Gemeinschaftsaktion war oder nur der Einfall eines besonders hellen Kopfes – keine Ahnung. Vielleicht ist das Ganze eine Ente. Mir kommt es nur auf folgendes an: Ich hätte gern Ihre Meinung als Fachmann dazu gehört. Ach, da ist Gerard schon!«

14

Mit raschen, aber nicht hastigen Schritten trat der Franzose ein. Während er Oberst Carbury die Hand schüttelte, warf er Poirot einen neugierigen Blick zu.
»Dies ist Monsieur Hercule Poirot«, stellte Carbury vor. »Er ist bei mir zu Besuch. Wir unterhielten uns eben über diese Geschichte unten in Petra.«
»Ach, wirklich?« Gerard musterte Poirot kurz von Kopf bis Fuß. »Interessiert es Sie?«
Hercule Poirot warf die Hände in die Luft. »Leider ist man unersättlich, wenn es um den Beruf geht.«
»Stimmt«, sagte Gerard.
»Möchten Sie etwas trinken?« fragte Carbury.
Er goß Whisky mit Soda ein und stellte das Glas neben Gerard. Fragend hielt er die Flasche hoch, doch Poirot schüttelte den Kopf. Oberst Carbury setzte sich wieder und zog dabei seinen Sessel etwas näher.
»Also«, sagte er, »wo waren wir stehengeblieben?«
»Wie ich höre«, sagte Poirot zu Gerard, »ist Oberst Carbury etwas verunsichert.«
Gerard machte eine ausdrucksvolle Geste. »Und das ist meine Schuld. Vielleicht irre ich mich auch. Bitte, vergessen Sie nicht, daß ich das gesagt habe, Oberst Carbury. Ich kann mich irren!«
Carbury gab nur einen Grunzton von sich. »Erzählen Sie Poirot die Geschichte.«
Dr. Gerard begann mit einer kurzen Zusammenfassung der Ereignisse, die der Reise nach Petra vorausgegangen waren. Dann entwarf er in knappen Zügen ein Bild der verschiedenen Familienmitglieder und schilderte die emotionale Anspannung, unter der sie gestanden hatten.
Interessiert hörte Poirot zu.
Dann kam Gerard zu dem, was sich am ersten Tag ihres Aufenthalts in Petra abgespielt hatte. Er erzählte, warum er ins Lager zurückgekehrt war.
»Ich hatte einen heftigen Malariaanfall«, erklärte Dr. Gerard.

»Und deshalb verschrieb ich mir eine intravenöse Injektion mit Chinin. Das ist die übliche Behandlungsmethode.«
Poirot nickte verständnisvoll.
»Das Fieber war schon ziemlich hoch. Ich taumelte fast in mein Zelt. Zuerst konnte ich meinen Medikamentenkoffer nicht finden. Er war nicht da, wo ich ihn hingestellt hatte. Als ich ihn schließlich entdeckte, fehlte die Spritze. Ich suchte eine Zeitlang herum, gab schließlich auf, schluckte eine starke Dosis Chinin und warf mich aufs Bett.«
Gerard schwieg eine Weile. Dann berichtete er weiter: »Mrs. Boyntons Tod wurde erst nach Sonnenuntergang entdeckt. Weil sie so aufrecht dasaß und der Stuhl ihrem Körper Halt gab, änderte sich ihre Haltung nicht, und erst als einer der Diener sie um halb sieben zum Abendessen holen wollte, bemerkte man, daß etwas nicht in Ordnung war.«
Er schilderte genau die Lage der Höhle und ihre Entfernung zum Hauptzelt.
»Miss King, eine ausgebildete Ärztin, untersuchte die Tote. Sie holte mich nicht, weil sie wußte, daß ich Fieber hatte. Außerdem konnte man nichts machen. Mrs. Boynton war tot – sie war es schon eine Weile.«
»Wie lange genau?« fragte Poirot.
»Ich glaube nicht«, erwiderte Gerard, »daß sich Miss King um diesen Punkt besonders kümmerte. Vermutlich hielt sie es nicht für wichtig.«
»Aber es läßt sich doch feststellen, wann man sie zuletzt lebend sah?«
Oberst Carbury räusperte sich und nahm ein amtlich aussehendes Schreiben in die Hand.
»Kurz nach vier Uhr sprachen Lady Westholme und Miss Pierce mit Mrs. Boynton. Gegen halb fünf Uhr unterhielt sich Sohn Lennox noch mit ihr. Etwa fünf Minuten später hatte die Schwiegertochter ein langes Gespräch mit ihr. Carol Boynton wechselte ebenfalls ein paar Worte mit ihrer Mutter, aber ihre Zeitangabe ist ungenau – wenn man die Aussagen der anderen Familienmitglieder berücksichtigt, muß es etwa zehn Minuten nach fünf gewesen sein.

Jefferson Cope, Amerikaner und Freund der Familie, kehrte mit Lady Westholme und Miss Pierce ins Lager zurück und glaubte, sie schliefe. Er sprach nicht mit ihr. Das muß etwa zwanzig Minuten vor sechs gewesen sein. Raymond Boynton, der jüngere Sohn, hat sie anscheinend als letzter lebend gesehen. Nach seiner Rückkehr von einem Spaziergang – gegen zehn Minuten vor sechs – ging er zu ihr. Um halb sieben wurde der Leichnam entdeckt, als ein Diener der alten Frau melden wollte, daß das Abendessen bereit sei.«
»In der Zwischenzeit, bis halb sieben, kam niemand in ihre Nähe?« fragte Poirot.
»Angeblich nicht.«
»Aber jemand hätte zu ihr gehen können?« bohrte Poirot weiter.
»Ich glaube, das wäre beobachtet worden. Ab ungefähr sechs Uhr herrschte ziemlicher Betrieb im Lager: Diener kamen und gingen, die Gäste kehrten zurück. Wir haben niemand gefunden, der einen Besucher bei der alten Dame beobachtet hätte.«
»Dann war Raymond Boynton also mit Sicherheit der letzte, der sie lebend sah?« fragte Poirot.
Dr. Gerard und Oberst Carbury warfen sich einen kurzen Blick zu. Oberst Carbury trommelte mit den Fingern auf den Tisch.
»Jetzt geraten wir in tiefes Wasser«, sagte er. »Erzählen Sie weiter, Gerard! Es ist Ihre Geschichte!«
»Wie ich schon erwähnte, sah Miss King bei ihrer Untersuchung keinen Grund, die genaue Todeszeit festzustellen. Sie meinte nur, daß Mrs. Boynton schon ›eine kleine Weile‹ tot gewesen sein müsse, doch als ich am nächsten Tag aus privaten Gründen genaueres wissen wollte und zufällig erwähnte, daß Mrs. Boynton zuletzt von ihrem Sohn Raymond kurz vor sechs Uhr lebend angetroffen worden sei, behauptete Miss King zu meiner großen Verblüffung, daß dies unmöglich sei. Mrs. Boynton müsse zu diesem Zeitpunkt bereits tot gewesen sein.«
Poirot zog die Brauen hoch. »Seltsam! Sehr seltsam! Und was sagt Raymond Boynton dazu?«
Oberst Carbury mischte sich ein. »Er schwört, daß seine

Mutter noch lebte. Er ging zu ihr hinauf und sagte: ›Ich bin wieder da. Hast du einen angenehmen Nachmittag verbracht?‹ Irgend etwas in der Art. Er behauptet, sie habe gemurmelt: ›War ganz nett.‹ Und da sei er weiter zu seinem Zelt gegangen.«

Poirot war verblüfft. »Seltsam«, wiederholte Poirot. »Und Sie, Dr. Gerard, wann bekamen Sie die Leiche zu Gesicht?«

»Erst am nächsten Tag. Um genau zu sein, um neun Uhr vormittags.«

»Und auf wann setzen Sie die Todeszeit an?«

Der Franzose zuckte mit den Schultern. »So lange danach ist eine genaue Beurteilung schwierig. Notwendigerweise muß man eine Toleranz von mehreren Stunden einräumen. Wenn ich unter Eid aussagen sollte, könnte ich nur erklären, daß sie mindestens zwölf Stunden tot war und nicht länger als achtzehn. Wie Sie sehen, nützt das nicht sehr viel.«

»Nur weiter, Gerard«, rief Oberst Carbury. »Erzählen Sie auch noch den Rest.«

»Als ich am Morgen aufstand«, sagte Dr. Gerard, »entdeckte ich meine Spritze. Sie lag hinter meinem Toilettenkoffer auf dem Tisch.« Er beugte sich vor. »Sie können jetzt sagen, daß ich sie am Tag zuvor einfach übersehen habe. Ich fühlte mich sehr elend, hatte heftiges Fieber und zitterte am ganzen Körper. Und wie oft sucht man nach etwas, das die ganze Zeit über da ist, und doch findet man es nicht. Dazu kann ich nur sagen, daß ich ganz sicher bin: Die Spritze war nicht da!«

»Das ist noch nicht alles«, warf Carbury ein.

»Ja, zwei Punkte sind noch erwähnenswert. Sie sind sehr wichtig. Am Handgelenk der Toten war eine kleine verletzte Stelle – wie sie durch eine Spritze entstehen kann. Ich möchte hinzufügen, daß ihre Tochter behauptet, es sei ein Nadelstich –«

Poirot machte eine Bewegung. »Welche?«

»Ihre Tochter Carol.«

»Aha. Bitte, erzählen Sie weiter.«

»Und jetzt zum letzten Punkt. Zufällig überprüfte ich meinen kleinen Medikamentenkoffer, und dabei stellte ich fest, daß mein Vorrat an Digitoxin ziemlich zusammengeschmolzen war.«

»Digitoxin«, sagte Poirot, »ist ein Gift, nicht wahr?«

»Ja. Es wird aus ›digitalis purpurea‹, dem gemeinen Fingerhut, gewonnen. Es gibt vier Arten: Digitalin, Digitonin, Digitalein, Digitoxin. Digitoxin ist das giftigste Mittel, das aus den Fingerhutblättern gewonnen wird.«

»Und was bewirkt eine hohe Dosis?«

»Eine hohe Dosis Digitoxin«, antwortete Dr. Gerard ernst, »die durch eine intravenöse Injektion in die Blutbahn gerät, führt zu einer raschen Herzlähmung und damit zum Tod. Man schätzt, daß vier Milligramm bei einem Erwachsenen genügen.«

»Und Mrs. Boynton war herzkrank?«

»Ja. Sie nahm sogar ein Mittel, das Digitalin enthielt.«

»Das ist äußerst interessant«, sagte Poirot.

»Wollen Sie damit andeuten«, fragte Oberst Carbury, »daß ihr Tod durch eine Überdosis ihres eigenen Medikamentes herbeigeführt wurde?«

»Das auch. Aber es geht noch um mehr.«

»Bis zu einem gewissen Grad«, sagte Dr. Gerard, »kann man sich an Digitalin auch gewöhnen. Außerdem, was den Obduktionsbefund betrifft, so zerstört dieser Wirkstoff zwar Leben, aber er hinterläßt keine Spuren.«

Poirot nickte anerkennend. »Wie geschickt – sehr geschickt! Bei den Geschworenen würde man damit kaum durchkommen. Ja, ich sage Ihnen, Gentlemen, wenn es Mord ist, dann haben wir es mit einem gerissenen Täter zu tun! Die Spritze wurde zurückgelegt, ein Gift verwendet, das das Opfer bereits als Herzmittel einnahm, weshalb die Möglichkeiten eines Fehlers, eines Unfalls erdrückend sind. O ja, dahinter steckt Verstand. Man hat an alles gedacht, für alles vorgesorgt – genial!«

Einen Augenblick saß er schweigend da, dann hob er die Hand. »Trotzdem – eine Sache ist mir ein Rätsel.«

»Was denn?«

»Der Diebstahl der Spritze.«
»Sie wurde nur weggenommen«, erwiderte Dr. Gerard rasch.
»Und wieder zurückgelegt?«
»Ja.«
»Seltsam«, sagte Poirot. »Sehr seltsam. Sonst paßt alles so schön zusammen...«
Oberst Carbury sah ihn neugierig an. »Nun? Was ist Ihre Meinung als Fachmann. War es Mord – oder nicht?«
Poirot machte eine abwehrende Geste. »Moment! Soweit sind wir noch nicht. Wir haben noch nicht das ganze Belastungsmaterial gesichtet.«
»Wieso? Ich habe Ihnen alles erzählt.«
»Schon. Es handelt sich um das Material, welches ich, Hercule Poirot, beisteure.«
Er nickte und lächelte ein wenig über die erstaunten Gesichter.
»Ja, ist das nicht spaßig? Daß ich, dem Sie die Geschichte erzählen, eine Information für Sie habe, die Sie nicht kennen. Es handelt sich um folgendes. Eines Abends trat ich in meinem Zimmer im Hotel ›Solomon‹ ans Fenster, um nachzusehen, ob es geschlossen war –«
»Geschlossen oder offen?« fragte Carbury.
»Geschlossen«, antwortete Poirot nachdrücklich. »Es stand offen, und ich machte es natürlich zu. Doch vorher, als ich die Hand schon am Riegel hatte, hörte ich eine Stimme, eine angenehme Stimme, leise und deutlich, mit einem leichten Zittern, als sei der Sprecher nervös und aufgeregt. Diese Stimme würde ich wiedererkennen, dachte ich bei mir. Und was sagte sie? Sie sagte folgendes: ›Du denkst doch auch, daß sie am besten tot wäre!‹
In jenem Augenblick nahm ich natürlich nicht an, daß es sich um einen richtigen Mord handelte. Ich dachte, irgendein Schriftsteller spreche, oder ein Dichter. Doch jetzt – jetzt bin ich nicht mehr so sicher. Das heißt, nun bin ich überzeugt, daß es sich ganz anders verhielt.«
Wieder schwieg er einen Augenblick. »Ich will es Ihnen verraten, Gentlemen. Nach bestem Wissen und Gewissen

erkläre ich, daß diese Worte von einem jungen Mann stammen, den ich später in der Hotelhalle sah und der, wie man mir sagte, Raymond Boynton hieß.«

15

»Raymond Boynton sagte das!« rief Dr. Gerard erstaunt.

»Sie halten es für unwahrscheinlich – psychologisch gesehen?« fragte Poirot gelassen.

Gerard schüttelte den Kopf. »Nein, das möchte ich nicht behaupten. Ich war nur überrascht. Verstehen Sie, ich war überrascht, eben weil Raymond Boynton für die Rolle des Hauptverdächtigen wie geschaffen ist.«

Oberst Carbury seufzte. Diese klugen Psychologen, schien er damit sagen zu wollen. »Die Frage ist«, murmelte er, »was fangen wir nun an?«

Gerard zuckte mit den Schultern. »Ich sehe nicht, wie Sie eingreifen könnten«, gestand er. »Das Beweismaterial genügt nicht. Selbst wenn Sie sicher wüßten, daß es Mord ist, dürfte es schwierig sein, es zu beweisen.«

»Ich verstehe«, sagte Oberst Carbury. »Wir haben zwar einen Verdacht, doch wir können nur dasitzen und Daumen drehen. Das gefällt mir nicht.« Als wolle er seine letzte Bemerkung etwas abschwächen, wiederholte er den seltsamen Ausspruch, den er vorhin schon getan hatte. »Ich bin ein ordentlicher Mensch.«

»Ich weiß. Ich weiß.« Poirot nickte verständnisvoll. »Sie möchten Klarheit haben. Sie möchten gern wissen, was passiert ist und wie es passiert ist. Und Sie, Dr. Gerard? Sie meinten, man könne nichts unternehmen – das Beweismaterial sei nicht stichhaltig. Vermutlich ist es wahr. Sind Sie auch der Meinung, daß man die Sache auf sich beruhen lassen sollte?«

»Sie war eine Plage«, antwortete Gerard langsam. »Außerdem wäre sie sicherlich sowieso bald gestorben – in einer Woche – in einem Monat – in einem Jahr.«

»Sie wollen also nichts unternehmen?« fragte Poirot hartnäckig.
»Zweifellos war ihr Tod – wie soll ich mich ausdrücken – eine Wohltat für die Allgemeinheit. Er hat der Familie die Freiheit gebracht. Sie haben jetzt die Möglichkeit, sich zu entfalten, und meiner Meinung nach sind es Leute mit Intelligenz und Charakter. Sie werden – jetzt – zu nützlichen Mitgliedern der Gesellschaft werden. So wie ich es sehe, hat Mrs. Boyntons Tod nur Gutes gebracht.«
»Sie sind also zufrieden?« fragte Poirot.
»Nein!« Dr. Gerard schlug plötzlich mit der Faust auf den Tisch. »Ich bin nicht ›zufrieden‹, wie Sie es ausdrücken. Es ist meine Aufgabe, Leben zu erhalten, nicht vorzeitigen Tod herbeizuführen. Deshalb rebelliere ich dagegen, auch wenn mein Verstand mir immer wieder sagt, daß der Tod dieser Frau eine gute Sache ist. Es ist nicht richtig, Gentlemen, daß ein Mensch stirbt, bevor seine Zeit gekommen ist!«
Poirot lächelte. Zufrieden mit der Antwort, nach der er so geduldig gebohrt hatte, lehnte er sich in seinem Sessel zurück.
»Er mag Mord nicht«, stellte Oberst Carbury ruhig fest. »Genausowenig wie ich.«
Er stand auf und goß sich einen großen Whisky-Soda ein. Die Gläser seiner Gäste waren noch voll.
»Und nun«, sagte er und kam damit wieder zum Thema, »wollen wir mal grundsätzlich werden: Können wir überhaupt irgend etwas unternehmen? Auch wenn es uns nicht paßt – nein. Wir werden es schlucken müssen. Es hat keinen Zweck zu gackern, wenn wir das Ei nicht legen können.«
Gerard beugte sich vor. »Was ist Ihre Meinung, Monsieur Poirot? Sie sind der Fachmann.«
Es dauerte eine Weile, bis Poirot antwortete. Mechanisch schob er einen Aschenbecher hin und her und legte die benützten Streichhölzer auf ein Häufchen. Schließlich sagte er:
»Nicht wahr, Oberst Carbury, Sie möchten wissen, wer Mrs. Boynton getötet hat. Das heißt, falls sie überhaupt getötet wurde und nicht eines natürlichen Todes starb. Wie und wann sie ermordet wurde – einfach die ganze Wahrheit.«

»Die würde ich gern erfahren, ja.« Carbury blieb völlig ruhig.
»Ich sehe nicht ein«, antwortete Hercule Poirot, »warum das nicht möglich sein sollte.«
Dr. Gerard sah ihn ungläubig an. Oberst Carbury wirkte nicht sonderlich beeindruckt. »Aha«, sagte er. »Sie halten das also für möglich? Interessant. Und wie wollen Sie es machen?«
»Indem ich das Beweismaterial methodisch durchgehe. Indem ich gründlich nachdenke.«
»Meinen Segen haben Sie«, sagte Oberst Carbury.
»Und indem ich die psychologischen Möglichkeiten untersuche.«
»Das hört Dr. Gerard sicher gern«, sagte Carbury. »Und wenn Sie also das Beweismaterial geprüft und ein wenig nachgedacht und mit der Psychologie herumgespielt haben, dann zaubern Sie – hop – das Kaninchen aus dem Zylinder?«
»Ich wäre schon sehr erstaunt, wenn mir das nicht gelänge«, erwiderte Poirot gelassen.
Oberst Carbury starrte ihn über den Rand seines Glases hinweg entgeistert an. Einen Augenblick lang waren seine leeren blauen Augen nicht mehr leer, sondern musterten Poirot abschätzend und wohlwollend zugleich. Dann stellte er brummend sein Glas ab. »Was sagen Sie denn dazu, Dr. Gerard?« fragte er.
»Ich gebe zu, daß ich bezüglich des Erfolgs skeptisch bin ... obwohl ich weiß, daß Monsieur Poirot über große Gaben verfügt.«
»Ich habe eine gewisse Begabung – stimmt«, sagte der kleine Mann und lächelte bescheiden.
Oberst Carbury wandte das Gesicht ab und hüstelte.
»Zuerst müssen wir entscheiden«, fuhr Poirot fort, »ob es ein von der Familie gemeinsam geplanter Mord war oder ob es einer allein tat. Im zweiten Fall wäre weiter zu überlegen, wer am ehesten in Frage kommt.«
»Da hätten wir Ihre eigene Aussage«, meinte Dr. Gerard. »Ich finde, daß Raymond Boynton der Hauptverdächtige ist.«
»Ich möchte Ihnen beipflichten«, sagte Poirot. »Durch die Bemerkung, die ich mit anhörte, und den Widerspruch zwi-

schen seiner Geschichte und der der jungen Ärztin ist er entschieden belastet. Er steht in der vordersten Reihe der Verdächtigen.
Er war der letzte, der Mrs. Boynton lebend sah. So lautet seine Geschichte. Sarah Kings Aussage widerspricht dieser Version. Sagen Sie mal, Dr. Gerard, gibt es zwischen den beiden – hm – Sie wissen schon, was ich meine –, besteht zwischen den beiden eine gewisse zärtliche Beziehung?«
Der Franzose nickte. »Ganz bestimmt.«
»Aha! Ist diese junge Dame dunkelhaarig, das Haar aus der Stirn gekämmt, mit großen braunen Augen und sehr energisch?«
Dr. Gerard sah Poirot ziemlich verblüfft an. »Ja, Ihre Beschreibung stimmt genau.«
»Dann habe ich sie gesehen, im Hotel ›Solomon‹. Sie sprach mit diesem Raymond Boynton, und danach war er völlig geistesabwesend und versperrte den Fahrstuhlausgang. Ich mußte dreimal ›*Pardon*‹ sagen, ehe er mich hörte und zur Seite trat.«
Er schwieg eine Weile, in Gedanken versunken. Dann fuhr er fort: »Also müssen wir Miss Sarah Kings medizinischen Befund mit einer gewissen Reserve betrachten. Sie ist nicht unparteiisch.« Wieder machte er eine Pause. »Glauben Sie, Dr. Gerard«, fragte er dann, »daß Raymond Boynton zu einem Mord fähig ist? Hat er das Temperament dazu?«
»Sie meinen, zu einem vorsätzlichen Mord?« fragte Gerard zögernd. »Ja, ich halte es für möglich – allerdings nur unter heftigem emotionalem Druck.«
»Und der war gegeben?«
»Absolut. Diese Reise erhöhte zweifellos noch die Nervosität und Spannung, unter der die jungen Leute standen. Der Unterschied zwischen ihrem eigenen Leben und dem anderer Leute wurde ihnen klarer. Und in Raymond Boyntons Fall –«
»Nun?«
»In seinem Fall wurde die Sache noch zusätzlich kompliziert durch seine Gefühle für Sarah King.«

»Das heißt, er hätte ein weiteres Motiv gehabt? Einen stärkeren Anreiz?«
»Ja.«
Oberst Carbury hustete. »Ich möchte noch folgendes zu bedenken geben«, sagte er. »Die Worte, die Sie hörten, Monsieur Poirot – sie müssen doch zu jemand gesagt worden sein.«
»Ein wichtiger Punkt«, antwortete Poirot. »Ich habe ihn nicht vergessen. Ja, mit wem unterhielt sich Raymond Boynton? Zweifellos mit einem Mitglied der Familie. Aber mit welchem? Können Sie uns etwas über die geistige Verfassung seiner Geschwister und seiner Schwägerin erzählen, Doktor?«
Der Arzt kam der Bitte sofort nach. »Ich hatte den Eindruck, daß Carol Boynton in ganz ähnlicher Verfassung war wie Raymond – in einem Zustand der Auflehnung, begleitet von großer Nervosität, aber in ihrem Fall nicht so kompliziert, da das Sexuelle keine Rolle spielte. Lennox Boynton war über dieses Stadium schon hinaus und völlig in Apathie versunken. Ich glaube, er konnte sich kaum noch auf etwas richtig konzentrieren. Er reagierte auf seine Umwelt, indem er sich mehr und mehr in sich selbst verschloß. Er ist stark introvertiert.«
»Und seine Frau?«
»Seine Frau ist zwar müde und unglücklich, aber sie hielt sich abseits. Ich glaube, sie war gerade dabei, eine wichtige Entscheidung zu treffen.«
»Was für eine Entscheidung?«
»Ob sie ihren Mann verlassen sollte oder nicht.« Er berichtete von seiner Unterhaltung mit Jefferson Cope. Poirot nickte verständnisvoll.
»Und was ist mit der Jüngsten – heißt sie nicht Ginevra?«
Das Gesicht des Arztes wurde ernst. »Ich möchte behaupten, daß sie geistig äußerst gefährdet ist. Sie hat bereits erste Anzeichen von Schizophrenie gezeigt. Da man sie ihr eigenes Leben nicht leben läßt und sie das nicht erträgt, flüchtet sie sich in das Reich der Phantasie. Sie leidet bereits unter

starkem Verfolgungswahn, zum Beispiel behauptet sie, von königlicher Abstammung zu sein. Sie sei in Gefahr, von Feinden umgeben – das übliche Zeug.«

»Und so was ist gefährlich?«

»Sehr gefährlich. Es ist häufig der Beginn eines Tötungswahns. Der Leidende tötet, nicht aus Lust am Töten, sondern zur Selbstverteidigung. Er oder sie tötet, um nicht selbst getötet zu werden. Von seinem oder ihrem Standpunkt aus betrachtet, ist das völlig vernünftig.«

»Sie halten es also für möglich, daß Ginevra Boynton ihre Mutter umbrachte?«

»Ja. Nur bezweifle ich, daß sie die in diesem Fall notwendigen Kenntnisse und das entsprechende logische Denken besaß. Gewöhnlich handelt man in diesem Stadium des Verfolgungswahns sehr direkt, ohne große Gerissenheit. Und ich bin auch überzeugt, daß sie eine spektakulärere Methode gewählt hätte.«

»Aber sie kommt in Betracht?« fragte Poirot hartnäckig.

»Ja«, gab Gerard zu.

»Und später – nach dem Mord. Glauben Sie, die andern wissen, wer der Täter ist?«

»Sie wissen es!« rief Oberst Carbury überraschend aus. »Wenn ich je Leuten begegnet bin, die was zu verbergen hatten – dann sind sie es! Sie verschweigen etwas, ganz bestimmt.«

»Wir werden sie schon zum Sprechen bringen«, sagte Poirot.

»Wie denn?« fragte Oberst Carbury.

»Durch ganz normale Unterhaltung. Im allgemeinen erzählen die Menschen nämlich die Wahrheit. Weil es einfacher ist. Weil sie dann ihre Phantasie weniger anstrengen müssen. Man kann eine Lüge erzählen – oder zwei – oder drei – oder sogar vier –, aber man kann nicht *immer* lügen. Und deshalb kommt schließlich die Wahrheit zum Vorschein.«

»Da ist etwas dran«, stimmte Carbury zu. Dann fragte er ohne Umschweife: »Sie werden sich mit ihnen unterhalten, sagen Sie? Heißt das, daß Sie sich um die Sache kümmern?«

Poirot machte eine kleine Verbeugung. »Wollen wir eines

klarstellen«, sagte er. »Sie möchten die Wahrheit wissen, und ich versuche, sie herauszufinden. Aber bedenken Sie bitte, daß wir sie vielleicht erfahren, aber keine Beweise dafür haben. Das heißt, kein Beweismaterial, das ein Gericht akzeptiert. Verstehen Sie, was ich meine?«
»So ziemlich«, sagte Carbury. »Sie kriegen heraus, was wirklich passiert ist, und dann ist es an mir zu entscheiden, ob etwas unternommen werden soll oder nicht – auch im Hinblick darauf, daß es Ausländer sind. Jedenfalls wird Klarheit geschaffen, das ist mir wichtig. Ich hasse Unordnung.«
Poirot lächelte.
»Noch etwas«, sagte Carbury. »Viel Zeit haben wir nicht. Ich kann die Leute hier nicht ewig festhalten.«
»Vierundzwanzig Stunden genügen«, erwiderte Poirot ruhig. »Morgen abend kennen Sie die Wahrheit.«
Oberst Carbury starrte ihn entgeistert an. »Sie sind ja ziemlich zuversichtlich, was?« rief er.
»Ich kenne meine Fähigkeiten«, murmelte Poirot.
Oberst Carbury wurde es bei diesem unenglischen Verhalten etwas ungemütlich. Er blickte weg und strich sich mit dem Finger über den struppigen Schnurrbart. »Na ja«, sagte er nur, »es liegt alles an Ihnen.«
»Und wenn Sie es schaffen, mein Freund«, sagte Dr. Gerard, »dann sind Sie wirklich zu bewundern.«

16

Sarah King musterte Hercule Poirot lange und gründlich, seinen eiförmigen Kopf, den riesigen Schnurrbart, seine etwas aufdringliche Eleganz und das verdächtig schwarze Haar. Ein zweifelnder Ausdruck trat in ihre Augen.
»Nun, Mademoiselle, sind Sie zufrieden?«
Sarah errötete unter Poirots amüsiertem ironischem Blick.
»Entschuldigen Sie«, sagte sie verlegen.

»*Du tout*! Sie haben sich nur überlegt, was Sie von mir halten sollen, nicht wahr?«
Sarah lächelte schwach. »Jedenfalls können Sie mit mir dasselbe tun«, sagte sie.
»Selbstverständlich. Das habe ich bereits.«
Sie sah ihn scharf an. Der Ton, in dem er es gesagt hatte, gefiel ihr nicht. Aber Poirot zwirbelte nur selbstzufrieden seinen Schnurrbart, und Sarah dachte – schon zum zweitenmal –, was für ein Angeber er doch sei.
Sie hatte ihre Selbstsicherheit wiedergefunden und straffte sich ein wenig. »Ich verstehe nicht ganz, warum Sie mich sprechen wollten«, sagte sie.
»Der gute Dr. Gerard hat es Ihnen nicht näher erklärt?«
Sarah runzelte die Stirn. »Ich weiß nicht, was er will. Er scheint zu glauben, daß –«
»– daß etwas faul ist im Staate Dänemark«, ergänzte Poirot. »Sie sehen, ich kenne Ihren Shakespeare.«
Sarah fegte Shakespeare mit einer Handbewegung hinweg. »Was soll diese ganze Aufregung überhaupt?« fragte sie.
»*Eh bien*, man möchte doch in dieser Affäre die Wahrheit erfahren, nicht wahr?«
»Sprechen Sie von Mrs. Boyntons Tod?«
»Ja.«
»Wird nicht zuviel Aufheben darum gemacht? Natürlich, Sie sind Fachmann, Monsieur Poirot. Es ist nur normal, daß Sie –«
»– daß ich immer nach einem Vorwand suche, um hinter allem ein Verbrechen vermuten zu können?« ergänzte Poirot für sie den Satz.
»Nun ja – vielleicht.«
»Sie selbst haben keinen Zweifel, was Mrs. Boyntons Tod anbelangt?«
Sarah zuckte die Achseln. »Wirklich, Monsieur Poirot, wenn Sie in Petra gewesen wären, wüßten Sie, wie anstrengend so eine Tour ist, vor allem für eine alte Frau, deren Herz nicht besonders gut ist.«
»Für Sie ist der Fall klar?«
»Gewiß. Ich begreife Dr. Gerards Haltung in dieser Angele-

genheit nicht. Er hat die Vorfälle ja nicht einmal miterlebt. Er lag mit Fieber im Bett. Natürlich erkenne ich seine fachliche Überlegenheit an – aber mit dieser Geschichte hat er doch gar nichts zu tun. Sicherlich könnte in Jerusalem eine Obduktion gemacht werden, falls man mit meinem Befund nicht zufrieden ist.«

Poirot schwieg einen Augenblick. Dann sagte er: »Es gibt da einen Punkt, den Sie noch nicht kennen. Dr. Gerard hat es Ihnen nicht erzählt.«

»Was denn?« fragte Sarah.

»Aus Dr. Gerards Medikamentenkoffer fehlt eine Dosis Digitoxin.«

»Oh!« Sie erkannte die Bedeutung dieser Neuigkeit sofort. Und sie entdeckte auch sofort den einzigen schwachen Punkt dabei. »Ist Dr. Gerard völlig sicher?«

Poirot machte eine abwehrende Geste. »Wie Sie aus eigener Erfahrung wissen, Mademoiselle, überlegt ein Arzt immer genau, wenn er zu fachlichen Fragen etwas sagen muß.«

»Ja, natürlich. Das ist selbstverständlich. Aber Dr. Gerard hatte einen Malariaanfall.«

»Das stimmt.«

»Hat er irgendeine Idee, wann das Mittel verschwunden sein könnte?«

»Am Abend seiner Ankunft in Petra hatte er einen Grund, den Medikamentenkoffer zu öffnen. Er brauchte Phenacetin – wegen seiner starken Kopfschmerzen. Er ist fast sicher, daß noch alle Medikamente da waren, als er am nächsten Morgen das Phenacetin zurücklegte und den Koffer schloß.«

»Fast sicher –,« sagte Sarah.

»Ja, es besteht ein gewisser Zweifel!« gab Poirot zu. »Ein Zweifel, den jeder ehrliche Mensch haben würde.«

Sarah nickte. »Ich weiß. Mißtrauisch machen einen nur die Leute, die sich zu sicher sind. Trotzdem, Monsieur Poirot, ein sehr schwacher Beweis. Mir scheint –« Sie schwieg. Und wieder ergänzte Poirot ihren Satz.

»Sie finden es unklug, daß ich Nachforschungen anstelle.«

Sarah sah ihn fest an. »Offen gestanden, ja. Sind Sie sicher,

Monsieur Poirot, daß Sie sich nicht auf Kosten anderer Leute amüsieren wollen?«
Poirot lächelte. »In das Leben einer Familie Unruhe und Aufregung bringen – damit Hercule Poirot seinen Spaß hat und ein bißchen Detektiv spielen kann?«
»Ich wollte Sie nicht beleidigen, aber ist etwas Wahres dran?«
»Sie stehen also auf der Seite der Familie?«
»Ich glaube schon. Sie haben soviel durchgemacht. Sie – man sollte sie in Ruhe lassen.«
»Und *la maman*? Sie war unfreundlich, tyrannisch, ekelhaft. Sie ist besser tot als lebendig, das auch – *hein*?«
»Wenn Sie es so sagen –« Sarah schwieg, errötete und meinte dann: »Man sollte das wohl nicht in Betracht ziehen.«
»Und trotzdem – man tut es. Das heißt, *Sie* tun es, Mademoiselle! Ich – ich tue es nicht! Für mich sind sie alle gleich. Ob das Opfer ein Heiliger war oder das Gegenteil, ein böses Monster, es berührt mich nicht. Die Tatsache bleibt – ein Leben wurde ausgelöscht. Ich sage es immer wieder: Ich kann Mord nicht gutheißen.«
»Wieso Mord?« Sarah zog scharf die Luft ein. »Was für Beweise haben Sie denn? Mehr als schwache! Dr. Gerard selbst ist sich nicht einmal sicher!«
»Wir haben noch mehr Anhaltspunkte, Mademoiselle«, antwortete Poirot gelassen.
»Welcher Art?« Ihre Stimme war scharf.
»Den Einstich einer Spritze am Handgelenk der Toten. Und noch etwas anderes – eine Bemerkung, die ich in Jerusalem hörte, an einem klaren, ruhigen Abend, als ich das Fenster meines Zimmers schloß. Soll ich Ihnen diese Worte wiederholen, Miss King? Ich hörte, wie Mr. Raymond Boynton sagte: ›Du denkst doch auch, daß sie am besten tot wäre!‹«
Poirot sah, wie alle Farbe aus Sarahs Wangen wich. »Das haben Sie gehört?« fragte sie.
»Ja.«
Sarah starrte schweigend ins Leere. Schließlich sagte sie: »Ausgerechnet *Sie* haben es gehört!«
»Ja, ausgerechnet ich«, bestätigte Poirot. »So etwas kann

passieren. Begreifen Sie jetzt, warum ich eine Untersuchung für notwendig erachte?«
»Ich glaube, Sie haben recht«, erwiderte Sarah leise.
»Aha! Und Sie werden mir helfen?«
»Gewiß.« Das klang sachlich und unbewegt. Ein kühler Blick traf Poirot.
Poirot verneigte sich. »Vielen Dank, Mademoiselle. Jetzt möchte ich Sie bitten, mir mit Ihren eigenen Worten zu erzählen, woran Sie sich noch erinnern. Was geschah an jenem Tag?«
Sarah überlegte einen Augenblick.
»Warten Sie mal! Am Vormittag machten wir einen Ausflug. Von den Boyntons war keiner dabei. Ich sah sie beim Mittagessen. Als wir kamen, hatten sie gerade fertiggegessen. Mrs. Boynton schien ungewöhnlich guter Laune zu sein.«
»Sie war meistens nicht besonders liebenswürdig, soviel ich hörte.«
»Alles andere als das«, erwiderte Sarah und zog eine kleine Grimasse. Dann schilderte sie, wie Mrs. Boynton ihrer Familie für den Nachmittag freigegeben hatte.
»Das war auch ungewöhnlich?«
»Ja. Sie wollte sie sonst immer um sich haben.«
»Glauben Sie, daß sie vielleicht plötzlich Gewissensbisse hatte, daß sie sozusagen eine ›gute Stunde‹ hatte?«
»Nein, das glaube ich nicht«, sagte Sarah ehrlich.
»Was dachten Sie dann?«
»Ich war erstaunt. Ich hielt es eher für eine Art Katz-und-Maus-Spiel.«
»Könnten Sie mir das näher erklären, Mademoiselle?«
»Einer Katze macht es Spaß, die Maus entkommen zu lassen. Und dann fängt sie sie wieder. Mrs. Boyntons Denkweise war ähnlich. Ich vermutete, daß sie sich irgendeine neue Gemeinheit ausgedacht hatte.«
»Was geschah dann weiter, Mademoiselle?«
»Die Boyntons wollten einen Spaziergang machen –«
»Alle?«
»Nein, die jüngste Tochter, Ginevra, blieb im Lager. Sie sollte sich ausruhen.«

»Wollte sie das denn?«
»Nein. Doch das spielte keine Rolle. Sie mußte gehorchen. Die andern brachen auf. Dr. Gerard und ich schlossen uns ihnen an –«
»Wann war das?«
»Gegen halb vier.«
»Wo war Mrs. Boynton da?«
»Nadine – die junge Mrs. Boynton – hatte sie zum Stuhl vor ihrer Höhle gebracht.«
»Und weiter?«
»Wir folgten den andern und holten sie schließlich ein. Wir gingen alle zusammen weiter. Dann, nach einer Weile, wollte Dr. Gerard umkehren. Mir war schon aufgefallen, daß er etwas komisch aussah. Er hatte Fieber. Ich wollte ihn begleiten, doch er ließ es nicht zu.«
»Wie spät war es da?«
»Ach, so ungefähr vier Uhr.«
»Und die übrigen?«
»Wir gingen weiter.«
»Alle zusammen?«
»Zuerst ja. Dann teilten wir uns.« Sarah sprach hastig weiter, als kenne sie die nächste Frage schon. »Nadine Boynton und Mr. Cope trennten sich von Carol, Lennox, Raymond und mir.«
»Und so spazierten Sie weiter?«
»Nun – nein. Raymond Boynton und ich sonderten uns ab. Wir setzten uns auf einen Felsen und bewunderten das wilde Land, die seltsamen Felsformationen, die Farben. Dann drehte er um. Ich blieb noch ein wenig. Als ich auf die Uhr sah, war es halb sechs. Ich mußte aufbrechen. Gegen sechs Uhr erreichte ich das Lager. Die Sonne ging gerade unter.«
»Sie kamen an Mrs. Boynton vorbei?«
»Ich stellte fest, daß sie immer noch im Stuhl oben vor ihrer Höhle saß.«
»Sie fanden es nicht seltsam – daß sie sich anscheinend nicht vom Fleck gerührt hatte?«
»Nein. Am Abend vorher, als wir ankamen, saß sie auch so da.«
»Ich verstehe. Bitte, erzählen Sie weiter.«

»Ich ging ins Zelt. Die andern waren alle schon da – außer Dr. Gerard. Dann machte ich mich etwas frisch und ging wieder zu dem großen Zelt. Das Abendessen war fertig. Einer der Diener wurde losgeschickt, um Mrs. Boynton zu holen. Er kam zurückgerannt und berichtete, daß sie krank sei. Ich lief hinauf. Sie saß in ihrem Stuhl wie vorher, doch als ich sie berührte, wußte ich, daß sie tot war.«
»Sie bezweifelten nicht, daß sie eines natürlichen Todes gestorben war?«
»Ganz und gar nicht. Ich hatte gehört, daß sie herzkrank war. Allerdings wußte ich nichts Genaueres.«
»Sie dachten einfach, daß sie da in ihrem Stuhl ruhig gestorben sei?«
»Ja.«
»Ohne um Hilfe zu rufen?«
»Ja. So etwas gibt es. Vielleicht war sie auch im Schlaf gestorben. Sicherlich hatte sie ein Nickerchen gemacht. Außerdem schlief im Lager am Nachmittag alles. Niemand hätte sie gehört. Oder sie hätte sehr laut rufen müssen.«
»Bildeten Sie sich eine Meinung darüber, wie lange sie schon nicht mehr lebte?«
»Nun, ich habe nicht weiter darüber nachgedacht. Offensichtlich war sie schon eine Zeitlang tot.«
»Was verstehen Sie darunter?« fragte Poirot.
»Sicherlich über eine Stunde. Oder auch länger. Die Wärmerückstrahlung der Felsen verhinderte, daß die Leiche schnell kalt wurde.«
»Über eine Stunde? Wissen Sie eigentlich, Mademoiselle King, daß Mr. Raymond Boynton noch etwa eine halbe Stunde vorher mit ihr sprach? Und da lebte sie und war gesund und munter.«
Sarah schüttelte den Kopf. »Er muß sich getäuscht haben«, sagte sie und senkte den Blick. »Es muß früher gewesen sein.«
»Nein, Mademoiselle, es war nicht früher.«
Sie blickte ihm offen in die Augen. Wieder fiel Poirot der energische Zug um ihren Mund auf.
»Gut«, sagte Sarah, »ich bin jung und habe keine große

Erfahrung mit Toten – aber ein wenig weiß ich doch Bescheid. Für mich steht fest: Mrs. Boynton war mindestens eine Stunde tot, als ich ihre Leiche untersuchte.«

»So lautet also *Ihre* Geschichte«, sagte Poirot, »und Sie bleiben dabei! Können Sie mir dann verraten, warum Mr. Boynton behaupten sollte, seine Mutter habe noch gelebt, wenn sie in Wirklichkeit schon gestorben war?«

»Ich habe keine Ahnung. Vermutlich besitzen sie alle kein besonders ausgeprägtes Zeitgefühl. Die ganze Familie ist ziemlich nervös.«

»Wie oft, Mademoiselle, haben Sie sich mit ihnen unterhalten?« fragte Poirot.

Sarah runzelte leicht die Stirn und überlegte einen Augenblick. »Ich kann es Ihnen genau sagen«, meinte sie dann. »Ich unterhielt mich im Gang des Schlafwagens nach Jerusalem mit Raymond Boynton. Zweimal sprach ich mit Carol Boynton, vor der Omar-Moschee und nachts in meinem Hotelzimmer. Am nächsten Morgen hatte ich ein kurzes Gespräch mit Mrs. Nadine Boynton. Das ist alles – bis zu dem Nachmittag, an dem Mrs. Boynton starb und wir alle zusammen spazierengingen.«

»Mit Mrs. Boynton selbst kamen Sie nicht zusammen?«

Sarah errötete vor Verlegenheit. »Doch. Wir wechselten ein paar Worte – an dem Tag, an dem sie aus Jerusalem abreiste.« Sie schwieg und platzte dann heraus: »Offen gestanden, ich habe mich wie ein Idiot benommen.«

»Ach?«

Es blieb Sarah nichts anderes übrig, als Poirot die ganze Geschichte zu erzählen. Sie tat es nur sehr ungern und machte nicht viele Worte. Poirot wirkte sehr interessiert und nahm sie sofort ins Kreuzverhör.

»Mrs. Boyntons geistige Verfassung ist in dieser Sache äußerst wichtig«, sagte er. »Und Sie als Außenseiterin sind eine unparteiische Beobachterin. Deshalb ist Ihre Meinung über sie so bedeutsam.«

Sarah antwortete nicht. Sie fühlte sich bei dem Gedanken an das Gespräch immer noch unbehaglich.

»Vielen Dank, Mademoiselle«, sagte Poirot schließlich. »Ich werde jetzt mit den übrigen Zeugen sprechen.«
Sarah erhob sich. »Entschuldigen Sie, Monsieur Poirot, aber dürfte ich wohl einen Vorschlag machen –«
»Selbstverständlich. Selbstverständlich!«
»Warum verschieben Sie Ihre Nachforschungen nicht, bis eine Autopsie stattgefunden hat und Sie wissen, ob Ihre Vermutungen zutreffen oder nicht? Es kommt mir so vor, als wollten Sie das Pferd beim Schwanz aufzäumen.«
Poirot machte eine beredte Geste. »Das sind eben Hercule Poirots Methoden«, verkündete er.
Sarah preßte die Lippen zusammen und verließ das Zimmer.

17

Lady Westholme betrat den Raum mit der Wucht eines Ozeandampfers, der am Pier festmacht.
Miss Amabel Pierce, ein Schiff unbestimmbarer Bauart, folgte im Kielwasser des Dampfers und setzte sich auf einen einfacheren Stuhl, etwas hinter Lady Westholme.
»Selbstverständlich, Monsieur Poirot«, dröhnte Lady Westholme, »wird es mir ein Vergnügen sein, Sie mit allen mir zu Gebote stehenden Mitteln zu unterstützen. Ich war immer der Meinung, daß man bei derartigen Ereignissen der Öffentlichkeit gegenüber die Pflicht hat –«
Nachdem sich Lady Westholmes Pflichten der Öffentlichkeit gegenüber ein paar Minuten in den Vordergrund gedrängt hatten, gelang es Poirot geschickt, eine Frage einzuwerfen.
»An den fraglichen Nachmittag erinnere ich mich sehr genau«, antwortete Lady Westholme. »Miss Pierce und ich werden alles tun, um Ihnen zu helfen.«
»Ach ja!« seufzte Miss Pierce fast schwärmerisch. »Was für eine *tragische* Geschichte, finden Sie nicht? Tot – einfach so –, von einer Sekunde zur anderen!«
»Wenn Sie mir bitte genau schildern würden, was an jenem

Nachmittag geschah?«
»Selbstverständlich«, lärmte Lady Westholme. »Nach dem Mittagessen beschloß ich, eine kleine Siesta zu halten. Der Ausflug am Vormittag war ziemlich anstrengend gewesen. Nicht daß ich richtig müde war – das bin ich selten. Ich weiß eigentlich gar nicht, was Müdigkeit bedeutet. Bei Auftritten in der Öffentlichkeit kann man keine Rücksicht darauf nehmen, wie man sich fühlt, und so –«
Wieder eine geschickte Bemerkung von Poirot, die sie zum Thema zurückführte.
»Wie ich schon sagte, ich wollte eine kleine Siesta halten. Miss Pierce ebenfalls.«
»Ach ja«, seufzte Miss Pierce. »Nach den Anstrengungen am Vormittag war ich *entsetzlich* müde. Was für ein *gefährlicher* Aufstieg. Sehr interessant, aber *wahnsinnig* anstrengend. Ich fürchte, ich bin nicht so kräftig wie Lady Westholme.«
»Müdigkeit«, erklärte Lady Westholme, »kann man überwinden wie alles andere auch. Es ist mein Prinzip, den körperlichen Bedürfnissen nie nachzugeben.«
Poirot nahm den Faden wieder auf. »Also, nach dem Mittagessen gingen die beiden Damen zu ihrem Zelt?«
»Ja.«
»Mrs. Boynton saß vor ihrer Höhle?«
»Ihre Schwiegertochter brachte sie zu ihrem Stuhl, ehe sie wegging.«
»Konnten Sie beide sie sehen?«
»O ja!« sagte Miss Pierce. »Die Höhle lag genau gegenüber. Nur, natürlich, etwas entfernt und etwas höher.«
Lady Westholme führte diese Bemerkung noch näher aus. »Die Höhlen liegen an einem Felsenband. Darunter standen ein paar Zelte. Dann kam ein kleines Bachbett, und dahinter waren das große Zelt und noch einige kleine. Das von Miss Pierce und meines befanden sich in der Nähe des großen Zeltes, ihres rechts, meines links. Die Zeltöffnungen gingen auf den Felssims hinaus. Aber natürlich war er ein Stück weg.«
»Ungefähr zweihundert Meter, habe ich gehört.«
»Möglich.«

»Ich habe einen Plan hier«, sagte Poirot, »der mit Hilfe des Führers, diesem Mahmud, gemacht wurde.«
Lady Westholme bemerkte, daß er in diesem Fall kaum stimmen dürfte.
»Der Mann macht grobe Schnitzer. Ich las in meinem Baedeker nach, was er uns erzählte. Mehrere Male waren seine Informationen entschieden irreführend.«
»Laut diesem Plan«, fuhr Poirot fort, »bewohnte Lennox, der eine Sohn, mit seiner Frau die Höhle neben der von Mrs. Boynton. Raymond, Carol und Ginevra Boynton hatten Zelte, direkt unterhalb, etwas rechts – eigentlich genau gegenüber dem großen Zelt. Rechts von Ginevra Boyntons Zelt stand das von Dr. Gerard, dann kam Miss King. Auf der anderen Seite des Baches – auf der linken Seite des großen Zeltes – wohnten Sie und Mr. Cope. Und Miss Pierce rechts davon, wie Sie schon sagten. Stimmt das?«
Lady Westholme gab widerstrebend zu, daß es ihres Wissens richtig sei.
»Ich danke Ihnen. Das wäre also klar. Bitte, berichten Sie weiter, Lady Westholme.«
Lady Westholme schenkte ihm ein huldvolles Lächeln und sagte: »Etwa um ein Viertel vor vier Uhr schlenderte ich zu Miss Pierce, um nachzusehen, ob sie wach war und Lust zu einem Spaziergang hatte. Sie saß vor dem Zelt und las. Wir verabredeten uns für eine halbe Stunde später, weil dann die Sonne nicht mehr so heiß sein würde. Ich kehrte in mein eigenes Zelt zurück und las die nächsten fünfundzwanzig Minuten oder so. Dann holte ich Miss Pierce ab. Sie wartete schon, und wir machten uns auf den Weg. Alle Leute im Lager schienen zu schlafen. Kein Mensch war zu sehen. Mrs. Boynton saß allein dort oben, und ich machte den Vorschlag, sie zu fragen, ob sie etwas brauche.«
»Ja, so war es«, murmelte Miss Pierce. »*Sehr* rücksichtsvoll von Ihnen, fand ich.«
»Ich hielt es für meine Pflicht«, erklärte Lady Westholme mit einer großen Portion Selbstgefälligkeit.
»Und sie war so unhöflich!« rief Miss Pierce.

Poirot sah fragend in die Runde.
»Unser Weg führte genau unter dem Felssims vorüber«, erklärte Lady Westholme. »Ich rief zu ihr hinauf, daß wir einen Spaziergang machen wollten und ob wir irgend etwas für sie tun könnten, ehe wir aufbrachen. Stellen Sie sich vor, Monsieur Poirot, sie grunzte als Antwort bloß. Nur ein Grunzen. Sie sah auf uns herunter, als seien wir – als seien wir Dreck!«
»Es war schändlich!« rief Miss Pierce und wurde rot.
»Ich muß bekennen«, gestand Lady Westholme und errötete ebenfalls ein wenig, »daß ich eine ziemlich unfreundliche Bemerkung machte.«
»Ich finde, Sie waren im Recht«, sagte Miss Pierce. »*Wirklich* – wenn man bedenkt, was sich abgespielt hatte.«
»Was für eine Bemerkung war das?« fragte Poirot.
»Ich sagte zu Miss Pierce, ob Mrs. Boynton vielleicht eine heimliche Trinkerin sei. Denn sie benahm sich wirklich sehr seltsam. Es war mir schon früher aufgefallen. Ich hielt es für möglich, daß der Alkohol daran schuld war. Die Gefahren übermäßigen Alkoholgenusses sind, wie allgemein bekannt ist, nicht zu –«
Geschickt steuerte Poirot die Unterhaltung von diesem Thema weg. »War ihr Benehmen an diesem Tag besonders seltsam gewesen? Beim Mittagessen zum Beispiel?«
»Nein – nein«, erwiderte Lady Westholme zögernd. »Nein, eigentlich möchte ich behaupten, daß sie sich ziemlich normal verhielt – soweit sich das von einer Amerikanerin wie ihr sagen läßt«, fügte sie herablassend hinzu.
»Zu dem einen Diener war sie besonders gemein«, bemerkte Miss Pierce.
»Welcher war das?«
»Es passierte kurz bevor wir losgingen.«
»O ja, ich erinnere mich. Sie war über ihn besonders verärgert. Natürlich ist es sehr unangenehm«, fuhr Lady Westholme fort, »wenn man Diener hat, die kein Wort Englisch verstehen, aber ich sage immer, wenn man reist, muß man Zugeständnisse machen.«
»Was für ein Diener war das?« fragte Poirot.

»Einer der Beduinen aus dem Lager. Er ging zu ihr hinauf – ich vermute, sie hatte ihn losgeschickt, um etwas zu holen, und er brachte das Falsche – also, ich weiß nicht, was los war –, aber sie ärgerte sich schrecklich darüber. Der Ärmste schlich sich davon, so schnell er konnte, und sie drohte ihm mit dem Stock und schimpfte.«

»Was sagte sie?«

»Wir waren zu weit weg und verstanden sie nicht. Jedenfalls ich verstand kein Wort. Sie etwa, Miss Pierce?«

»Nein. Ich glaube, er sollte was aus dem Zelt ihrer jüngsten Tochter holen. Oder vielleicht war sie wütend, weil er in das Zelt ihrer jüngsten Tochter gegangen war – ich kann es nicht genau sagen.«

»Wie sah er aus?«

Miss Pierce, an die Poirot die Frage gerichtet hatte, schüttelte nur den Kopf. »Wirklich, ich weiß es nicht. Er war zu weit weg. Für mich sehen diese Araber sowieso alle gleich aus.«

»Er war größer als der Durchschnitt«, sagte Lady Westholme, »und trug das übliche Kopftuch. Er steckte in zerschlissenen, geflickten Reithosen – es war wirklich eine Schande, wie sie aussahen –, und seine Gamaschen waren unordentlich gewikkelt. Was diesen Leuten fehlt ist Disziplin!«

»Würden Sie den Mann unter den Dienern des Lagers herausfinden?«

»Ich bezweifle es. Wir sahen sein Gesicht nicht. Er war zu weit weg. Und wie Miss Pierce bereits feststellte, sehen sich alle Araber ähnlich.«

»Ich würde zu gern wissen«, sagte Poirot nachdenklich, »warum Mrs. Boynton so ärgerlich war.«

»Manchmal stellten sie die Geduld auf eine harte Probe«, antwortete Lady Westholme. »Einer der Diener nahm meine Schuhe mit, obwohl ich ihm ausdrücklich klargemacht hatte – auch mit Gesten –, daß ich sie selbst putzen wollte.«

»Ich mache das auch immer selbst«, sagte Poirot, der sich für einen Augenblick vom Thema ablenken ließ. »Ich nehme überall meine kleine Schuhputzgarnitur mit. Und auch einen Staublappen.«

»Ich ebenfalls.« Plötzlich klang Lady Westholme ganz menschlich.

»Denn diese Araber wischen nie Staub.«

»Nie. Natürlich muß man seine Sachen drei- bis viermal täglich säubern –«

»Aber es lohnt sich.«

»Ja, wirklich. Ich hasse Schmutz!« Lady Westholme sah sehr streitbar aus. Mit Gefühl fügte sie hinzu: »Und die Fliegen – in den Bazars –, schrecklich!«

»Nun ja!« Poirot sah leicht schuldbewußt aus. »Wir können den Mann persönlich fragen, worüber Mrs. Boynton so ärgerlich war. Würden Sie bitte weitererzählen, Lady Westholme?«

»Wir gingen sehr langsam«, sagte Lady Westholme. »Und irgendwann trafen wir Dr. Gerard. Er taumelte beinahe und sah sehr krank aus. Ich merkte sofort, daß er Fieber hatte.«

»Er zitterte«, warf Miss Pierce ein. »Er zitterte am ganzen Körper.«

»Ich erkannte sofort, daß es ein Malariaanfall war«, sagte Lady Westholme. »Ich wollte ihn ins Lager begleiten und Chinin holen, aber er lehnte ab. Er habe selbst die nötigen Medikamente, erklärte er.«

»Der arme Mann«, sagte Miss Pierce. »Es bedrückt einen immer, wenn ein Arzt krank ist. Irgendwie ist das so falsch.«

»Wir schlenderten weiter«, sagte Lady Westholme, »und setzten uns dann auf einen Stein.«

»Ja, ich war immer noch müde, nach dem anstrengenden Vormittag – das Steigen –«, murmelte Miss Pierce.

»Ich bin nie müde!« erklärte Lady Westholme energisch. »Aber es hatte keinen Zweck, weiterzugehen. Eine bessere Aussicht auf die Berge konnten wir nicht finden.«

»Waren Sie in Sichtweite des Lagers?«

»Ja. Wir blickten auf es hinunter.«

»So romantisch«, murmelte Miss Pierce. »Ein Zeltlager, mitten in einer Wüste rosaroter Felsen.« Sie seufzte und schüttelte den Kopf.

»Das Lager könnte viel besser geführt sein«, stellte Lady Westholme fest. Ihre Schaukelpferdnüstern blähten sich. »Ich werde ein Wörtchen mit den Leuten von Castle reden. Ich glaube, das Trinkwasser ist weder abgekocht noch gefiltert, wie sich das gehört. Denen werde ich was erzählen!«

Poirot hüstelte und fragte, um das Thema Trinkwasser rasch zu beenden: »Trafen Sie noch andere aus der Gruppe?«

»Ja. Den älteren Mr. Boynton und seine Frau. Sie kamen auf dem Rückweg an uns vorbei.«

»Waren sie zusammen?«

»Nein. Mr. Boynton erschien zuerst. Er wirkte, als hätte er zuviel Sonne gekriegt. Er ging etwas unsicher.«

»Den Nacken!« rief Miss Pierce. »Man muß den Nacken schützen! Ich trage immer ein dickes seidenes Halstuch.«

»Was tat Mr. Lennox Boynton nach seiner Rückkehr ins Lager?« fragte Poirot.

Ausnahmsweise gelang es Miss Pierce, eher als Lady Westholme zu antworten: »Er lief sofort zu seiner Mutter. Aber er blieb nicht lange bei ihr.«

»Wie lange?«

»Nur ein oder zwei Minuten.«

»Ich möchte behaupten, etwas länger als eine Minute«, erklärte Lady Westholme. »Dann verschwand er in seiner eigenen Höhle. Später ging er zum großen Zelt hinunter.«

»Und seine Frau?«

»Sie tauchte eine Viertelstunde später auf. Sie blieb kurz stehen und unterhielt sich mit uns. Sehr höflich!«

»Ich finde sie sehr nett«, bemerkte Miss Pierce. »Wirklich, richtig nett!«

»Sie ist nicht so unmöglich wie der Rest der Familie«, gab Lady Westholme zu.

»Sie beobachteten ihre Ankunft im Lager?«

»Ja. Sie ging zu ihrer Schwiegermutter hinauf und sprach mit ihr. Dann holte sie einen Stuhl aus ihrer Höhle und setzte sich eine Weile zu ihr. Ungefähr zehn Minuten, schätze ich.«

»Und dann?«

»Dann trug sie den Stuhl in die Höhle und ging hinunter zum großen Zelt, wo ihr Mann war.«

»Was geschah weiter?«

»Ein sehr komischer Amerikaner kam vorbei«, sagte Lady Westholme. »Cope heißt er, glaube ich. Er erzählte uns, daß gleich hinter der nächsten Felsennase eine sehenswerte Ruine liege, die wir unbedingt besichtigen müßten. Wir sahen sie uns also an. Mr. Cope hatte einen höchst interessanten Artikel über Petra und die Nabatäer dabei.«

»Es war alles *so* interessant«, erklärte Miss Pierce.

Lady Westholme erzählte unbeirrt weiter: »Wir schlenderten zum Camp zurück. Das muß gegen zwanzig vor sechs gewesen sein. Es wurde merklich kühl.«

»Mrs. Boynton saß immer noch so da?«

»Ja.«

»Redeten Sie mit ihr?«

»Nein. Ehrlich gesagt, beachtete ich sie nicht weiter.«

»Was taten Sie dann?«

»Ich ging in mein Zelt, zog andere Schuhe an und holte ein Päckchen chinesischen Tee aus meinem Koffer. Dann ging ich zum großen Zelt. Der Führer war da, und ich bat ihn, für Miss Pierce und mich Tee machen zu lassen – mit meinem Tee und mit Wasser, das längere Zeit gekocht hatte. Er solle genau aufpassen. Er kündigte an, daß das Abendessen in einer halben Stunde serviert würde. Die Boys deckten gerade den Tisch. Trotzdem wollte ich den Tee vorher noch trinken.«

»Ich behaupte immer, daß eine Tasse Tee Wunder tut«, murmelte Miss Pierce etwas zusammenhanglos.

»War noch jemand im Zelt?«

»Aber ja. Mr. Lennox Boynton und seine Frau saßen am Tischende und lasen. Carol Boynton war auch da.«

»Und Mr. Cope?«

»Der trank mit uns Tee«, sagte Miss Pierce. »Obwohl er behauptete, daß dies in den Staaten nicht Sitte sei.«

Lady Westholme räusperte sich. »Ich fürchtete schon, daß Mr. Cope uns lästig werden würde – daß er sich an uns hängen würde wie eine Klette. Manchmal ist es auf Reisen schwierig, sich die Leute vom Leib zu halten. Ich habe festgestellt, daß manche sich da zuviel herausnehmen. Vor allem die Amerikaner sind häufig ziemlich aufdringlich.«

»Ich bin überzeugt, Lady Westholme«, murmelte Poirot gefällig, »daß Sie mit einer derartigen Situation rasch fertig werden. Wenn Ihnen eine Reisebekanntschaft nicht mehr nützlich sein kann, werden Sie sie sicherlich schnell wieder los.«
»Ich denke doch, daß ich mit fast jeder Situation fertig werde«, sagte Lady Westholme selbstzufrieden. Das ironische Aufblitzen in Poirots Augen entging ihr völlig.
»Wenn Sie jetzt zu Ende erzählen wollen?« sagte Poirot.
»Gewiß. Soviel ich mich erinnere, kamen Raymond Boynton und seine rothaarige Schwester kurz darauf herein. Miss King erschien als letzte. Inzwischen war das Abendessen fertig. Einer der Diener wurde von dem Führer losgeschickt, um die alte Mrs. Boynton zu holen. Der Mann kam dann ziemlich aufgeregt angerannt, zusammen mit einem seiner Kollegen, und sie redeten in Arabisch auf den Führer ein. Es fiel die Bemerkung, daß Mrs. Boynton krank sei. Miss King bot ihre Hilfe an. Sie ging mit dem Führer hinaus. Kurz darauf kehrte sie zurück und informierte die Familie.«
»Sie sagte es ohne jede Vorwarnung«, bemerkte Miss Pierce. »Sie platzte einfach damit heraus. Ich persönlich hätte es etwas schonender formuliert.«
»Und wie nahm Mrs. Boyntons Familie die Nachricht auf?« fragte Poirot.
Ausnahmsweise schienen Lady Westholme und Miss Pierce nicht zu wissen, was sie sagen sollten. Schließlich antwortete Lady Westholme mit einer Stimme, die ihren selbstsicheren Klang verloren hatte: »Ja – also – hm –, das ist schwierig zu beurteilen. Sie waren sehr still.«
»Erschüttert«, stellte Miss Pierce fest. Es klang allerdings mehr wie eine Vermutung und nicht wie eine Tatsache.
»Sie gingen alle zusammen mit Miss King hinaus«, sagte Lady Westholme. »Miss Pierce und ich waren natürlich so taktvoll zu bleiben, wo wir waren.«
An diesem Punkt des Berichts trat ein leicht sehnsüchtiger Ausdruck in Miss Pierces Augen.
»Ich verabscheue die gemeine Neugier«, fuhr Lady Westholme fort.

Der sehnsüchtige Ausdruck in Miss Pierces Augen wurde stärker. Es war klar, daß sie nur gezwungenermaßen die von Lady Westholme verordnete gemeine Neugier ebenfalls mißbilligte.

»Später«, schloß Lady Westholme ihren Bericht, »kehrten der Führer und Miss King zurück. Ich schlug vor, das Abendessen sofort zu servieren, damit die Boyntons später allein und ungestört essen könnten. Mein Vorschlag wurde angenommen, und gleich nach dem Essen zog ich mich in mein Zelt zurück. Miss King und Miss Pierce machten es genauso. Mr. Cope blieb im großen Zelt, soviel ich weiß. Er war ein Freund der Familie und dachte, daß er sich irgendwie nützlich machen könnte. Das ist alles, was ich weiß, Monsieur Poirot.«

»Gingen *alle* Familienangehörigen mit Miss King hinaus, nachdem sie ihnen die Nachricht übermittelt hatte?«

»Ja – das heißt, nein. Jetzt, da Sie fragen, fällt mir ein, daß die rothaarige Tochter zurückblieb. Vielleicht erinnern Sie sich, Miss Pierce?«

»Ja, ich glaube auch. Ich bin sogar ziemlich sicher.«

»Was machte sie?« fragte Poirot.

Lady Westholme starrte ihn fragend an. »Wieso, Monsieur Poirot? Wenn ich mich recht erinnere, tat sie nichts.«

»Ich meine, nähte sie – oder las sie – wirkte sie ängstlich – sagte sie irgend etwas?«

»Ja, nun –« Lady Westholme runzelte die Stirn. »Sie – hm – sie saß bloß da, soviel ich mich erinnere.«

»Sie spielte unruhig mit den Fingern«, sagte Miss Pierce plötzlich. »Ich erinnere mich, daß es mir auffiel. Das arme Ding, dachte ich noch, es verrät seine Gefühle! Sonst merkte man ihr nichts an, verstehen Sie. Ihr *Gesicht* war ausdruckslos. Nur ihre Hände konnte sie nicht stillhalten.« Miss Pierce geriet in Fahrt. »Ich erinnere mich, daß ich auf diese Art einmal eine Einpfundnote zerriß – weil mir nicht bewußt war, was ich tat. Soll ich den nächsten Zug nehmen und sie besuchen, überlegte ich die ganze Zeit. Es handelte sich um meine Großtante, die plötzlich krank geworden war. Oder soll ich nicht hinfahren? Ich konnte mich einfach nicht entschließen. Und als ich auf meine Hände blickte – da hatte ich nicht das Testament in kleine Fetzen zerrissen, sondern eine Pfundnote – eine *Pfundnote*!« Miss Pierce schwieg dramatisch.

Lady Westholme, der der plötzliche Spurt ihrer Begleiterin ins Rampenlicht nicht sehr gefiel, fragte kühl: »Ist sonst noch etwas, Monsieur Poirot?«

Mit einem Ruck tauchte Poirot aus seinen Gedanken auf. »Nein, nein. Ihre Erzählung war sehr genau. Sehr gut.«

»Ich habe ein hervorragendes Gedächtnis«, antwortete Lady Westholme zufrieden.

»Noch eine letzte Bitte, Lady Westholme«, sagte Poirot. »Bitte, bleiben Sie so sitzen, wie Sie augenblicklich sitzen. Drehen Sie sich nicht um! Wären Sie jetzt so nett zu beschreiben, was Miss Pierce heute trägt – falls Miss Pierce nichts dagegen hat, natürlich.«

»O nein, nicht im geringsten!« zwitscherte Miss Pierce.

»Wirklich, Monsieur Poirot, was für einen Sinn –«

»Bitte, tun Sie es, Lady Westholme!«

Lady Westholme zuckte mit den Schultern und sagte ziemlich unwillig:

»Miss Pierce trägt ein braun-weiß gestreiftes Baumwollkleid mit einem afrikanischen Gürtel aus rotem, blauem und beigem Leder. Sie trägt helle Seidenstrümpfe und braune Spangenschuhe aus Glacéleder. Im linken Strumpf hat sie eine Laufmasche. Außerdem trägt sie eine Kette aus Karneolperlen und eine aus leuchtend dunkelblauen Perlen – und eine Brosche mit einem Perlenschmetterling. Am Mittelfinger der rechten Hand steckt ein Ring mit einem falschen Skarabäus. Und sie trägt einen breitrandigen rosa und braunen Filzhut.«

Sie schwieg. Sie schien auf ihre Tüchtigkeit stolz zu sein. Dann fragte sie kühl: »Sonst noch etwas, Monsieur Poirot?«

Poirot breitete in einer vielsagenden Geste die Hände aus. »Sie haben meine ganze Bewunderung, Lady Westholme. Ihre Beobachtungsgabe ist hervorragend.«

»Einzelheiten entgehen mir nur selten.«

Lady Westholme erhob sich, nickte leicht und verließ den

Raum. Miss Pierce warf einen kläglichen Blick auf ihr linkes Bein und wollte ihr folgen. Da sagte Poirot:
»Bitte, bleiben Sie noch einen Augenblick, Mademoiselle!«
»Ja?« Miss Pierce sah ihn mit besorgter Miene an.
Poirot beugte sich vertraulich vor. »Sehen Sie diesen Blumenstrauß auf dem Tisch?«
»Ja«, sagte Miss Pierce verständnislos.
»Fiel Ihnen auf, daß ich ein- oder zweimal niesen mußte, kurz nachdem Sie hereinkamen?«
»Ja?«
»Wissen Sie noch, ob ich vorher an den Blumen roch?«
»Nun – wirklich – ich bin nicht sicher.«
»Aber Sie erinnern sich, daß ich nieste?«
»O ja, *daran* erinnere ich mich!«
»Na ja, es ist nicht so wichtig. Ich überlegte nur, verstehen Sie, ob ich von diesen wildwachsenden Blumen Heuschnupfen bekomme. Aber es ist nicht so wichtig!«
»Heuschnupfen?« rief Miss Pierce. »Ich erinnere mich, daß eine Kusine *entsetzlich* darunter litt! Sie behauptete, wenn man die Nase täglich mit einer Boraxlösung –«
Nur unter Schwierigkeiten gelang es Poirot, Miss Pierce und die Nasenpflege der Kusine loszuwerden. Er schloß die Tür und kehrte mit nachdenklich gerunzelter Stirn ins Zimmer zurück.
»Aber ich nieste nicht«, murmelte er. »Das steht fest. Ich nieste nicht.«

18

Lennox Boynton betrat das Zimmer mit schnellen, entschlossenen Schritten. Wenn Dr. Gerard dagewesen wäre, würde er sich über die Veränderung des Mannes gewundert haben. Seine Teilnahmslosigkeit war verschwunden. Er wirkte energisch und wachsam, allerdings auch nervös. Sein Blick glitt unruhig von einem Punkt zum anderen.

»Guten Morgen, Monsieur Boynton.« Poirot erhob sich und machte eine förmliche Verbeugung. Lennox nickte etwas steif. »Es freut mich, daß Sie mir ein paar Fragen beantworten wollen.«

»Oberst Carbury meinte – hm –«, begann Lennox Boynton etwas unsicher, »es sei nützlich, wenn ich – es handle sich nur um ein paar Formalitäten – sagte er.«

»Bitte, setzen Sie sich doch, Monsieur Boynton.«

Lennox setzte sich auf den Stuhl, auf dem Lady Westholme noch vor kurzem gesessen hatte.

»Es muß ein großer Schock für Sie gewesen sein«, bemerkte Poirot im Gesprächston.

»Ja, natürlich. Oder eigentlich doch nicht... wir wußten schließlich, daß unsere Mutter ein schwaches Herz hatte.«

»War es unter diesen Umständen klug, ihr eine so anstrengende Reise zuzumuten?«

Lennox Boynton straffte sich. Er antwortete nicht ohne eine gewisse traurige Würde.

»Meine Mutter, Monsieur Poirot, traf ihre Entscheidungen allein. Wenn sie sich zu etwas entschlossen hatte, war es sinnlos, ihr zu widersprechen.«

Er zog scharf die Luft ein. Bei den letzten Worten war er ziemlich blaß geworden.

»Ich weiß sehr gut«, bemerkte Poirot, »daß alte Damen manchmal sehr dickköpfig sein können.«

»Was soll das Ganze eigentlich?« fragte Lennox gereizt. »Das möchte ich gern wissen. Wieso sind auf einmal so viele Formalitäten zu erledigen?«

»Vielleicht ist Ihnen nicht klar, Monsieur Boynton, daß im Falle eines plötzlichen und ungeklärten Todes immer ein paar Probleme auftauchen.«

»Was meinen Sie mit ›ungeklärt‹?« fragte Lennox scharf.

Poirot zuckte die Achseln. »Man muß sich immer die Frage stellen: Ist der Tod auf natürliche Weise eingetreten – oder könnte es Selbstmord sein?«

»Selbstmord?« Lennox Boynton starrte Poirot entgeistert an.

»Sie, Monsieur Boynton«, sagte Poirot leichthin, »könnten

darüber natürlich am besten Auskunft geben. Oberst Carbury kann das nicht beurteilen. Er ist gezwungen zu entscheiden, ob eine Untersuchung – eine Autopsie – stattfindet und so weiter. Da ich zufällig hier bin und in diesen Dingen viel Erfahrung besitze, schlug er mir vor, ein paar Nachforschungen anzustellen und ihm zu raten. Selbstverständlich möchte er Ihnen keine Unannehmlichkeiten bereiten, wenn es sich vermeiden läßt.«

»Ich werde unserem Konsul in Jerusalem telegrafieren«, sagte Lennox ärgerlich.

»Das ist Ihr gutes Recht«, erwiderte Poirot zurückhaltend. Es entstand eine Pause. Dann spreizte Poirot die Hände und sagte: »Wenn Sie meine Fragen nicht beantworten wollen –«

»Nein, nein!« sagte Lennox Boynton hastig. »Nur – es erscheint mir so – so überflüssig.«

»Ich verstehe. Ich verstehe durchaus. Aber es ist eigentlich alles ganz einfach. Reine Routinesache, wie es so schön heißt. Also, Monsieur Boynton: An dem Nachmittag, an dem Ihre Mutter starb, machten Sie einen Spaziergang?«

»Ja. Wir alle zusammen – abgesehen von meiner Mutter und meiner jüngsten Schwester.«

»Ihre Mutter saß vor dem Eingang ihrer Höhle?«

»Ja, genau davor. Wie jeden Nachmittag.«

»Gut. Und wann brachen Sie auf?«

»Kurz vor drei, glaube ich.«

»Und wann kehrten Sie zurück?«

»Ich kann wirklich nicht genau sagen, wie spät es war – vier Uhr, fünf Uhr?«

»Ihr Ausflug dauerte also ein oder zwei Stunden?«

»Ja – ungefähr. Das dürfte stimmen.«

»Kamen Sie auf dem Rückweg an jemand vorbei?«

»Wie bitte?«

»Ob Sie jemand trafen. Zum Beispiel zwei Damen, die auf einem Felsen saßen.«

»Keine Ahnung. Ja, ich glaube schon.«

»Vielleicht waren Sie so in Gedanken versunken, daß Sie sie nicht bemerkten?«

»Ja.«
»Unterhielten Sie sich nach Ihrer Rückkehr ins Camp mit Ihrer Mutter?«
»Ja – ja, ich sprach mit ihr.«
»Sie klagte nicht darüber, daß sie sich nicht wohl fühle?«
»Nein – nein, sie schien ganz in Ordnung zu sein.«
»Darf ich fragen, über was Sie sich unterhielten?«
Lennox schwieg lange.
»Sie meinte, ich sei früh zurückgekommen«, begann er dann. »Ich stimmte ihr zu.« Er schwieg wieder und überlegte. »Ich sagte, es sei heiß. Sie – sie fragte mich nach der Uhrzeit, weil ihre Armbanduhr stehengeblieben war. Ich zog sie auf, stellte sie und band sie ihr wieder um.«
»Und wieviel Uhr war es da?« fragte Poirot vorsichtig.
»Wie?«
»Wie spät war es, als Sie die Uhr stellten?«
»Ach so, ich verstehe. Es war – es war fünfundzwanzig Minuten vor fünf.«
»Also wissen wir jetzt genau, wann Sie zurück waren«, stellte Poirot freundlich fest.
Lennox errötete. »Mein Gott, was für ein Dummkopf ich bin! Entschuldigen Sie, Monsieur Poirot. Ich bin etwas durcheinander. Die ganze Aufregung –«
»Das ist sehr verständlich«, unterbrach ihn Poirot rasch. »Völlig verständlich! Eine schlimme Geschichte! Und was geschah weiter?«
»Ich fragte meine Mutter, ob sie etwas brauche. Ob sie etwas trinken möchte – Tee, Kaffee und so weiter. Sie lehnte ab. Dann ging ich zum großen Zelt hinunter. Es schien kein Diener da zu sein. Ich fand eine Flasche Sodawasser und trank sie. Ich war durstig. Ich fand auch ein paar alte Ausgaben der ›Saturday Evening Post‹, setzte mich in eine Ecke und las. Irgendwann muß ich eingedöst sein.«
»Ihre Frau kam auch ins Zelt?«
»Ja. Nicht lange nach mir.«
»Sie sahen Ihre Mutter nicht lebend wieder?«
»Nein.«

»Als Sie sich mit ihr unterhielten – schien sie Ihnen aufgeregt oder wütend zu sein?«
»Nein, sie war genau wie immer.«
»Sie beschwerte sich nicht über einen Diener, mit dem sie Ärger gehabt hatte?«
»Nein, nicht daß ich wüßte.«
»Das ist alles, was Sie mir erzählen können?«
»Ich fürchte – ja.«
»Vielen Dank, Monsieur Boynton.«
Poirot neigte den Kopf als Zeichen, daß das Gespräch beendet war. Lennox schien nur ungern zu gehen. An der Tür blieb er zögernd stehen. »Hm – ist sonst noch etwas?«
»Nein. Vielleicht sind Sie so nett und bitten Ihre Frau, zu mir zu kommen?«
Langsam ging Lennox hinaus. Auf den Notizblock neben sich schrieb Poirot: L. B. 16.35 Uhr.

19

Poirot sah der großen jungen Frau interessiert entgegen. Er stand auf, verbeugte sich höflich und sagte: »Mrs. Nadine Boynton? Hercule Poirot, zu Ihren Diensten.«
Nadine Boynton setzte sich. Nachdenklich ruhte ihr Blick auf Poirots Gesicht.
»Ich hoffe, Madame, Sie sind mir nicht böse, daß ich Sie in Ihrem Kummer störe.«
Ihre Augen blieben ruhig und ernst. Sie antwortete nicht sofort. Schließlich seufzte sie und sagte: »Es ist wohl das beste, wenn ich offen zu Ihnen bin, Monsieur Poirot.«
»Ganz meiner Meinung, Madame.«
»Sie entschuldigen sich, daß Sie mich in meinem Kummer stören, Monsieur Poirot. Doch ich traure nicht um meine Schwiegermutter, und es wäre dumm von mir, dies nicht zuzugeben. Ich mochte sie nicht und kann deshalb nicht ehrlichen Herzens behaupten, daß ich ihren Tod bedaure.«

»Vielen Dank, Madame, für Ihre große Offenheit.«
»Und wenn ich auch keine Trauer empfinde«, fuhr Nadine fort, »so muß ich doch gestehen, daß ich etwas anderes fühle – Gewissensbisse.«
»Gewissensbisse?« Poirot zog die Augenbrauen hoch.
»Ja. Denn ich bin an ihrem Tod schuld, verstehen Sie. Deswegen mache ich mir die bittersten Vorwürfe.«
»Was sagen Sie da, Madame?«
»Ich sage, daß ich die Schuld am Tod meiner Schwiegermutter habe. Denn ich dachte, es sei nur anständig, es ihr mitzuteilen. Aber es hatte eine höchst unglückliche Auswirkung. Wie man es auch dreht und wendet – ich habe sie getötet.«
Poirot lehnte sich in seinem Stuhl zurück. »Würden Sie so nett sein, mir Ihre Behauptung näher zu erklären, Madame?«
Nadine senkte den Kopf. »Ja, das möchte ich auch. Natürlich war meine erste Reaktion, meine privaten Probleme zu verschweigen, doch nun finde ich, daß es besser ist, wenn ich es erzähle. Sicher haben Sie schon häufig Mitteilungen sehr vertraulicher Art erhalten, Monsieur Poirot?«
»Ja, das stimmt.«
»Dann werde ich Ihnen kurz schildern, was passierte. Meine Ehe, Monsieur Poirot, ist nicht besonders glücklich. Daran ist nicht nur mein Mann schuld. Seine Mutter hatte keinen guten Einfluß auf ihn. Seit geraumer Zeit hatte ich das Gefühl, daß mein Leben immer unerträglicher wurde.«
Sie schwieg einen Augenblick und fuhr dann fort:
»An dem Nachmittag, an dem meine Schwiegermutter starb, kam ich zu einem Entschluß. Ich habe einen Freund – einen sehr guten Freund, der mir mehr als einmal vorschlug, mein Schicksal mit dem seinen zu verbinden. An jenem Nachmittag nahm ich seinen Vorschlag an.«
»Sie wollten Ihren Mann verlassen?«
»Ja.«
»Und weiter?«
»Nachdem ich mich also entschlossen hatte«, fuhr Nadine mit leiserer Stimme fort, »wollte ich auch, daß es die andern so schnell wie möglich erfuhren. Ich kehrte allein ins Camp

zurück. Meine Schwiegermutter saß vor ihrer Höhle, niemand war zu sehen, und plötzlich hatte ich Lust, es ihr auf der Stelle zu sagen. Ich holte einen Stuhl, setzte mich neben sie und erzählte ihr von meinem Entschluß, ohne lange Einleitung.«
»War sie erstaunt?«
»Ich fürchte, es war ein großer Schock für sie. Sie war überrascht und ärgerlich – sehr ärgerlich. Sie steigerte sich immer mehr in eine schreckliche Aufregung hinein! Schließlich weigerte ich mich, weiter mit ihr über die Angelegenheit zu reden. Ich stand auf und ging weg.« Ihre Stimme wurde traurig. »Ich habe sie nicht mehr lebend wiedergesehen.«
Poirot nickte langsam. »Ich verstehe«, sagte er. Dann fügte er hinzu: »Sie glauben, dieser Schock war die Todesursache?«
»Das steht für mich so gut wie fest. Sehen Sie, diese Reise war schon fast zuviel für sie gewesen. Die Empörung über meinen Entschluß, der Ärger, das gab ihr den Rest... Ich fühle mich auch besonders schuldig, weil ich einmal als Krankenschwester gearbeitet habe und hätte voraussehen müssen, daß so etwas passieren konnte.«
Poirot saß ein paar Minuten schweigend da, dann fragte er: »Was taten Sie genau – nachdem Sie gegangen waren?«
»Ich trug den Stuhl, den ich geholt hatte, in meine Höhle zurück und ging hinunter zum großen Zelt, wo mein Mann war.«
Poirot betrachtete sie forschend. »Erzählten Sie ihm auch von Ihrem Entschluß? Oder hatten Sie es ihm schon gesagt?«
Nadine zögerte eine Sekunde, ehe sie antwortete: »Ich sagte es ihm erst da.«
»Wie nahm er es auf?«
»Er war sehr betroffen.«
»Wollte er, daß Sie Ihren Entschluß noch einmal überdachten?«
Sie schüttelte den Kopf. »Nein. Er sagte nicht sehr viel. Verstehen Sie, wir wußten beide schon seit einiger Zeit, daß so etwas geschehen könnte.«
»Entschuldigen Sie, wenn ich so direkt frage«, sagte Poirot. »Der andere Mann ist wohl Mr. Jefferson Cope?«

Sie senkte den Kopf. »Ja.«
Wieder hing jeder seinen Gedanken nach. Schließlich fragte Poirot, ohne daß sich seine Stimme veränderte: »Haben Sie eine Spritze, Madame?«
»Ja – das heißt, nein.«
Poirot runzelte die Stirn.
»In meinem Medikamentenköfferchen befindet sich auch eine Spritze, aber ich habe es mit dem größeren Gepäck in Jerusalem gelassen.«
»Ach so.«
Nadine überlief ein leiser Schauer. »Warum fragen Sie mich das eigentlich, Monsieur Poirot?«
Er beantwortete ihre Frage nicht, sondern bemerkte nur: »Mrs. Boynton nahm regelmäßig ein Mittel, das Digitalis enthielt.«
»Ja, das stimmt.«
Poirot hatte den Eindruck, daß sie jetzt sehr auf der Hut war.
»Sie nahm das Medikament wegen ihres schwachen Herzens?«
»Ja.«
»Falls Mrs. Boynton eine zu hohe Dosis –«
Sie unterbrach ihn sofort. »Unmöglich. Sie paßte genau auf«, sagte sie entschieden.»Und ich ebenfalls, wenn ich die Medizin für sie zurechtmachte.«
»Vielleicht war die Mischung in dem Fläschchen nicht richtig. Der Apotheker, von dem sie stammte, hätte sich irren können.«
»Das halte ich für sehr unwahrscheinlich«, antwortete sie ruhig.
»Nun ja – die Analyse wird uns bald mehr verraten.«
»Unglücklicherweise wurde das Fläschchen zerbrochen.«
Poirot musterte sie mit neuem Interesse. »Tatsächlich? Wer war es?«
»Ich weiß es nicht genau. Einer der Diener, nehme ich an. Als man den Leichnam meiner Schwiegermutter in ihre Höhle trug, herrschte ein ziemliches Durcheinander, und das Licht war sehr schlecht. Ein Tisch wurde umgestoßen.«
»Das ist ein sehr wichtiger Punkt«, meinte Poirot nachdenklich.

Nadine Boynton bewegte sich unruhig auf ihrem Stuhl. »Wenn ich richtig verstehe, wollen Sie andeuten, daß meine Schwiegermutter an einer Überdosis Digitalis starb und nicht an einem Schock?« Ihre Stimme klang zweifelnd. Dann fügte sie hinzu: »Das halte ich für höchst unwahrscheinlich.«
Poirot beugte sich vor.
»Auch wenn ich Ihnen verrate, daß Dr. Gerard, dem französischen Arzt, eine beträchtliche Menge Digitoxin aus seinem Medikamentenkoffer fehlt?«
Ihr Gesicht wurde sehr blaß. Poirot sah, wie sie die Faust ballte. Er senkte die Augen. Nadine saß sehr still da. Wie eine steinerne Madonna, dachte Poirot.
»Nun, Madame«, fragte er. »Was meinen Sie?«
Die Sekunden verstrichen, doch Nadine sagte nichts. Es dauerte zwei Minuten, ehe sie den Kopf hob. Als Poirot den Blick in ihren Augen sah, zuckte er leicht zusammen.
»Monsieur Poirot«, sagte Nadine, »ich habe meine Schwiegermutter nicht getötet. Das wissen Sie. Als ich ging, lebte sie und war wohlauf. Eine Menge Leute kann das bestätigen. Und deshalb, weil ich das Verbrechen nicht begangen habe, wage ich es, Sie zu fragen: Warum müssen Sie sich in diese Sache einmischen? Wenn ich Ihnen schwöre, daß nur der Gerechtigkeit Genüge getan wurde – werden Sie dann Ihre Nachforschungen einstellen? Es hat soviel Leid gegeben. Sie ahnen nicht, wieviel! Jetzt ist endlich Frieden, jetzt gibt es die Chance, ein glücklicheres Leben zu führen. Wollen Sie das alles zerstören?«
Poirot richtete sich sehr gerade auf. In seinen Augen glomm ein gefährliches Feuer. »Wollen wir offen sein, Madame: Was verlangen Sie?«
»Ich behaupte, daß meine Schwiegermutter eines natürlichen Todes gestorben ist, und möchte, daß Sie dieses akzeptieren.«
»Was in Wirklichkeit bedeutet: Sie glauben, daß Ihre Schwiegermutter getötet wurde, und bitten mich, einen Mord zu vertuschen.«
»Ich bitte Sie, Mitleid zu haben.«
»Ja – mit jemand, der selbst keines hatte.«

»Sie sehen es falsch. So war es nicht.«
»Haben Sie den Mord selbst begangen, Madame, daß Sie so gut Bescheid wissen?«
Nadine schüttelte den Kopf. Sie verriet mit keiner Geste, ob sie sich schuldig fühlte oder nicht. »Nein«, antwortete sie ruhig. »Als ich ging, lebte sie.«
»Und dann – was geschah dann? Sie wissen es – oder haben Sie nur Vermutungen?«
»Man hat mir erzählt, Monsieur Poirot«, rief Nadine plötzlich leidenschaftlich, »daß Sie damals bei dem Mord im Orientexpreß die offizielle Version der Ereignisse akzeptierten.«
Poirot blickte sie neugierig an. »Ich wüßte gern, wer das gesagt hat.«
»Stimmt es?«
»Der Fall war – anders«, antwortete Poirot zögernd.
»Nein, er war nicht anders. Der Mann, der getötet wurde, war schlecht –«, sie senkte die Stimme, »– so schlecht wie sie ...«
»Der Charakter des Opfers spielt keine Rolle! Ein Mensch, der sich das Recht anmaßt, selbst Justiz zu üben, und einen anderen Menschen umbringt, ist für die Gemeinschaft nicht mehr tragbar. Das ist *meine* Meinung. Das sage *ich*, Hercule Poirot!«
»Wie hart Sie sind!«
»Ich habe meine Grundsätze, Madame. Ich kann Mord nicht gutheißen! Das ist Hercule Poirots letztes Wort!«
Nadine stand auf. Ihre grauen Augen blitzten. »Dann machen Sie doch weiter! Ruinieren Sie das Leben unschuldiger Leute! Machen Sie ihnen Kummer! Ich habe nichts weiter zu sagen.«
»Aber ich finde, Madame, daß Sie mir noch eine Menge –«
»Nein!«
»O doch! Was geschah nach Ihrem Weggang, Madame? Während Sie und Ihr Mann zusammen im großen Zelt waren?«
Nadine zuckte die Achseln. »Wie soll ich das wissen?«
»Sie *wissen* es – oder vermuten es.«
Sie blickte ihn fest an. »Ich weiß gar nichts, Monsieur Poirot.«
Sie wandte sich um und ging hinaus.

Nachdem Poirot N. B. 16.40 Uhr auf seinem Notizblock notiert hatte, öffnete er die Tür und rief nach dem Burschen, den ihm Oberst Carbury zur Verfügung gestellt hatte. Es war ein intelligenter Mann, der ziemlich gut Englisch sprach. Poirot bat ihn, Miss Carol Boynton zu holen.
Als sie eintrat, musterte Poirot sie mit einem gewissen Interesse – das kastanienbraune Haar, die Haltung des Kopfes auf dem schlanken Hals, die nervösen, schöngeformten Hände.
»Bitte setzen Sie sich doch, Mademoiselle«, sagte er.
Carol gehorchte. Ihr Gesicht war blaß und ausdruckslos. Poirot drückte ihr höflich sein Beileid aus, das sie entgegennahm, ohne irgendeine Regung zu zeigen.
»Und nun, Mademoiselle, möchte ich Sie bitten, mir zu erzählen, wie Sie den Nachmittag des fraglichen Tages verbrachten.«
Ihre Antwort kam so schnell, daß Poirot den Verdacht hatte, sie könnte vorher einstudiert worden sein.
»Nach dem Mittagessen gingen wir spazieren. Ich kehrte ins Lager zurück –«
»Einen Augenblick, bitte!« unterbrach sie Poirot. »Blieben Sie bis dahin alle zusammen?«
»Nein. Die meiste Zeit ging ich mit meinem Bruder Raymond und Miss King. Dann schlenderte ich allein weiter.«
»Danke. Sie sagten, Sie kehrten zum Camp zurück. Wie spät war es da ungefähr?«
»Ich glaube, es war zehn Minuten nach fünf Uhr.«
Poirot notierte: C. B. 17.10 Uhr.
»Und dann?«
»Meine Mutter saß noch immer vor ihrer Höhle, wie bei unserem Aufbruch. Ich sprach kurz mit ihr und ging dann weiter zu meinem Zelt.«
»Erinnern Sie sich an die genauen Worte?«
»Ich sagte nur, daß es sehr heiß sei und ich mich etwas hinlegen wolle. Meine Mutter erwiderte, sie wolle noch etwas sitzen bleiben. Das war alles.«

»Fiel Ihnen irgend etwas Ungewöhnliches auf? War sie anders als sonst?«
»Nein. Das heißt –« Sie schwieg zweifelnd und starrte Poirot nachdenklich an.
»Von *mir* können Sie keine Hilfe erwarten, Mademoiselle«, sagte Poirot ruhig.
»Ich überlege nur. Damals fiel es mir nicht weiter auf, aber jetzt, wenn ich daran zurückdenke –«
»Ja?«
»Es stimmt – sie sah komisch aus. Ihr Gesicht war sehr rot, röter als gewöhnlich.«
»Vielleicht hatte sie sich aufgeregt oder einen Schock gehabt?« half Poirot weiter.
»Einen Schock?«
»Ja. Sie konnte sich über einen der arabischen Diener geärgert haben oder so.«
»Ach so!« Ihr Gesicht hellte sich auf. »Ja, das ist möglich.«
»Sie erwähnte nichts Derartiges?«
»Nein – mit keinem Wort.«
»Und was taten Sie dann, Mademoiselle?«
»Ich ging zu meinem Zelt und legte mich eine halbe Stunde hin. Dann ging ich zum großen Zelt. Mein Bruder und meine Schwägerin waren dort und lasen.«
»Und weiter?«
»Ich mußte etwas flicken. Dann blätterte ich in einer Zeitschrift.«
»Machten Sie auf dem Weg zum großen Zelt noch einen Abstecher zu Ihrer Mutter?«
»Nein. Ich glaube, ich habe nicht einmal zu ihr hingesehen.«
»Und dann?«
»Ich blieb im großen Zelt, bis Miss King sagte, daß sie tot sei.«
»Und das ist alles, was Sie wissen, Mademoiselle?«
»Ja.«
Poirot beugte sich vor. Immer noch im selben leichten Gesprächston fragte er: »Und was *fühlten* Sie, Mademoiselle?«
Sie starrte ihn an. »Ich verstehe nicht, was Sie meinen!«
»Ich glaube, Sie verstehen sehr gut.«

Sie senkte die Augen. »Es war – es war ein großer Schock«, sagte sie unsicher.
»Tatsächlich?«
Das Blut schoß ihr ins Gesicht. Unsicher blickte sie ihn an. Poirot sah, daß sie Angst hatte.
»War es wirklich ein so großer Schock, Mademoiselle? Wenn man an ein bestimmtes Gespräch denkt, das Sie mit Ihrem Bruder an einem Abend in Jerusalem hatten?«
Der Schuß saß. Alle Farbe wich aus ihren Wangen.
»Sie wissen darüber Bescheid?« fragte sie fast unhörbar.
»Ja.«
»Aber wieso?«
»Sie wurden belauscht.«
»Mein Gott!« Carol Boynton vergrub das Gesicht in den Händen und schluchzte laut. Hercule Poirot wartete eine Weile und sagte dann: »Sie machten gemeinsam einen Plan, wie Sie Ihre Stiefmutter töten könnten.«
Carol schluchzte noch lauter. »Wir waren verrückt – völlig verrückt!« rief sie.
»Vielleicht.«
»Sie können unmöglich verstehen, in was für einer Verfassung wir waren.« Carol setzte sich auf und schob das Haar zurück. »Es ist zu verrückt. In Amerika war es noch nicht so schlimm. Aber die Reise hat uns die Augen geöffnet.«
»Worüber?« Poirots Stimme klang freundlich und verständnisvoll.
»Daß wir so anders waren als die andern. Wir – wir waren so verzweifelt. Auch wegen Jinny.«
»Wer ist Jinny?«
»Meine Schwester. Sie kennen sie nicht. Sie benahm sich immer seltsamer. Und unsere Mutter machte alles noch schlimmer. Sie merkte gar nicht, was los war. Wir hatten solche Angst – Ray und ich –, daß Jinny richtig überschnappen würde. Und wir wußten auch, daß Nadine das gleiche dachte, und deshalb bekamen wir noch mehr Angst, denn Nadine weiß über Krankenpflege und so was Bescheid.«
»Ja, und?«

»An dem Abend damals in Jerusalem lief das Faß über. Ray war völlig außer sich. Er und ich – wir waren so durcheinander und fanden es völlig richtig, uns zu überlegen, wie wir sie töten könnten. Ja, völlig richtig! Unsere Mutter – sie war nicht normal. Ich weiß nicht, wie Sie darüber denken, aber es kann ganz richtig sein – fast eine edle Tat –, jemand zu töten.«
Poirot nickte langsam. »Ja, so dachten schon viele Menschen. Die Geschichte beweist es.«
»So dachten Ray und ich damals...« Sie schlug mit der Hand auf den Tisch. »Aber wir taten es nicht. Natürlich nicht! Bei Tageslicht sah die ganze Sache anders aus, es war absurd, melodramatisch – ja, und auch verrückt. Wirklich, Monsieur Poirot, unsere Mutter starb natürlich an Herzversagen. Ray und ich haben nichts damit zu tun.«
»Schwören Sie, Mademoiselle, so wie Sie auf eine Erlösung nach dem Tode hoffen, daß Sie Mrs. Boyntons Tod nicht verschuldet haben?«
Sie hob den Kopf. Ihre Stimme klang ruhig und tief. »Ich schwöre«, sagte Carol, »daß ich ihr nie etwas zuleide tat.«
Poirot lehnte sich in seinem Stuhl zurück. »So«, sagte er, »das hätten wir.« Sie schwiegen. Poirot strich sich nachdenklich über seinen schönen Schnurrbart. »Was für einen Plan hatten Sie eigentlich?« fragte er dann.
»Wieso Plan?«
»Ja. Sie und Ihr Bruder müssen doch einen Plan gemacht haben.«
Im stillen zählte er die Sekunden – eins, zwei drei. Erst dann antwortete sie.
»Es gab keinen«, antwortete Carol schließlich. »Soweit kam es gar nicht.«
Hercule Poirot erhob sich. »Das ist alles, Mademoiselle. Wären Sie so nett, Ihren Bruder zu mir zu schicken?«
Auch Carol stand auf. »Monsieur Poirot, Sie – Sie glauben mir doch?«
»Habe ich das Gegenteil behauptet?« fragte Poirot.
»Nein, nur...« Sie schwieg.
»Sagen Sie Ihrem Bruder, er möchte hereinkommen.«

»Ja.«
Langsam schritt sie zur Tür. Sie öffnete sie zögernd, wandte sich um und rief heftig: »Ich *habe* Ihnen die Wahrheit gesagt. Die volle Wahrheit!«
Hercule Poirot antwortete nicht.

21

Gleich beim Eintritt von Carols Bruder fiel Poirot die Ähnlichkeit zwischen den Geschwistern auf.
Raymond Boyntons Gesicht war ernst und unbewegt. Er wirkte weder nervös noch ängstlich. Er ließ sich auf einen Stuhl fallen, starrte Poirot an und sagte: »Nun?«
»Hat Ihre Schwester mit Ihnen gesprochen?« fragte Poirot freundlich.
Raymond nickte. »Ja. Sie sagte, ich solle zu Ihnen kommen. Natürlich sehe ich ein, daß Ihr Verdacht ziemlich berechtigt ist. Wenn man unser Gespräch an jenem Abend bedenkt, so muß einen der plötzliche Tod unserer Stiefmutter mißtrauisch machen. Ich kann Ihnen nur versichern, daß dieses Gespräch aus einer Verrücktheit des Augenblicks heraus geführt wurde. Wir standen in jener Zeit unter einem unerträglichen Druck. Mit der phantastischen Idee, meine Stiefmutter zu töten, hatten wir – wie soll ich mich ausdrücken –, ließen wir sozusagen Dampf ab.«
Hercule Poirot nickte bedächtig. »So etwas«, sagte er, »ist denkbar. «
»Am nächsten Morgen erschien uns das Ganze natürlich völlig absurd. Ich schwöre Ihnen, Monsieur Poirot, daß ich nie wieder an die Sache dachte!«
Poirot antwortete nicht.
»Ja, ich weiß«, fuhr Raymond hastig fort, »so etwas behauptet man leicht. Ich kann nicht erwarten, daß Sie mir auf meine bloßen Worte hin glauben. Aber betrachten wir die Tatsachen. Ich unterhielt mich mit meiner Mutter kurz vor sechs Uhr. Da

war sie ganz bestimmt noch lebendig und wohlauf. Ich ging zu meinem Zelt, wusch mich und traf dann die andern im großen Zelt. Von diesem Augenblick an waren Carol und ich dort. Jeder konnte uns sehen. Begreifen Sie doch, Monsieur Poirot, daß meine Stiefmutter eines natürlichen Todes starb – ein Fall von Herzversagen. Anders kann es nicht gewesen sein. Es lief ein Haufen Diener herum, es herrschte ein ständiges Kommen und Gehen. Jeder andere Gedanke ist absurd.«

»Wissen Sie eigentlich, Mr. Boynton«, fragte Poirot ruhig, »was Miss King glaubt? Sie untersuchte die Leiche um halb sieben Uhr und stellte fest, daß der Tod mindestens eineinhalb Stunden früher eingetreten sein mußte, wenn nicht sogar zwei.«

Entgeistert starrte Raymond Poirot an. Er wirkte, als habe er einen Schlag bekommen. »Das hat Sarah festgestellt?« rief er fassungslos.

Poirot nickte. »Was sagen Sie nun?«

»Aber – aber das ist unmöglich!«

»So lautet jedenfalls Miss Kings Aussage. Jetzt kommen *Sie* und erzählen mir, daß Ihre Mutter noch etwa vierzig Minuten, ehe Miss King eintraf, wohl und munter war.«

»Aber es stimmt!« rief Raymond.

»Seien Sie vorsichtig, Mr. Boynton!«

»Sarah muß sich irren! Sie muß irgend etwas übersehen haben. Die Wärmeausstrahlung der Felsen spielt eine Rolle, alle diese Dinge... Ich versichere Ihnen, Monsieur Poirot, kurz vor sechs Uhr war meine Mutter noch am Leben. Denn da sprach ich mit ihr.«

Poirots Gesicht verriet nicht, was er dachte.

Raymond beugte sich vor. »Monsieur Poirot«, sagte er eindringlich, »ich weiß, was für ein Eindruck die Geschichte auf Sie machen muß, aber bitte versuchen Sie, objektiv zu sein! Sie sind voreingenommen. Das liegt an der Natur der Dinge. Sie leben in einer Atmosphäre des Verbrechens. Bei jedem plötzlichen Tod denken Sie sofort, es könnte Mord sein. Begreifen Sie nicht, daß Sie sich auf Ihr Urteilsvermögen nicht verlassen können? Jeden Tag sterben Menschen mit einem

schwachen Herzen, und an ihrem Tod ist nichts Düsteres oder Geheimnisvolles.«
Poirot seufzte. »Sie wollen mir also erklären, wie ich meine Arbeit machen soll?«
»Nein, selbstverständlich nicht. Ich glaube nur, daß Sie nicht objektiv sind – wegen dieser unglückseligen Unterhaltung, damals am Abend. Am Tod meiner Stiefmutter ist wirklich nichts, was einen Mordverdacht rechtfertigen würde – außer jenem dummen Gespräch zwischen Carol und mir.«
Poirot schüttelte den Kopf. »Sie irren sich«, sagte er. »Da ist noch etwas anderes. Jemand stahl Gift aus Dr. Gerards Medikamentenkoffer.«
»Gift?« Raymond sah Poirot entgeistert an. »Wirklich Gift?« Er schob seinen Stuhl etwas zurück. Er schien völlig verblüfft zu sein. »Nehmen Sie das tatsächlich an?«
Poirot schwieg, um ihm Zeit zu geben, darüber nachzudenken. Schließlich sagte er leise und fast kühl: »Ihr Plan sah anders aus – was?«
»Aber ja!« Raymond antwortete fast automatisch. »Das ist auch der Grund, warum – es ändert alles ... ich – ich kann nicht mehr klar denken.«
»Wie war denn *Ihr* Plan?«
»Unser Plan? Er war –« Raymond schwieg abrupt. Sein Blick wurde wachsam. »Ich glaube, ich sage kein Wort mehr.«
»Wie Sie wollen.«
Raymond stand auf und ging hinaus. Poirot blickte ihm grübelnd nach. Dann zog er den Notizblock zu sich heran und schrieb mit kleinen sauberen Buchstaben: R. B. 17.55 Uhr? Es war die letzte Eintragung.
Dann nahm er einen großen Bogen und begann eifrig zu schreiben. Als er fertig war, lehnte er sich mit schiefgelegtem Kopf zurück und betrachtete das Ergebnis. Es sah wie folgt aus:

15.05 (ca.) Die Boyntons und Jefferson Cope verlassen das Lager.
15.15 (ca.) Dr. Gerard und Sarah King verlassen das Lager.

16.15	Lady Westholme und Miss Pierce verlassen das Lager.
16.20 (ca.)	Dr. Gerard kehrt ins Lager zurück.
16.35	Lennox Boynton kehrt ins Lager zurück.
16.40	Nadine Boynton kehrt ins Lager zurück und spricht mit Mrs. Boynton.
16.50 (ca.)	Sie geht zum großen Zelt.
17.10	Carol Boynton trifft im Lager ein.
17.40	Lady Westholme, Miss Pierce und Mr. Jefferson Cope treffen im Lager ein.
17.50	Raymond Boynton trifft im Lager ein.
18.00	Sarah King trifft im Lager ein.
18.30	Die Tote wird entdeckt.

22

»Ich bin neugierig«, sagte Hercule Poirot und faltete die Liste zusammen. Er ging zur Tür und bat den Burschen, Mahmud zu holen. Der dicke Führer war sehr redselig, sein Wortschwall kaum aufzuhalten.

»Immer, immer habe ich die Schuld. Wenn etwas passiert – immer meine Schuld! Immer meine Schuld! Als Lady Ellen Hunt sich ihren Knöchel verstauchte, beim Rückweg von der Opferstätte, war ich auch schuld, obwohl sie hochhackige Schuhe trug und über sechzig war – vielleicht schon siebzig. Mein Leben ist ein einziges Elend. Ah! Was für Schlechtigkeiten die Juden uns antun –«

Da gelang es Poirot endlich, seinen Redefluß zu unterbrechen und eine Frage zu stellen.

»Halb sechs, sagen Sie? Nein, ich glaube nicht, daß Diener da waren. Verstehen Sie, das Mittagessen war spät – zwei Uhr. Dann mußte aufgeräumt werden. Am Nachmittag schliefen alle. Die Amerikaner trinken keinen Tee. Um halb vier schliefen wir. Gegen fünf kam ich, die Tüchtigkeit in Person, heraus, weil es für alle englischen Ladys Teezeit war. Ich denke immer

– immer an die Bequemlichkeit der Herrschaften, die ich bediene. Aber niemand war da. Sie waren alle spazierengegangen. Für mich war das sehr angenehm – schöner als sonst. Ich konnte weiterschlafen. Um Viertel vor sechs fing der Ärger an. Die große Engländerin – sehr groß – kehrte zurück und wollte Tee trinken, obwohl schon für das Abendessen gedeckt wurde. Sie machte viel Aufsehen. Das Wasser sollte gekocht sein. Ich kümmerte mich selbst darum. Ach, mein lieber Herr, was für ein Leben – was für ein Leben! Ich tue, was ich kann – und immer bin *ich* schuld – ich –«
Poirot erkundigte sich nach Beschwerden über die Diener. »Da ist noch eine kleine Sache«, sagte er. »Die tote Dame hatte sich über einen der Diener geärgert. Wissen Sie, wer es war und um was es sich handelte?«
Mahmuds Hände wiesen zum Himmel. »Kann ich das wissen? Natürlich nicht. Die alte Dame hat sich nicht bei *mir* beklagt.«
»Könnten Sie es herausfinden?«
»Nein, mein lieber Herr, das ist unmöglich. Keiner der Diener würde es zugeben. Die alte Dame war über einen Diener ärgerlich, sagen Sie? Natürlich würde es keiner zugeben. Abdul schiebt die Schuld auf Mohammed, Mohammed auf Aziz und Aziz auf Aissa und so weiter. Es sind alles sehr dumme Beduinen. Sie begreifen gar nichts.«
Er holte Luft und fuhr fort: »Aber ich – ich war auf der Missionsschule. Ich kann Ihnen Keats und Shelley aufsagen –«
Poirot zuckte zusammen. Obwohl Englisch nicht seine Muttersprache war, beherrschte er es ausgezeichnet. Er hatte von Mahmuds fehlerhafter Aussprache genug.
»Großartig!« sagte er hastig. »Großartig. Ich werde Sie meinen Freunden aufs wärmste empfehlen.«
Es gelang ihm, den redefreudigen Führer loszuwerden. Dann nahm er seine Liste und ging zu Oberst Carbury, der in seinem Büro saß.
Carbury gab seinem Krawattenknoten einen kleinen Stoß, so daß er noch schiefer saß, und fragte: »Was Neues?«
»Soll ich Ihnen meine Theorie erzählen?« fragte Poirot.

»Wenn Sie möchten«, antwortete Oberst Carbury und seufzte. Im Laufe seines Lebens hatte er auf diese oder jene Weise schon eine ziemliche Menge von Theorien gehört.
»Nach meiner Theorie ist die Kriminologie die einfachste Wissenschaft von der Welt! Man braucht den Täter nur reden lassen – früher oder später verrät er alles.«
»Ich erinnere mich, daß Sie dies schon früher einmal sagten. Wer hat Ihnen denn etwas verraten?«
»Alle!« In kurzen Worten schilderte Poirot die Gespräche des Vormittags.
»Hm«, machte Carbury. »Ja, vielleicht haben Sie ein oder zwei Hinweise bekommen. Schade ist nur, daß sie sich widersprechen. Haben wir nun einen Mordfall oder nicht?«
»Nein.«
Carbury seufzte wieder. »Das befürchtete ich schon.«
»Aber bis heute abend werden Sie die Wahrheit erfahren haben.«
»Nun ja, mehr haben Sie mir auch nicht versprochen«, sagte Oberst Carbury. »Und ich bezweifle sogar, daß Ihnen dies gelingen würde. Sind Sie sicher?«
»Sehr sicher.«
»Wie angenehm, wenn man so überzeugt sein kann«, bemerkte der andere. Falls ein leichter spöttischer Schimmer in seinen Augen aufblitzte, so schien ihn Poirot nicht zu bemerken. Er holte seine Liste hervor.
»Saubere Arbeit«, lobte Oberst Carbury und beugte sich über sie. Ein oder zwei Minuten später fragte er: »Wissen Sie, was ich denke?«
»Es würde mich freuen, wenn Sie es mir verrieten.«
»Der junge Raymond Boynton ist aus dem Schneider.«
»Ach, meinen Sie?«
»Ja. Das ist sonnenklar. Wir hätten es von Anfang an wissen müssen. Da er, wie in einem Kriminalroman, die Person war, die sich am verdächtigsten gemacht hatte. Denn schließlich hörten Sie, wie er davon sprach, die Alte um die Ecke zu bringen. Wir hätten erkennen müssen, was es bedeutete – daß er unschuldig war.«

»Sie haben wohl schon viele Kriminalromane gelesen, was?«
»Unzählige«, antwortete Oberst Carbury. Sein Ton bekam etwas Schuljungenhaft-Sehnsüchtiges. »Aber wahrscheinlich können Sie es nicht so machen wie die Privatdetektive in den Büchern. Eine Liste mit den wichtigsten Punkten aufstellen, die gar nichts zu bedeuten scheinen und doch schrecklich wichtig sind – all so was.«
»Aha«, sagte Poirot freundlich, »diese Art Kriminalromane gefallen Ihnen also besonders gut? Aber gewiß, es wird mir ein Vergnügen sein.«
Er nahm ein großes Blatt Papier und schrieb in seiner sauberen Schrift:

Wichtige Punkte

1. Mrs. Boynton nahm ein Medikament, das Digitalis enthielt.
2. Dr. Gerard fehlte eine Spritze.
3. Mrs. Boynton fand großen Gefallen daran, ihre Kinder zu isolieren und von andern Leuten fernzuhalten.
4. Am Nachmittag ihres Todes bat Mrs. Boynton ihre Kinder, sie allein zu lassen und spazierenzugehen.
5. Mrs. Boynton war eine Sadistin.
6. Die Entfernung zwischen dem großen Zelt und der Höhle, vor der Mrs. Boynton saß, betrug etwa 200 Meter.
7. Zuerst behauptete Lennox Boynton, nicht genau zu wissen, wann er im Lager eintraf, später gab er zu, die Armbanduhr seiner Mutter gestellt zu haben.
8. Dr. Gerards und Miss Ginevra Boyntons Zelt standen nebeneinander.
9. Als um halb sieben das Abendessen fertig war, ging ein Diener zu Mrs. Boynton, um sie zu holen.

Der Oberst las die Aufstellung und war sehr zufrieden.
»Großartig!« lobte er. »Genau richtig! Es sieht schwierig aus und auf den ersten Blick unwichtig – genau die richtige Mischung! Übrigens finde ich, daß ein oder zwei sehr wichti-

ge Dinge fehlen. Aber damit wollen Sie sicherlich nur die Dummköpfe in die Irre führen, was?«
In Poirots Augen glitzerte es ein wenig, aber er antwortete nicht.
»Nummer zwei, zum Beispiel«, fuhr Oberst Carbury vorsichtig fort. »Dr. Gerard fehlte zwar eine Spritze, aber er vermißte außerdem noch ein Fläschchen mit konzentrierter Digitalislösung oder wie das heißt.«
»Letzteres ist nicht so wichtig wie das Fehlen der Spritze«, bemerkte Poirot.
»Großartig!« rief Oberst Carbury und lächelte bis über beide Ohren. »*Ich* komme jedenfalls nicht dahinter. *Ich* hätte gedacht, daß das Digitalis viel wichtiger ist! Und was ist mit dem Diener als Täter – diese Möglichkeit taucht doch immer wieder auf. Ein Diener wird losgeschickt, um zu melden, daß das Abendessen fertig sei. Und dann die Geschichte, daß sie am Nachmittag einem Diener mit dem Stock drohte? Sie wollen mir doch nicht erzählen, daß einer meiner armen dummen Wüstensöhne sie erledigt hat? Denn«, fügte Oberst Carbury ernst hinzu, »das wäre *Betrug*.«
Poirot lächelte, antwortete aber nicht. Während er hinausging, murmelte er in sich hinein: »Unglaublich! Diese Engländer werden nie erwachsen!«

23

Sarah King saß auf einem Hügel und zerpflückte zerstreut eine wilde Blume. Dr. Gerard hockte auf einer niedrigen Steinmauer neben ihr.
»Warum mußten Sie sich einmischen?« sagte sie plötzlich heftig. »Wenn Sie nicht gewesen wären...«
»Sie finden also, ich hätte den Mund halten sollen?«
»Ja.«
»Trotz der Dinge, die ich wußte?«
»Sie *wußten* sie gar nicht«, sagte Sarah.

Der Franzose seufzte. »O doch. Aber ich gebe zu, daß man nie völlig sicher sein kann.«
»Man kann es sehr wohl sein«, erwiderte Sarah unversöhnlich.
Dr. Gerard zuckte mit den Schultern. »Sie vielleicht!«
»Sie hatten Fieber«, fuhr Sarah fort. »Starkes Fieber. Sie konnten nicht klar denken. Vermutlich lag die Spritze die ganze Zeit da. Und Sie können sich auch wegen des Digitoxins geirrt haben, oder ein Diener hat mit dem Medikamentenkoffer herumgespielt.«
»Keine Angst!« sagte Gerard spöttisch. »Das Beweismaterial ist dürftig. Sie werden erleben, daß Ihre Freunde, die Boyntons, mit einem blauen Auge davonkommen.«
»Das möchte ich ebenfalls nicht«, sagte Sarah heftig.
Er schüttelte den Kopf. »Sie sind unlogisch.«
»Waren nicht *Sie* es«, fragte Sarah, »der mir in Jerusalem einen Vortrag hielt darüber, ob man sich in das Leben andrer Leute einmischen sollte oder nicht? Jetzt haben Sie's!«
»Ich habe mich nicht eingemischt. Ich habe nur erzählt, was ich wußte.«
»Und ich behaupte, daß Sie es nicht wissen *können*. Ach Gott, da fangen wir wieder von vorne an. Wir drehen uns im Kreis.«
»Es tut mir leid, Miss King«, sagte Gerard freundlich.
»Verstehen Sie denn nicht«, sagte Sarah leise. »Trotz allem sind sie nicht frei – keiner. Sie ist immer noch da! Sogar über das Grab hinaus übt sie ihren Einfluß aus. Sie hatte etwas – etwas Schreckliches an sich, solange sie lebte. Und jetzt, da sie tot ist, ist sie noch genauso schrecklich. Ich spüre es – ich spüre, daß ihr die ganze Geschichte großen Spaß macht.«
Sie ballte die Hände. Dann sagte sie in einem völlig anderen, alltäglichen Ton: »Sehen Sie mal, da kommt der kleine Mann den Hügel herauf.«
Dr. Gerard blickte sich um. »Aha! Er sucht uns wahrscheinlich.«
»Ist er so dumm, wie er aussieht?« fragte Sarah.
»Er ist absolut kein Dummkopf«, erwiderte Dr. Gerard ernst.
»Das habe ich befürchtet«, meinte Sarah.
Mit düsterem Blick beobachtete sie Hercule Poirots Aufstieg.

Schließlich stand er vor ihnen. Er stieß ein lautes »Uff« aus und wischte sich die Stirn. Bedauernd musterte er seine Lackschuhe. »Schrecklich!« sagte er. »Was für ein steiniges Land! Meine armen Schuhe!«
»Sie können sich ja von Lady Westholme das Schuhputzzeug leihen«, sagte Sarah unfreundlich. »Und ihr Staubtuch. Sie reist mit der kompletten Ausrüstung eines Dienstmädchens.«
»Die Kratzer gehen nicht mehr weg, Mademoiselle«, bemerkte Poirot und schüttelte traurig den Kopf.
»Vielleicht nicht. Warum, in aller Welt, tragen Sie hier auch solche Schuhe?«
Poirot legte den Kopf etwas schief. »Ich möchte immer gepflegt sein«, sagte er.
»In der Wüste würde ich den Versuch aufgeben«, sagte Sarah.
»Frauen sind in der Wüste auch nicht in Hochform, was ihr Äußeres betrifft«, bemerkte Dr. Gerard träumerisch. »Unsere Miss King hier, ja, die ist immer nett und adrett. Aber Lady Westholme mit ihren großen dicken Jacken und Röcken und den unglaublich häßlichen Reithosen, die ihr überhaupt nicht stehen, und den Stiefeln – *quelle horreur de femme*! Und dann die arme Miss Pierce – ihre Kleider hängen so schlapp an ihr wie welke Kohlblätter, und dazu ihre klickenden Perlen und Ketten! Sogar die junge Mrs. Boynton, eine wirklich gutaussehende Frau, kann man nicht chic nennen. Ihre Sachen sind farblos.«
»Ich nehme nicht an«, warf Sarah ungeduldig ein, »daß Monsieur Poirot heraufgekommen ist, um sich über Mode zu unterhalten.«
»Das ist wahr«, bestätigte Poirot. »Ich wollte Dr. Gerard um Rat fragen. Seine Meinung ist mir wichtig – und Ihre auch, Mademoiselle. Sie sind jung und haben moderne Ansichten über die Psychologie. Ich möchte, daß Sie mir alles erzählen, was Sie über Mrs. Boynton wissen.«
»Kennen Sie es inzwischen nicht schon auswendig?« fragte Sarah.
»Nein. Ich habe das Gefühl – eigentlich ist es sogar mehr als das –, ja, ich bin überzeugt, daß Mrs. Boyntons geistige

Verfassung für diesen Fall sehr wichtig ist. Mit Menschen wie ihr ist Dr. Gerard sicherlich vertraut.«
»Von meinem Standpunkt aus betrachtet, war sie ein interessantes Studienobjekt«, sagte der Arzt.
»Erzählen Sie!«
Dr. Gerard hatte nichts dagegen. Er beschrieb sein Interesse an der Familie, seine Unterhaltung mit Jefferson Cope und daß dieser die Situation völlig mißverstanden habe.
»Dann ist er also ein Gefühlsmensch«, stellte Poirot fest.
»Ja, unbedingt. Er hat Ideale – weil er im Grunde seines Herzens träge ist. Von allen Menschen das Beste zu glauben und die Welt als einen angenehmen Aufenthaltsort zu betrachten, ist zweifellos die leichteste Art, durchs Leben zu kommen. Folglich hat Jefferson Cope nicht die leiseste Ahnung, wie die Leute in Wirklichkeit sind.«
»Das kann manchmal ziemlich gefährlich sein«, sagte Poirot.
»Er blieb hartnäckig dabei«, fuhr Gerard fort, »das ›Boynton-Problem‹, wie ich es nennen möchte, als einen Fall von fehlgeleiteter Mutterliebe anzusehen. Von dem verborgenen Haß, dem Aufruhr, den Demütigungen und dem ganzen übrigen Elend hatte er kaum eine Idee.«
»Ziemlich dumm, so was«, bemerkte Poirot.
»Trotzdem«, fuhr Dr. Gerard fort, »auch der hartnäckigste Gefühlsoptimist kann nicht ganz blind sein. Ich glaube, daß Mr. Cope auf der Reise nach Petra die Augen geöffnet wurden.«
Und er schilderte das Gespräch, das er am Morgen von Mrs. Boyntons Todestag mit dem Amerikaner gehabt hatte.
»Interessant, diese Geschichte mit dem Dienstmädchen«, sagte Poirot nachdenklich. »Es wirft ein gutes Licht auf die Methoden der alten Frau.«
»Es war wirklich ein seltsamer Morgen«, sagte Gerard. »Sie sind noch nicht in Petra gewesen, Monsieur Poirot. Wenn Sie hinfahren, müssen Sie unbedingt zur Opferstätte hinaufsteigen. Es ist – wie soll ich mich ausdrücken –, es ist ein unglaubliches Erlebnis!« Er beschrieb genau, was sie gesehen hatten, und meinte zum Schluß: »Mademoiselle hier saß da

wie eine junge Richterin und sprach von dem Opfer eines einzelnen, um viele zu retten. Erinnern Sie sich, Miss King?«
Sarah überlief es kalt. »Bitte nicht! Reden wir nicht mehr von jenem Tag.«
»Ja, ja«, sagte Poirot. »Reden wir über Ereignisse, die weiter zurückliegen. Mich würde interessieren, Dr. Gerard, wie Sie Mrs. Boynton einschätzen. Ich verstehe nicht, warum sie diese Reise unternahm, denn dadurch bestand doch die Gefahr, daß ihre Familie Kontakt zu anderen Menschen bekam und ihre Autorität geschwächt wurde. Wozu hatte sie dann ihre Familie in absoluter Abhängigkeit gehalten?«
Dr. Gerard beugte sich erregt vor. »Aber, *mon vieux*, das ist es ja gerade! Überall auf der Welt sind sich die alten Damen ähnlich: Sie fangen an, sich zu langweilen. Wenn sie zum Beispiel gern Patience legen, dann kriegen sie die Karten irgendwann satt, weil sie das Spiel zu genau kennen. Sie möchten gern eine neue Variante lernen. Und in unserem Fall reagierte die alte Frau genauso, auch wenn ihre Unterhaltung – so unglaublich es klingen mag – darin bestand, andere Menschen zu unterdrücken und zu quälen. Mrs. Boynton hatte ihre Kinder gezähmt wie die Dompteuse ihre Tiger. Sicherlich gab es in der Zeit, in der sie heranwuchsen, einige Aufregung. Auch Lennox' Heirat mit Nadine war ein Abenteuer. Aber dann wird plötzlich alles farblos und eintönig. Lennox hat sich so in seine Melancholie vergraben, daß es praktisch unmöglich ist, ihn zu verletzen. Raymond und Carol zeigen Reaktionen, sie wehren sich nicht. Ginevra – ah, *la pauvre* Ginevra – ist in den Augen ihrer Mutter das armseligste Spielzeug. Denn sie hat einen Ausweg gefunden. Sie flüchtet sich in das Reich der Phantasie. Je mehr ihre Mutter sie herumkommandiert, desto mehr fühlt sie sich als verfolgtes Opfer, als Heldin, was ihr insgeheim sogar ziemlichen Spaß macht. Mrs. Boynton langweilt sich entsetzlich. Sie möchte neue Welten erobern, wie Alexander der Große. Und so plant sie eine Reise ins Ausland. Sie sucht die Gefahr, das Risiko, damit ihre gezähmten Bestien rebellieren, sie sucht Gelegenheiten, neue Qualen, neue Schmerzen zu bereiten. Es

klingt verrückt, nicht wahr? Aber so dachte sie. Sie brauchte neue Aufregung.«

Poirot holte tief Luft. »Es paßt alles zusammen, ja. Ich verstehe sehr gut, was Sie meinen. So muß es gewesen sein! Perfekt! Sie wollte gefährlich leben, *la maman* Boynton – und dafür mußte sie bezahlen!«

Sarahs blasses, kluges Gesicht war sehr ernst. »Sie meinen also«, sagte sie, »daß sie ihre Opfer zu sehr quälte und sie sich wehrten? Oder daß eines von ihnen sich wehrte?«

Poirot neigte leicht den Kopf.

»Wer ist es?« fragte Sarah, und ihre Stimme klang etwas atemlos.

Poirot sah sie an, betrachtete ihre Hände, die krampfhaft ein paar Blumen hielten, das blasse, ernste Gesicht.

Er antwortete nicht. Er brauchte nicht mehr zu antworten, denn in diesem Augenblick berührte Gerard seine Schulter und rief: »Da kommt jemand.«

Ein junges Mädchen wanderte an der Seite des Hügels entlang. Sie bewegte sich mit einer seltsam rhythmischen Anmut, als sei sie kein Wesen aus Fleisch und Blut. Ihr rötlichblondes Haar leuchtete in der Sonne, ein geheimnisvolles fernes Lächeln lag um ihren schönen Mund. Poirot hielt den Atem an.

»Wie schön sie ist ...«, sagte er. »So herzbewegend schön ... Ophelia sollte so gespielt werden – eine junge Göttin, die sich aus einer anderen Welt zu uns verirrt hat und glücklich ist, weil sie der Knechtschaft menschlicher Freuden und Leiden entkommen ist.«

»Ja, ja, Sie haben recht!« sagte Gerard. »Ein Gesicht wie aus einem Traum, nicht wahr? *Ich* träumte von ihr. Damals, im Fieber, sah ich einmal dieses Gesicht vor mir, als ich die Augen öffnete. Dieses holde, überirdische Lächeln ... es war ein schöner Traum. Schade, daß ich aufwachte ...«

Dann wurde Dr. Gerard wieder sachlich und fügte hinzu: »Es ist Ginevra Boynton.«

Eine Minute später stand das junge Mädchen vor ihnen. Dr. Gerard übernahm es, sie vorzustellen. »Miss Boynton, dies ist Monsieur Hercule Poirot.«
»Oh!« Sie sah ihn unsicher an. Unruhig spielte sie mit ihren Fingern. Die verzauberte Nymphe war aus dem Reich der Feen zurückgekehrt. Jetzt war sie nur ein linkisches, leicht nervöses junges Mädchen, das sich ziemlich unbehaglich fühlte.
»Was für ein glücklicher Zufall, daß ich Sie hier treffe, Mademoiselle«, sagte Poirot. »Ich wollte Sie schon im Hotel sprechen.«
»Tatsächlich?«
Sie lächelte leer und zupfte am Gürtelschloß ihres Kleides.
»Wollen Sie einen kleinen Spaziergang mit mir machen?« fragte er freundlich.
Sie lehnte nicht ab, sondern ging gehorsam mit ihm. Plötzlich fragte sie mit atemlos klingender Stimme: »Sie sind – Sie sind Privatdetektiv, nicht wahr?«
»Ja, Mademoiselle.«
»Ein sehr bekannter Privatdetektiv?«
»Der beste, den es auf der Welt gibt«, antwortete Poirot. Für ihn war dies einfach die Wahrheit, nicht mehr und nicht weniger.
Ginevra Boynton atmete vorsichtig ein. »Sind Sie hier, um mich zu beschützen?« fragte sie.
Poirot strich sich nachdenklich über den Schnurrbart. »Sind Sie denn in Gefahr, Mademoiselle?«
»Ja, ja!« Sie blickte sich rasch und mißtrauisch um. »Ich erzählte es Dr. Gerard schon in Jerusalem. Er benahm sich sehr geschickt. Er verriet sich mit keinem Zeichen, aber er folgte mir – zu der schrecklichen Stadt mit den roten Felsen.« Sie erschauerte. »Man will mich umbringen. Ich muß sehr aufpassen.«
Poirot nickte verständnisvoll.
»Er ist freundlich – und gut. Er liebt mich!« sagte Ginevra.

»Ach?«
»O ja! Er sagt meinen Namen im Schlaf ...« Ihre Stimme wurde leiser. Auf ihrem Gesicht lag wieder ein entrückter Ausdruck, der es überirdisch schön erscheinen ließ. »Er hatte Fieber und warf sich hin und her und sagte meinen Namen ... ich habe mich leise davongeschlichen.« Sie schwieg. »Hat *er* Sie etwa hergeholt?« fragte sie dann. »Ich habe entsetzlich viele Feinde, wissen Sie. Sie sind überall, manche verkleiden sich sogar.«
»Ja, ja«, sagte Poirot freundlich. »Aber hier sind Sie sicher – Ihre ganze Familie ist bei Ihnen.«
Sie richtete sich stolz auf. »Es ist nicht *meine* Familie. Ich habe nichts mit ihnen zu tun. Ich darf Ihnen nicht verraten, wer ich wirklich bin – es ist ein großes Geheimnis. Sie würden staunen, wenn Sie's wüßten.«
»War der Tod Ihrer Mutter ein großer Schock für Sie, Mademoiselle?« fragte Poirot freundlich.
Ginevra stampfte mit dem Fuß auf. »Ich sage Ihnen doch – sie ist nicht meine Mutter! Meine Feinde haben sie für diese Rolle bezahlt. Sie sollte aufpassen, daß ich nicht entfliehe.«
»Wo waren Sie am Nachmittag, als sie starb?«
»In meinem Zelt ... es war fürchterlich heiß drinnen, aber ich wagte mich nicht hinaus ... Vielleicht hätten sie mich dann erwischt ...« Sie erschauerte. »Einer von ihnen sah in mein Zelt. Er hatte sich verkleidet, aber ich erkannte ihn. Ich stellte mich schlafend. Der Scheich hatte ihn geschickt. Der Scheich wollte mich kidnappen.«
Ein paar Minuten gingen sie schweigend weiter. Dann sagte Poirot: »Sie klingen sehr hübsch, diese Geschichten, die Sie sich vormachen.«
Sie blieb stehen und starrte ihn wütend an. »Sie sind wahr! Sie sind alle *wahr*!« Wieder stampfte sie mit dem Fuß auf.
»Ja«, bemerkte Poirot, »sie sind sehr klug ausgedacht.«
»Sie sind wahr – *wahr* –«, rief Ginevra.
Dann machte sie wütend kehrt und rannte den Hügel hinunter. Poirot sah ihr nach. Ein paar Minuten später hörte er eine Stimme hinter sich fragen: »Was sagten Sie zu ihr?«
Poirot wandte sich um. Dr. Gerard stand vor ihm. Er war etwas

außer Atem geraten. Sarah folgte ihm, aber sie ließ sich mehr Zeit.
»Ich sagte zu ihr«, antwortete Poirot, »daß sie sich ein paar sehr hübsche Geschichten ausgedacht habe.«
Der Arzt nickte nachdenklich. »Und sie wurde wütend? Das ist ein gutes Zeichen. Verstehen Sie? Es beweist, daß sie noch nicht völlig durchgedreht ist. Sie erkennt noch, daß es *nicht* die Wahrheit ist. Ich werde sie heilen.«
»Ach, Sie können sie heilen?«
»Ja. Ich habe mich darüber mit der jungen Mrs. Boynton und ihrem Mann unterhalten. Ginevra wird nach Paris kommen und in einer meiner Kliniken bleiben. Sie will Schauspielerin werden.«
»Schauspielerin?«
»Ja. Sie könnte auf der Bühne großen Erfolg haben. Und das ist es, was sie braucht – was sie haben muß! In einigen wesentlichen Punkten ist sie ihrer Mutter sehr ähnlich.«
»Nein!« rief Sarah protestierend.
»Es mag Ihnen unmöglich erscheinen, aber gewisse Grundzüge sind dieselben. Sie haben beide ein großes Geltungsbedürfnis. Sie wollen beide Eindruck machen. Die arme Tochter wurde bei jeder Gelegenheit kaltgestellt, behindert, unterdrückt. Sie fand kein Ventil für ihren großen Ehrgeiz, ihre Lebenslust, ihre lebhafte, gefühlvolle Natur.« Er lachte. »*Nous allons changer tout ça*!«
Dann verbeugte er sich leicht und murmelte: »Bitte, entschuldigen Sie mich jetzt.« Er lief den Hügel hinunter, hinter dem jungen Mädchen her.
»Dr. Gerard denkt immer nur an seine Arbeit«, sagte Sarah King.
»Das habe ich gemerkt.«
»Trotzdem finde ich es unerträglich«, fuhr sie mit gerunzelter Stirn fort, »daß er Ginevra mit der alten schrecklichen Frau vergleicht. Obwohl es auch mal eine Zeit gab, da mir Mrs. Boynton selbst leid tat.«
»Wann war das, Mademoiselle?«
»Als ich in Jerusalem war. Ich erzählte Ihnen davon. Plötzlich

dachte ich, daß ich die ganze Geschichte mißverstanden hatte. Sie kennen sicherlich das Gefühl, wenn man für einen kurzen Augenblick eine Sache ganz anders sieht, wie durch ein umgedrehtes Fernrohr. Ich regte mich schrecklich auf, ging zu ihr und benahm mich wie ein Idiot.«
Wie immer, wenn sie an ihre Unterhaltung mit Mrs. Boynton dachte, wurde Sarah rot.
»Ich kam mir sehr großartig vor, als habe ich eine Mission zu erfüllen! Und später, als Lady Westholme mich mit ihren Fischaugen ansah und sagte, sie habe mich mit Mrs. Boynton beobachtet, dachte ich, daß sie das Gespräch vermutlich belauscht hatte, und schämte mich noch mehr.«
»Was hat die Alte eigentlich zu Ihnen gesagt?« fragte Poirot. »Können Sie sich an die genauen Worte erinnern?«
»Ja. Sie machten einen großen Eindruck auf mich. ›Ich vergesse nie‹, sagte sie so ungefähr. ›Denken Sie immer daran. Ich habe noch nie etwas vergessen – weder einen Namen noch ein Gesicht, noch ein wichtiges Ereignis.‹« Sarah schüttelte sich. »Sie sagte es so drohend, so böse, und blickte mich dabei nicht einmal an. Ich kann sie direkt hören – sogar jetzt noch ...«
»Es hat Sie sehr beschäftigt?« fragte Poirot freundlich.
»Ja. Ich habe nicht so leicht Angst. Aber manchmal träume ich von ihr, wie sie diese Worte sagt. Mit einem bösen, hämischen, triumphierenden Gesicht. Huh!« Sie schüttelte den Kopf. Dann sah sie Poirot plötzlich scharf an.
»Monsieur Poirot«, sagte sie, »vielleicht sollte ich Sie das nicht fragen, nur – haben Sie die Lösung gefunden? Haben Sie etwas Wichtiges entdeckt?«
»Ja.«
Er sah, daß ihre Lippen zitterten »Was?« fragte sie.
»Ich habe herausgefunden, mit wem sich Raymond Boynton an jenem Abend in Jerusalem unterhielt: mit seiner Schwester Carol.«
»Mit Carol – natürlich!« Dann fuhr sie zögernd fort: »Fragten Sie ihn – fragten Sie ihn –«
Es hatte keinen Zweck. Sie konnte nicht weitersprechen. Poirot betrachtete sie ernst und voll Mitgefühl.

»Ist es für Sie so wichtig, Mademoiselle?« fragte er ruhig.
»Mehr als alles auf der Welt!« antwortete Sarah. »Ich muß einfach Bescheid wissen.«
»Er meinte, es sei nur ein Ausbruch von Hysterie gewesen, nichts weiter! Daß er und seine Schwester überreizt waren. Am nächsten Tag sei ihnen diese Idee phantastisch und unglaublich erschienen.«
»Ich verstehe...«
»Miss Sarah«, sagte Poirot vorsichtig, »wollen Sie mir nicht verraten, wovor Sie Angst haben?«
Sarah wandte ihm ihr blasses, verzweifeltes Gesicht zu.
»An dem bewußten Nachmittag waren wir – waren wir zusammen. Bevor er umdrehte, sagte er – sagte er, daß er etwas zu erledigen habe, und zwar sofort, solange er den Mut dazu habe. Ich nahm an, daß er ihr die Wahrheit sagen wollte. Über uns. Aber angenommen, er – er...«
Die Stimme versagte ihr. Sie stand steif da und rang nach Fassung.

25

Nadine Boynton trat aus dem Hoteleingang und sah sich zögernd um. Eine Gestalt, die in der Nähe gewartet hatte, sprang auf sie zu. Es war Jefferson Cope. Mit ein paar Schritten war er an der Seite der Dame seines Herzens.
»Gehen wir hier entlang. Ich finde, es ist der schönste Weg«, sagte er.
Nadine nickte nur.
Sie gingen gemeinsam weiter, und Mr. Cope redete. Er sprach viel, und es klang ein wenig monoton. Es ist nicht sicher, ob er merkte, daß Nadine ihm gar nicht zuhörte. Als sie den steinigen, blumenbedeckten Hügel erreichten, unterbrach sie ihn.
»Entschuldigen Sie, Jefferson. Ich muß mit Ihnen reden.«
Er war blaß geworden. »Natürlich, meine Liebe. Wie Sie

wollen. Aber bitte, machen Sie sich keine Sorgen!«
»Sie sind viel klüger, als ich dachte. Sie wissen, was ich Ihnen sagen möchte, nicht wahr?«
»Es ist eine alte Tatsache«, sagte Mr. Cope, »daß man sich nach den Umständen richten muß. Ich weiß sehr wohl, daß unter den jetzigen Verhältnissen gewisse Entscheidungen noch einmal überdacht werden müssen.« Er seufzte. »Lassen Sie sich nicht beirren, Nadine. Tun Sie, was Sie tun müssen!«
»Sie sind so gut zu mir, Jefferson«, sagte Nadine bewegt. »Sie haben solche Geduld mit mir. Dabei habe ich Sie sehr schlecht behandelt. Ich war richtig gemein zu Ihnen.«
»Hören Sie, Nadine, ich möchte etwas klarstellen. Ich wußte immer, wo meine Grenzen waren. Ich habe die größte Zuneigung und den tiefsten Respekt für Sie – seit ich Sie kenne. Ich möchte nur, daß Sie glücklich sind. Mehr habe ich nie gewollt. Sie unglücklich zu sehen, hat mich fast verrückt gemacht. Und ich möchte auch sagen, daß ich Lennox dafür verantwortlich machte. Ich fand, daß er Sie nicht behalten durfte, wenn er Ihr Glück so wenig wichtig nahm.«
Mr. Cope atmete tief ein und fuhr fort:
»Allerdings muß ich zugeben, daß ich nach unserer Reise nach Petra an Lennox' Schuld zu zweifeln begann. Was Sie betraf, so benahm er sich ganz und gar nicht egoistisch. Aber seiner Mutter gegenüber war er nicht egoistisch genug! Über Tote soll man zwar nicht schlecht reden, aber ich finde, daß Ihre Schwiegermutter eine ungewöhnlich schwierige Frau war.«
»Das kann man wohl behaupten«, antwortete Nadine leise.
»Gestern kamen Sie nun zu mir«, sagte Mr. Cope, »und erzählten mir, daß Sie Ihren Mann endgültig verlassen wollten. Ich freute mich über Ihren Entschluß. Es war nicht gut – das Leben, das Sie führten. Sie waren ehrlich zu mir. Sie taten nicht so, als würden Sie mich mehr als nur ein wenig mögen. Nun, mir war das recht. Ich wollte nur eines: für Sie sorgen und Sie so behandeln, wie Sie es verdienten. Ich muß gestehen, der Nachmittag war der glücklichste in meinem Leben.«
»Es tut mir so leid – so schrecklich leid!« rief Nadine.
»Ach, meine Liebe, die ganze Zeit hatte ich das Gefühl, es

könne nicht wahr sein. Jeden Tag hatte ich Angst, Sie würden es sich anders überlegen. Jetzt hat sich alles verändert. Sie und Lennox können endlich Ihr eigenes Leben leben.«
»Ja. Ich werde Lennox nicht verlassen. Bitte verzeihen Sie mir.«
»Da gibt es nichts zu verzeihen«, erklärte Mr. Cope. »Sie und ich bleiben einfach die guten alten Freude, die wir immer waren.«
Nadine legte ihre Hand auf seinen Arm. »Mein lieber Jefferson, ich danke Ihnen. Ich muß jetzt Lennox suchen gehen.«
Sie wandte sich um und ging davon. Mr. Cope blieb allein zurück.

Nadine fand Lennox im griechisch-römischen Theater. Er saß am oberen Ende und war so in Gedanken versunken, daß er sie erst bemerkte, als sie sich atemlos neben ihm niederließ.
»Hallo, Nadine.« Er wandte sich ihr halb zu.
»Wir haben uns noch nicht in Ruhe unterhalten können«, sagte sie. »Du weißt, daß ich nicht weggehe, nicht wahr?«
»Hast du es wirklich vorgehabt, Nadine?« fragte er ernst.
Sie nickte. »Ja. Es wäre mir nichts anderes übriggeblieben, verstehst du? Ich hoffte – ich hoffte, daß du mir folgen würdest. Der arme Jefferson! Ich war so gemein zu ihm.«
Lennox lachte auf. »Nein, das stimmt nicht. Jemand, der so selbstlos ist wie Cope, muß Gelegenheit bekommen, seinen Edelmut auszutoben. Und du hattest ja recht, Nadine. Als du sagtest, daß du mit ihm weggehen wolltest, war das der größte Schock meines Lebens. Wirklich, ich glaube, daß ich in letzter Zeit ziemlich seltsam geworden bin. Warum, zum Teufel, habe ich die Sache nicht mit einem Achselzucken abgetan und bin mit dir verschwunden, als du das wolltest?«
»Du konntest es nicht, Liebling!« sagte Nadine zärtlich. »Es war unmöglich.«
»Meine Mutter war verdammt komisch...«, sagte Lennox nachdenklich. »Wir waren alle wie hypnotisiert.«
»Ja.«
Lennox schwieg eine Weile. Dann fuhr er fort: »Als du es mir

an dem Nachmittag sagtest, war ich wie vor den Kopf geschlagen. Völlig verwirrt ging ich zurück, und dann erkannte ich plötzlich, was für ein Narr ich gewesen war. Ich begriff, daß es nur noch einen Ausweg gab, wenn ich dich nicht verlieren wollte.«

Er spürte, wie sie erstarrte. Sein Ton wurde härter. »Ich zog los und –«

»Nein ...«

Er warf ihr einen kurzen Blick zu. »Ich zog los und zankte mich mit ihr.« Seine Stimme klang nun anders – nachdenklich und fast tonlos. »Ich sagte, daß ich zwischen ihr und dir wählen müßte – und daß ich dich gewählt habe.«

Es entstand eine Pause.

Dann wiederholte er fast stolz und selbstbewußt: »Ja, das sagte ich zu ihr.«

26

Auf dem Rückweg begegnete Poirot zwei Personen. Die erste war Mr. Jefferson Cope.

»Monsieur Hercule Poirot? Mein Name ist Jefferson Cope.«

Die beiden Männer schüttelten sich förmlich die Hand.

Während Mr. Cope neben Poirot herging, sagte er: »Ich habe jetzt erst erfahren, daß Sie eine Art Routineuntersuchung über den Tod meiner alten Freundin, Mrs. Boynton, durchführen. Eine schreckliche Geschichte, das Ganze! Wissen Sie, die alte Dame hätte so eine anstrengende Reise nie unternehmen dürfen. Aber sie war dickköpfig, Monsieur Poirot. Ihre Familie konnte sich nicht durchsetzen. Sie war ein Tyrann – hatte wohl zu lange immer ihren Willen bekommen. Ihr Wort war Befehl. Ja, Sir, so war es.«

Mr. Cope schwieg eine Weile.

»Ich möchte Ihnen nur sagen, Monsieur Poirot«, fuhr er dann fort, »daß ich ein alter Freund der Familie bin. Natürlich regen sie sich über die Geschichte sehr auf. Sie sind ohnehin alle nervös und überreizt, verstehen Sie? Wenn ich also irgendwie helfen kann – bei der Erledigung der notwendigen Formalitäten, bei den Arrangements für die Beerdigung, bei der Überführung der Toten nach Jerusalem –, dann möchte ich tun, was in meinen Kräften steht, damit sie es leichter haben. Sagen Sie mir einfach Bescheid, wenn irgend etwas zu tun ist.«

»Ich bin überzeugt, daß Ihnen die Familie für Ihr Angebot sehr dankbar ist«, sagte Poirot. »Sie sind, glaube ich, vor allem mit der jungen Mrs. Boynton befreundet?«

Mr. Jefferson Cope errötete leicht.

»Nun, ich glaube, das ist nicht so wichtig, Monsieur Poirot. Wie ich hörte, sprachen Sie heute vormittag mit Nadine, und vielleicht machte sie Ihnen gegenüber eine Andeutung, wie es zwischen uns steht. Doch das ist jetzt vorbei. Mrs. Boynton ist eine großartige Frau. Sie weiß, daß es ihre erste Aufgabe ist, ihrem Mann in seinem großen Kummer beizustehen.«

Poirot nickte langsam. Dann sagte er:

»Oberst Carbury möchte einen genauen Bericht haben, was Sie an dem Nachmittag taten, an dem Mrs. Boynton starb. Würden Sie es mir bitte erzählen?«

»Selbstverständlich. Nach dem Mittagessen und einer kleinen Ruhepause machten wir uns auf eine Art Erkundungstour. Zu unserem Glück gelang es uns, diese Pest von einem Führer abzuhängen. Wenn er auf das Thema Juden zu sprechen kommt, dreht er richtig durch. Ich glaube, er ist in dieser Beziehung nicht ganz normal. Jedenfalls, wie ich schon sagte, gingen wir los. Auf diesem Spaziergang fand auch das bewußte Gespräch mit Nadine statt. Danach wollte sie mit ihrem Mann allein sein, um es ihm zu sagen. Ich ging also allein weiter und kehrte schließlich ins Lager zurück. Auf halbem Weg begegnete ich den beiden englischen Damen, die schon an dem Ausflug vom Vormittag teilgenommen hatten. Die eine ist eine Adlige, soviel ich gehört habe.«

Poirot bestätigte es.

»Ah, eine großartige Frau, mit einem scharfen Verstand und sehr gut informiert. Die andere war ziemlich farblos und schien halbtot vor Müdigkeit. Die Tour am Vormittag war sehr anstrengend gewesen, vor allem, wenn man die Höhe nicht verträgt. Nun, wie ich schon erwähnte, stieß ich auf die beiden Damen. Ich erzählte ihnen von den Nabatäern, über die sie wenig wußten. Dann besichtigten wir noch eine Ruine und kehrten gegen sechs Uhr gemeinsam ins Lager zurück. Lady Westholme wollte unbedingt Tee trinken, und ich hatte das Vergnügen, in ihrer Gesellschaft eine Tasse mitzutrinken – der Tee war ziemlich schwach, hatte aber einen interessanten Geschmack. Dann deckten die Diener den Tisch für das Abendessen. Jemand sollte die alte Dame holen, und da stellte man fest, daß sie tot auf ihrem Stuhl saß.«

»Als Sie zurückkamen, fiel sie Ihnen da auf?«

»Ich sah sie oben vor ihrer Höhle sitzen, wie immer am Nachmittag und Abend, aber ich achtete nicht besonders auf sie. Ich erklärte Lady Westholme gerade den Kurssturz an unserer Börse, und außerdem mußte ich noch auf Miss Pierce aufpassen. Sie war so müde, daß sie ständig stolperte.«

»Vielen Dank, Mr. Cope. Darf ich die indiskrete Frage stellen, ob Mrs. Boynton ein großes Vermögen hinterläßt?«

»Ein sehr großes. Das heißt, genaugenommen konnte sie es gar nicht vererben. Sie hatte nur die lebenslange Nutznießung. Nach ihrem Tod wird es unter den Kindern des toten Elmar Boynton aufgeteilt. Na, jedenfalls sind sie jetzt gut dran.«

»Geld«, sagte Poirot, »spielt eine große Rolle. Wie viele Verbrechen wurden deswegen schon begangen!«

Mr. Cope schien diese Bemerkung etwas zu erschrecken. »Ja, das kann schon sein«, sagte er zögernd.

Poirot lächelte freundlich. »Aber es gibt so viele Motive für einen Mord, nicht wahr? Vielen Dank, Mr. Cope. Sie waren sehr hilfreich.«

»Das habe ich gern getan«, sagte Mr. Cope. »Sitzt dort oben nicht Miss King? Ich werde mal zu ihr gehen und mich ein bißchen mit ihr unterhalten.«

Poirot ging allein weiter den Hügel hinunter. Er stieß auf Miss Pierce, die hinaufhuschen wollte. Atemlos begrüßte sie ihn. »Ich bin so froh, daß ich Sie treffe, Monsieur Poirot! Ich sprach

mit diesem sehr seltsamen Mädchen, der jüngsten Tochter, Sie wissen schon. Sie sagte die seltsamsten Dinge – über irgendwelche Feinde und einen Scheich, der sie kidnappen will, und daß überall Spione seien. Wirklich, es hörte sich *sehr* romantisch an! Lady Westholme behauptet, daß alles Unsinn sei. Sie hat mal eine rothaarige Küchenhilfe gehabt, die auch solche Lügen erzählte. Ich finde, manchmal ist Lady Westholme zu *hart*. Es könnte doch auch wahr sein, oder etwa nicht, Monsieur Poirot? Vor ein paar Jahren las ich mal, daß eine Tochter des Zaren während der Revolution nicht getötet wurde, sondern heimlich von Rußland nach Amerika fliehen konnte. Ich glaube, es war die Großherzogin Tatjana. Wenn es stimmt, *könnte* sie doch ihre Tochter sein, nicht wahr? Sie machte so eine Andeutung, daß sie aus einer Königsfamilie stammt, und sie sieht auch so aus, nicht wahr? Etwas slawisch, vor allem die Backenknochen. Wie aufregend das wäre!«
»Es passieren wirklich die seltsamsten Dinge im Leben«, bemerkte Poirot philosophisch.
»Mir wurde erst heute vormittag klar, wer Sie eigentlich sind«, rief Miss Pierce und klatschte in die Hände. »Natürlich sind Sie *der* berühmte Privatdetektiv! Über die ABC-Morde habe ich *alles* genau gelesen. Es war schrecklich *aufregend*! Damals arbeitete ich nämlich gerade als Erzieherin in der Nähe von Doncaster.«
Poirot murmelte etwas Unverständliches. Miss Pierce wurde immer aufgeregter.
»Deshalb glaube ich, daß ich mich heute vormittag nicht richtig – daß ich mich vielleicht nicht richtig verhalten habe. Man muß *alles* sagen, nicht wahr? Nicht das *kleinste* Detail darf man weglassen, auch wenn es einem noch so unwichtig *erscheint*. Denn wenn *Sie* sich mit der Sache beschäftigen, Monsieur Poirot, dann muß die arme Mrs. Boynton ja ermordet worden sein! Ich nehme doch nicht an, daß Mr. Mah Mud – ich vergesse immer seinen Namen, ich meine unseren Führer –, ich nehme nicht an, daß er ein *bolschewistischer* Agent ist? Oder vielleicht sogar Miss King? Soviel ich hörte, sind viele, *ganz* ordentlich erzogene junge Frauen aus *gutem* Haus kom-

munistisch. Deshalb frage ich mich, ob ich Ihnen erzählen *müßte* – verstehen Sie, genauer betrachtet ist es nämlich ziemlich seltsam.«

»Eben«, sagte Poirot. »Und deshalb werden Sie mir alles genau erzählen.«

»Na ja, eigentlich ist es nichts Besonderes. Es ist nur so – also, am Morgen nach Mrs. Boyntons Tod war ich schon ziemlich früh auf. Ich blickte aus dem Zelt, weil ich den Sonnenaufgang bewundern wollte, verstehen Sie. Nur, es gab keinen Sonnenaufgang. Sie mußte schon eine Stunde früher aufgegangen sein. Jedenfalls, es war ziemlich früh –«

»Ja, ja! Und was sahen Sie da?«

»Es war sehr komisch. Bloß damals *fand* ich es nicht wichtig. Ich sah nur, wie die junge Boynton aus ihrem Zelt trat und etwas in den Bach warf. Natürlich ist nichts dabei, wenn man so was macht – nur: Es glitzerte! Es glitzerte in der Sonne! Während es durch die Luft flog, *glitzerte* es! Verstehen Sie?«

»Wer war es?«

»Ich glaube, sie heißt Carol. Eine sehr gut aussehende Person. Sie ist ihrem Bruder sehr ähnlich. Sie könnten *Zwillinge* sein. Allerdings hätte es auch die *jüngste* Tochter sein können. Die Sonne blendete mich, ich konnte nicht genau sehen. Aber ich glaube, das Haar war nicht rotblond, eher bräunlich. Ich liebe diesen Kupferton! Rotes Haar erinnert mich immer an gelbe Rüben!« Sie kicherte.

»Und sie warf einen glitzernden Gegenstand fort?« fragte Poirot.

»Ja. Wie ich schon erwähnte, hielt ich es *damals* nicht für wichtig. Aber später spazierte ich den Bach entlang, und Miss King spazierte da auch. Zwischen einer Menge scheußlicher Dinge – sogar Blechdosen lagen da – entdeckte ich eine kleine schimmernde Metallschachtel, nicht quadratisch, eher länglich, wenn Sie verstehen, was ich meine –«

»Aber ja, ich verstehe Sie ausgezeichnet. Ungefähr so lang?«

»Ja. Wie *klug* Sie sind! Und da dachte ich bei mir: Die hat bestimmt die junge Boynton weggeworfen. So eine hübsche kleine Schachtel! Aus reiner Neugierde hob ich sie auf und öffnete sie. Drinnen lag eine Spritze – mit so einer hat man mir auch in den Arm gestochen, als ich gegen Typhus geimpft wurde. Komisch, dachte ich, daß man so was wegwirft. Denn sie war nicht kaputt oder so. Und wie ich noch überlegte, sprach Miss King mich an. Ich hatte sie nicht kommen gehört. Sie sagte: ›Ach, vielen Dank. Sie gehört mir. Ich suchte gerade nach ihr.‹ Also gab ich sie ihr, und sie ging damit zurück ins Lager.«

Miss Pierce machte eine Pause und redete dann hastig weiter:

»Und natürlich ist sicherlich *nichts* dran – nur, ich fand es *wirklich* etwas seltsam, daß Carol Boynton Miss Kings Spritze wegwarf. Ich fand es komisch, wenn Sie verstehen, was ich meine. Obwohl ich natürlich annehme, daß es eine triftige Erklärung dafür gibt.«

Sie schwieg und sah Poirot erwartungsvoll an.

Er machte ein ernstes Gesicht. »Vielen Dank, Mademoiselle. Was Sie mir eben erzählten, ist vielleicht für sich allein betrachtet nicht wichtig, aber ich verrate Ihnen dies: Jetzt ist mein Fall vollständig! Jetzt ist alles klar und logisch.«

»Ach, wirklich?« Miss Pierce freute sich wie ein Kind.

Poirot begleitete sie ins Hotel zurück. Als er wieder in seinem Zimmer war, notierte er einen weiteren Punkt auf seiner Liste. Punkt zehn: Ich vergesse nie. Denken Sie daran, ich vergesse nie etwas...

»*Mais oui*«, sagte er. »Jetzt ist mir alles klar!«

27

»Ich bin mit den Vorbereitungen fertig«, sagte Hercule Poirot. Mit einem leisen Seufzer trat er ein paar kleine Schritte zurück und betrachtete die Szene. Er und Oberst Carbury befanden sich in einem der unbenützten Zimmer des Hotels. Oberst Carbury lehnte unelegant am Bett, das gegen die Wand geschoben worden war, und sog lächelnd an seiner

Pfeife. »Sie sind ein komischer Kerl, was, Poirot?« sagte er. »Mit Ihrem Hang, die Dinge zu dramatisieren.«
»Vielleicht stimmt es«, gab der kleine Detektiv zu. »Aber eigentlich ist es nicht nur meine Eitelkeit. Wenn man eine Komödie gibt, muß zuerst die Dekoration aufgestellt werden.«
»Ist es denn eine Komödie?«
»Auch wenn es eine Tragödie ist, muß das *décor* richtig sein.«
Oberst Carbury sah ihn neugierig an. »Nun«, sagte er. »Es ist Ihr Bier. Ich habe keine Ahnung, was Sie vorhaben. Ich nehme aber an, daß Sie fündig geworden sind.«
»Ich habe die Ehre, Ihnen das zu präsentieren, worum Sie mich baten – die Wahrheit!«
»Glauben Sie, wir können jemand verhaften?«
»Das, mein Freund, kann ich Ihnen nicht versprechen.«
»Auch recht. Vielleicht bin ich später froh darüber. Wir werden sehen.«
»Meine Argumente sind hauptsächlich psychologischer Natur«, bemerkte Poirot.
Oberst Carbury seufzte. »Das befürchtete ich schon.«
»Aber Sie werden beeindruckt sein«, versicherte Poirot. »Ja, sie sind überzeugend! Die Wahrheit, habe ich immer wieder festgestellt, ist seltsam und schön.«
»Manchmal«, sagte Oberst Carbury, »ist sie verdammt unerfreulich.«
»Nein, nein!« Poirot meinte es ernst. »Sie nehmen das zu persönlich. Betrachten Sie es mal sachlicher, objektiver. Dann ist die vollkommene Logik der Ereignisse faszinierend und sinnvoll.«
»Ich werde mich bemühen«, sagte der Oberst.
Poirot warf einen Blick auf seine Uhr, eine riesige, groteske Zwiebel von Uhr. »Hm, ja«, sagte er. »Sie gehörte schon meinem Großvater.«
»Dachte ich mir beinahe.«
»Es wird Zeit, das Verfahren zu eröffnen«, sagte Poirot. »Sie, *mon Colonel*, setzen sich hier an diesen Tisch. Sie müssen einen amtlichen Eindruck machen.«

»Na, wenn Sie wollen«, grunzte Carbury. »Soll ich etwa auch noch meine Uniform anziehen?«

»Nein, nein. Wenn Sie erlauben, ziehe ich nur Ihre Krawatte gerade.« Er ließ seinen Worten sofort die Tat folgen. Oberst Carbury grinste nur, setzte sich auf den Stuhl, auf den Poirot gedeutet hatte, und verschob einen Augenblick später unbewußt seine Krawatte, so daß sie wieder unter dem linken Ohr zu hängen schien.

»Hier«, fuhr Poirot fort und schob ein paar Stühle näher zusammen, »plazieren wir die Familie. *La famille Boynton.* Und hier drüben setzen wir die drei Außenseiter hin, die alle ein Interesse an dem Fall haben. Von Dr. Gerards Aussage hängt es ab, ob Anklage erhoben wird oder nicht. Bei Miss King spielen zwei Dinge eine Rolle: Sie ist als Privatperson in die Geschichte verwickelt und als medizinischer Gutachter. Mr. Jefferson Cope, der mit den Boyntons sehr befreundet ist, gehört entschieden ebenfalls zur interessierten Partei.«

Er brach ab. »Aha!« rief er plötzlich. »Sie kommen!« Er riß die Tür auf.

Lennox Boynton und seine Frau waren die ersten. Danach folgten Raymond und Carol. Ginevra ging allein. Ein schwaches, fernes Lächeln spielte um ihren Mund. Dr. Gerard und Sarah King machten das Schlußlicht. Mr. Jefferson Cope kam ein paar Minuten zu spät und entschuldigte sich schon beim Eintreffen.

Als alle Platz genommen hatten, trat Poirot vor.

»Meine Damen und Herren«, sagte er. »Dies ist ein rein informatives Zusammentreffen, verursacht durch meine zufällige Anwesenheit in Amman. Oberst Carbury beehrte mich mit der Bitte –«

Poirot wurde unterbrochen. Die Unterbrechung kam aus einer völlig unerwarteten Ecke. Lennox Boynton rief plötzlich und kampflustig:

»Warum? Warum, zum Teufel, holte er Sie dazu?«

Poirot winkte würdevoll mit der Hand. »Ich werde häufig bei plötzlichen Todesfällen hinzugezogen.«

»Die Ärzte schicken also jedesmal nach Ihnen«, sagte Lennox Boynton, »wenn ein Herzkranker stirbt?«
»Herzkrankheit«, bemerkte Poirot, »ist eine so vage und unwissenschaftliche Bezeichnung.«
Oberst Carbury räusperte sich. Es hörte sich sehr amtlich an. Er sagte in amtlichem Ton:
»Am besten stelle ich ein paar Dinge klar. Über die Umstände, die zum Tod führten, wurde mir berichtet. Eine ganz natürliche Ursache. Es war ungewöhnlich schwüles Wetter, die Reise für eine ältere Dame mit schlechter Gesundheit sehr anstrengend. Soweit war alles ziemlich eindeutig. Aber Dr. Gerard erschien bei mir und sagte freiwillig aus –«
Er sah Poirot fragend an. Poirot nickte.
»Dr. Gerard ist ein bedeutender Arzt von internationalem Ruf. Wenn er eine Aussage macht, so ist dies keine Nebensächlichkeit. Dr. Gerard sagte folgendes aus: Am Morgen nach Mrs. Boyntons Tod stellte er fest, daß aus seinem Medikamentenkoffer eine gewisse Menge eines sehr wirksamen Herzmittels fehlte. Am vorangegangenen Nachmittag hatte er entdeckt, daß eine Spritze verschwunden war. Die Spritze wurde während der Nacht zurückgelegt. Und der letzte Punkt – am Handgelenk der Toten war ein Stich, der von einer Spritze herrühren konnte.«
Oberst Carbury schwieg kurz.
»Unter diesen Umständen entschied ich, daß es die Pflicht der zuständigen Behörden sei, eine genauere Untersuchung durchzuführen. Monsieur Hercule Poirot war bei mir zu Gast und bot mir freundlicherweise seine Hilfe an. Ich gab ihm Blankovollmacht. Er konnte tun, was immer er für richtig hielt. Wir sind jetzt hier versammelt, um uns seinen Bericht in dieser Angelegenheit anzuhören.«
Es herrschte Schweigen. Die Stille war so absolut, daß man eine Stecknadel hätte fallen hören können, wie es im Sprichwort so schön heißt. Tatsächlich ließ jemand etwas fallen. Das Geräusch kam aus dem Nebenzimmer. Es klang, als habe jemand einen Schuh fallen lassen. Es tönte in der Stille wie eine Bombe.

Poirot warf der kleinen Gruppe von drei Personen zu seiner Rechten einen kurzen Blick zu, dann musterte er die fünf Menschen, die eng beisammen zu seiner Linken saßen. Sie hatten alle ängstliche Augen.

Poirot sagte ruhig: »Als Oberst Carbury mit seinem Problem zu mir kam, nannte ich ihm meine Meinung als Fachmann. Ich räumte ein, daß es vielleicht nicht möglich sein würde, Beweise zu liefern, Beweise, die bei Gericht zugelassen würden, aber ich sagte ihm auch, daß ich völlig sicher sei, die Wahrheit herauszufinden – einfach durch Befragen der betroffenen Personen. Denn ich darf Ihnen einiges verraten, meine Freunde: Wenn man ein Verbrechen aufklären will, braucht man nur den Schuldigen oder die Schuldigen reden zu lassen – am Ende werden sie Ihnen immer erzählen, was Sie wissen wollen.« Er machte eine Pause.

»Obwohl Sie mich in diesem Fall belogen haben, sagten Sie mir unwissentlich auch die Wahrheit.«

Poirot hörte ein schwaches Seufzen, rechts von ihm scharrte jemand mit dem Stuhl, aber er blickte nicht dorthin. Er sah weiter die Boyntons an.

»Zuerst prüfte ich die Möglichkeit, daß Mrs. Boynton eines natürlichen Todes gestorben war – und entschied mich dagegen. Das fehlende Herzmittel, die Spritze und vor allem die Haltung der Familie der Toten überzeugten mich, daß diese Annahme falsch war.

Mrs. Boynton war nicht nur kaltblütig getötet worden – jedem Mitglied der Familie war dies auch bewußt! Gemeinsam reagierten sie, als seien sie schuldig.

Aber es gab gewisse unterschiedliche Grade der Schuld. Ich prüfte die Beweise sorgfältig im Hinblick darauf, ob der Mord – denn es *war* Mord! – von der Familie der alten Dame nach einem *gemeinsamen* Plan begangen worden war.

Es gab ein, wie ich mal sagen möchte, überwältigendes Motiv. Alle konnten durch ihren Tod nur gewinnen, sowohl in finanzieller Hinsicht, denn er bedeutete Unabhängigkeit und ein beträchtliches Erbe, als auch in psychischer Hinsicht: Befreiung von einer fast unerträglich gewordenen Tyrannei.

Weiter: Ich kam zu dem Schluß – beinahe sofort –, daß die Theorie einer gemeinsamen Aktion nicht zutraf. Die Berichte der einzelnen Familienmitglieder paßten nicht nahtlos zusammen, und man hatte keine glaubwürdigen Alibis abgesprochen. Die Tatsachen schienen eher daraufhinzudeuten, daß ein oder möglicherweise zwei Mitglieder der Familie in geheimem Einverständnis gehandelt und die andern sich nur der Beihilfe nach der Tat schuldig gemacht hatten. Als nächstes prüfte ich, welche Person am ehesten in Frage kam. Hier muß ich gestehen, daß ich durch einen bestimmten Umstand, den nur ich kannte, voreingenommen war.«

Poirot berichtete von dem im Hotel »Solomon« belauschten Gespräch.

»Natürlich machte diese Geschichte Mr. Raymond Boynton besonders verdächtig. Ich sah mir die Familie näher an und schloß, daß der wahrscheinlichste Gesprächspartner seine Schwester Carol war. Sie ähneln sich sehr, im Aussehen und im Naturell, und hatten deshalb eine besonders enge Beziehung zueinander. Außerdem besaßen sie auch das aufrührerische Temperament und die Nervosität, die für einen solchen Plan nötig sind. Daß ihr Motiv nicht nur eigennützig war – sie wollten der ganzen Familie und vor allem der jüngsten Schwester helfen –, machte die Planung dieser Tat nur noch glaubwürdiger.« Poirot schwieg.

Raymond Boynton öffnete den Mund und schloß ihn wieder. Er sah Poirot die ganze Zeit an, mit einem Blick, in dem so etwas wie dumpfe Verzweiflung lag.

»Ehe ich mich weiter mit Raymond Boyntons Plan befasse, möchte ich Ihnen eine Liste mit den wichtigsten Punkten vorlesen, die ich schon Oberst Carbury vorlegte.

1. Mrs. Boynton nahm ein Medikament, das Digitalis enthielt.
2. Dr. Gerard fehlte eine Spritze.
3. Mrs. Boynton fand großen Gefallen daran, ihre Kinder zu isolieren und von andern Leuten fernzuhalten.
4. Am Nachmittag ihres Todes bat Mrs. Boynton ihre Kinder, sie allein zu lassen und spazierenzugehen.

5. Mrs. Boynton war eine Sadistin.
6. Die Entfernung zwischen dem großen Zelt und der Höhle, vor der Mrs. Boynton saß, betrug etwa 200 Meter.
7. Zuerst behauptete Lennox Boynton, nicht genau zu wissen, wann er im Lager eintraf, später gab er zu, die Armbanduhr seiner Mutter gestellt zu haben.
8. Dr. Gerards und Miss Ginevra Boyntons Zelt standen nebeneinander.
9. Als um halb sieben das Abendessen fertig war, ging ein Diener zu Mrs. Boynton, um sie zu holen.
10. Mrs. Boynton sagte in Jerusalem einmal folgende Worte: ›Ich vergesse nie. Denken Sie daran, ich vergesse nie etwas.‹

Obwohl ich die Punkte einzeln durchnumeriert habe, gehören manche paarweise zusammen. Zum Beispiel die ersten beiden: Mrs. Boynton nahm ein Medikament, das Digitalis enthielt, und Dr. Gerard fehlte eine Spritze. Diese beiden Umstände fielen mir als erste auf, und ich gestehe, daß ich sie sehr seltsam fand und dachte, sie paßten nicht zusammen. Sie verstehen nicht, was ich meine? Macht nichts. Ich komme gleich noch einmal darauf zurück. Es genügt zu wissen, daß ich mir diese beiden Punkte merkte, weil ich für sie noch keine befriedigende Erklärung gefunden hatte.

Ich möchte jetzt meine Überlegungen über Raymond Boyntons mögliche Schuld abschließen. Die Fakten sind folgende: Er wurde gehört, wie er erwog, Mrs. Boyntons Leben zu beenden. Er war in einem Zustand äußerster nervlicher Anspannung. Er hatte gerade... entschuldigen Sie, Mademoiselle –«, er verneigte sich vor Sarah, »– er hatte gerade eine Gefühlskrise erlebt. Das heißt, er hatte sich verliebt. Der Ansturm seiner Gefühle konnte sich auf verschiedene Weise Luft machen. Entweder würde er milde und freundlich gestimmt sein, gegenüber der Welt im allgemeinen und seiner Mutter im besonderen, oder jetzt endlich den Mut haben, sich gegen sie durchzusetzen und ihren Einfluß abzuschütteln, oder aber den letzten Anstoß erhalten, um das geplante

Verbrechen in die Tat umzusetzen. Doch das ist alles Psychologie. Bleiben wir bei den Tatsachen.
Raymond Boynton verließ das Lager zusammen mit den andern gegen Viertel nach drei. Mrs. Boynton war gesund und munter. Schon bald darauf fanden sich Raymond und Sarah King zu einem Gespräch unter vier Augen. Dann kehrte er allein um. Laut seinen Angaben war er um zehn vor sechs wieder im Lager. Er besuchte seine Mutter, wechselte ein paar Worte mit ihr, ging zu seinem Zelt und etwas später weiter zum großen Zelt. Er erklärt, daß Mrs. Boynton zehn Minuten vor sechs Uhr *gesund und munter* war.
Jetzt kommen wir zu einer Tatsache, die diese Aussage genau widerlegt. Um halb sieben wurde Mrs. Boyntons Tod von einem Diener entdeckt. Miss King, die eine ausgebildete Ärztin ist, untersuchte die Leiche und schwört, daß Mrs. Boynton schon mindestens eine Stunde tot gewesen sein muß, wenn nicht länger.
Wir haben es hier also mit zwei sich widersprechenden Aussagen zu tun. Wenn wir bei Miss King die Möglichkeit eines Irrtums ausschließen, dann –«
»Ich mache keine Fehler«, rief Sarah dazwischen. »Das heißt, wenn ich einen gemacht hätte, würde ich es zugeben.« Ihre Stimme klang klar und entschlossen.
Poirot verbeugte sich höflich. »Dann gibt es nur zwei Möglichkeiten – entweder Miss King lügt, oder Mr. Boynton! Überlegen wir, was für einen Grund Mr. Boynton dazu hätte. Falls Miss King sich *nicht* irrt und *nicht* lügt. Wie war dann der Lauf der Ereignisse? Raymond Boynton kommt ins Lager, sieht seine Mutter oben vor ihrer Höhle sitzen, geht zu ihr und entdeckt, daß sie tot ist. Was tut er? Ruft er um Hilfe? Informiert er die andern? Nein. Er wartet ein oder zwei Minuten, geht dann zu seinem Zelt, trifft später seine Familie im großen Zelt und sagt überhaupt nichts. So ein Benehmen ist höchst seltsam, nicht wahr?«
»Es wäre völlig idiotisch«, sagte Raymond scharf. Er wirkte sehr nervös. »Es müßte Sie überzeugen, daß meine Mutter gesund und munter war, wie ich sagte. Miss King war verwirrt

und aufgeregt und täuschte sich.«
»Man fragt sich nun«, fuhr Poirot unbeeindruckt fort, »ob es für dieses Benehmen einen Grund gab. Oberflächlich betrachtet scheint es, daß Raymond Boynton nicht schuldig sein kann, weil seine Stiefmutter schon tot war, als er zu ihr ging. Also angenommen, Raymond Boynton ist unschuldig – wie können wir sein Verhalten erklären?
Und ich behaupte nun, daß wir es können! Denn erinnern wir uns an die Worte, die ich belauschte: daß er wünschte, sie sei tot. Er kehrt von seinem Spaziergang zurück, entdeckt, daß sie tot ist, und sofort denkt er – denn er hat ein schlechtes Gewissen – an eine bestimmte Möglichkeit: Sein Plan ist ausgeführt worden, nicht von ihm, sondern von seiner Mitwisserin. *Tout simplement* – er hat den Verdacht, daß seine Schwester Carol die Täterin ist.«
»Das ist eine Lüge«, sagte Raymond mit leiser, unsicherer Stimme.
»Betrachten wir einmal die Möglichkeit«, fuhr Poirot fort, »daß Carol Boynton die Mörderin ist. Was für Beweise haben wir dafür? Sie ist genauso überempfindlich und nervös wie ihr Bruder, und ihrer Veranlagung gemäß könnte diese Tat sogar etwas Heldenhaftes haben. An jenem Abend in Jerusalem hatte sich ihr Bruder nämlich mit *ihr* unterhalten. Carol Boynton ist zehn Minuten nach fünf wieder im Camp. Laut ihrer eigenen Aussage ging sie zu ihrer Mutter hinauf und sprach mit ihr. Keiner hat sie dabei beobachtet. Das Camp war leer, die Diener schliefen. Lady Westholme, Miss Pierce und Mr. Cope steckten in irgendwelchen Ruinen oder Höhlen. Es gab keine Zeugen für Carol Boyntons angeblichen Besuch bei ihrer Mutter. Die Zeit paßt ebenfalls gut. Carol konnte den Mord sehr wohl begangen haben.« Poirot schwieg eine Weile. Carol hatte den Kopf gehoben. Sie sah ihn gelassen und etwas traurig an.
»Noch etwas. Am nächsten Morgen, sehr früh am nächsten Morgen, beobachtete jemand, wie Carol Boynton etwas in den Bach warf. Es besteht Grund zu der Annahme, daß es eine Spritze war.«

»Wie ist denn das möglich!« rief Dr. Gerard erstaunt. »Meine Spritze ist doch wiederaufgetaucht! Ja, ja, ich habe sie wieder!«
Poirot nickte energisch.
»Diese Geschichte mit der zweiten Spritze ist sehr seltsam und sehr interessant. Ich habe den Eindruck, daß diese Spritze Miss King gehört. Habe ich recht?«
Sarah zögerte für den Bruchteil einer Sekunde.
Carol mischte sich ein. »Es war nicht Miss Kings Spritze«, sagte sie hastig. »Sie gehört mir.«
»Dann geben Sie zu, daß Sie sie weggeworfen haben, Mademoiselle?«
Sie antwortete nicht sofort. »Ja, natürlich«, erklärte sie dann. »Warum auch nicht?«
»Carol!« Es war Nadine. Sie beugte sich vor und sah Carol besorgt an. »Carol... mein Gott, ich verstehe nicht –«
Carol wandte sich um. In ihrem Blick lag etwas Feindseliges. »Da gibt es nichts zu verstehen«, sagte sie. »Ich habe bloß eine alte Spritze weggeworfen. Das Gift habe ich nie angerührt.«
Da meldete sich Sarah. »Was Miss Pierce Ihnen erzählte, Monsieur Poirot, ist wahr: Die Spritze gehörte tatsächlich mir!«
Poirot lächelte.
»Sehr verwirrend – diese Geschichte mit der Spritze. Und doch glaube ich, daß man sie klären kann. Hm, ja, wir hätten jetzt also herausgefunden, daß Raymond Boynton unschuldig und seine Schwester Carol schuldig ist. Aber ich – ich bemühe mich immer, so fair wie möglich zu sein. Jedes Ding hat zwei Seiten. Überlegen wir doch einmal, wie der Fall aussieht, wenn Carol Boynton keine Schuld träfe.
Sie kehrt ins Lager zurück, sie geht hinauf zu ihrer Stiefmutter und stellt fest – nehmen wir es ruhig an –, daß sie tot ist. Woran denkt sie zuerst? Sie wird vermuten, daß ihr Bruder Raymond sie getötet hat. Sie weiß nicht, wie sie sich verhalten soll. Deshalb sagt sie nichts. Und eine Stunde später, als Raymond Boynton zurückkommt und zu seiner Mutter geht, sagt er ebenfalls nichts. Glauben Sie nicht, daß Carol jetzt von Ray-

monds Schuld überzeugt sein muß? Vielleicht geht sie zu seinem Zelt und entdeckt dort eine Spritze. Das ist – so glaubt sie – der letzte Beweis. Sie nimmt sie mit und versteckt sie. Am nächsten Morgen wirft sie sie so weit weg, wie sie kann.

Es gibt noch einen Hinweis auf Carol Boyntons Unschuld. Auf meine diesbezügliche Frage erklärte sie, daß sie und ihr Bruder niemals ernsthaft beabsichtigten, ihren Plan auszuführen. Ich bat sie, es zu beschwören – und sie willigte sofort ein. Sie schwor feierlich, daß sie das Verbrechen nicht begangen habe. Verstehen Sie, so drückte sie sich aus. Sie schwor nicht, daß sie beide – ihr Bruder und sie – das Verbrechen nicht begangen hatten. Sie schwor für sich allein – und dachte, ich würde den Unterschied nicht merken.

Eh bien – dies wären die Argumente für Carol Boyntons Unschuld. Und jetzt lassen Sie uns eine Kehrtwendung machen und überlegen, was für Raymond Boyntons Schuld spricht. Nehmen wir an, Carol sagt die Wahrheit und Mrs. Boynton lebte um zehn Minuten nach fünf Uhr noch. Unter welchen Umständen könnte Raymond Boynton schuldig sein? Wir dürfen annehmen, daß er seine Mutter um zehn Minuten vor sechs tötete, zu dem Zeitpunkt also, als er zu ihr hinaufging, um mit ihr zu sprechen. Zwar liefen im Camp Diener herum, doch es dämmerte schon. Er hätte seine Tat ausführen können. Aber dann konnte Miss King nicht die Wahrheit gesagt haben. Vergessen Sie nicht, sie kehrte nur fünf Minuten nach Raymond zurück. Aus der Ferne hätte sie beobachten können, wie er zu seiner Mutter hinaufging. Als sie die Tote untersuchte, wurde Miss King bewußt, daß Raymond sie ermordet haben mußte. Um ihn zu retten, log sie, denn sie wußte, daß Dr. Gerard einen Malariaanfall hatte und ihre Behauptung nicht entkräften konnte.«

»Es war keine Lüge!« sagte Sarah laut.

»Wir müssen noch eine andere Möglichkeit berücksichtigen. Wie ich bereits sagte, kehrte Miss King nur ein paar Minuten später als Raymond zurück. Falls Raymond Boynton seine Mutter wohl und munter antraf, muß es Miss King gewesen sein, die die tödliche Injektion machte. Sie ist überzeugt, daß

Mrs. Boynton im Grunde ihres Herzens ein schlechter Mensch war. Vielleicht hielt sie es nur für eine gerechte Strafe, sie zu töten. Auch das würde sehr glaubwürdig erklären, warum sie hinsichtlich der Todesstunde log.«

Sarah war sehr blaß geworden. »Es ist richtig«, sagte sie mit leiser, ruhiger Stimme, »daß ich von dem Opfertod eines einzelnen zur Rettung von vielen sprach. Es war oben auf dem Felsen bei der Opferstätte. Aber ich schwöre, daß ich dieser widerlichen alten Frau nichts getan habe. So eine Idee wäre mir nie in den Sinn gekommen.«

»Und trotzdem«, sagte Poirot freundlich, »muß einer von Ihnen beiden lügen.«

Raymond Boynton schlug unruhig die Beine übereinander. »Sie haben gewonnen, Monsieur Poirot!« rief er. »Ich habe gelogen! Meine Mutter war tot. Es – es hat mich einfach umgeworfen. Ich wollte doch reinen Tisch mit ihr machen, verstehen Sie? Ich wollte ihr sagen, daß ich von jetzt an mein eigener Herr sei. Ich war – nun, Sie wissen schon ... und da saß sie – und war tot! Ihre Hand war kalt und weich. Und ich dachte – ich dachte genauso, wie Sie es eben beschrieben haben. Ich dachte, daß Carol vielleicht – mir fiel der Einstich am Gelenk auf ...«

»Das ist ein Punkt, über den ich nicht genau informiert bin«, warf Poirot ein. »Welche Methode wollten Sie denn anwenden? Denn Sie hatten doch eine, nicht wahr? Eine Spritze spielte dabei eine Rolle. Soviel ist mir klar. Wenn ich Ihnen glauben soll, müssen Sie mir schon alles übrige erzählen.«

»Ich las darüber in einem Buch ...«, erwiderte Raymond hastig. »Es war ein englischer Kriminalroman: Man sticht mit einer leeren Spritze zu, das ist der Trick. Es klang so richtig wissenschaftlich. Ich – ich hielt es für eine gute Methode.«

»Aha!« sagte Poirot. »Jetzt begreife ich. Und Sie kauften eine Spritze?«

»Nein. Eigentlich ist es so – ich klaute die von Nadine.«

Poirot warf ihr einen kurzen Blick zu. »Die Spritze, die angeblich in Ihrem großen Gepäck in Jerusalem ist?« fragte er.

Eine leichte Röte stieg Nadine in die Wangen. »Ich – ich hatte keine Ahnung, wo sie hingekommen war«, sagte sie leise.
»Sie reagieren sehr schnell, Madame«, erwiderte Poirot.

28

Es entstand eine lange Pause. Dann räusperte sich Poirot – es klang etwas affektiert – und sagte:
»Wir haben jetzt das Geheimnis der sogenannten zweiten Spritze geklärt. Sie gehörte Mrs. Nadine Boynton und wurde von Raymond Boynton vor seiner Abreise aus Jerusalem entwendet. Dann nahm sie Carol Raymond weg, nachdem sie Mrs. Boyntons Leiche entdeckt hatte, und warf sie in das Bachbett. Miss Pierce fand sie, und da behauptete Miss King, sie gehöre ihr. Ich nehme an, daß Miss King sie noch besitzt.«
»Ja«, sagte Sarah nur.
»So daß Sie eben gelogen haben, als Sie behaupteten, es sei Ihre.«
»Das ist etwas anderes«, erwiderte Sarah ruhig. »Es geht nicht um berufliche Dinge.«
Gerard nickte bestätigend.
»In gewisser Weise haben Sie recht«, sagte Poirot. »Ich kann Sie sehr gut verstehen, Mademoiselle.«
»Danke«, antwortete Sarah nur.
Wieder räusperte sich Poirot. »Und jetzt zum Zeitplan über das Kommen und Gehen im Lager. Also:

15.05 (ca.)	Die Boyntons und Jefferson Cope verlassen das Lager.
15.15 (ca.)	Dr. Gerard und Sarah King verlassen das Lager.
16.15	Lady Westholme und Miss Pierce verlassen das Lager.
16.20 (ca.)	Dr. Gerard kehrt ins Lager zurück.
16.35	Lennox Boynton kehrt ins Lager zurück.

16.40	Nadine Boynton kehrt ins Lager zurück und spricht mit Mrs. Boynton.
16.50 (ca.)	Sie geht zum großen Zelt.
17.10	Carol Boynton trifft im Lager ein.
17.40	Lady Westholme, Miss Pierce und Mr. Jefferson Cope treffen im Lager ein.
17.50	Raymond Boynton trifft im Lager ein.
18.00	Sarah King trifft im Lager ein.
18.30	Die Tote wird entdeckt.

Sie werden bemerkt haben, daß es eine Lücke von zwanzig Minuten gibt zwischen 16.50 Uhr, als Nadine Boynton ihre Schwiegermutter verließ, und 17.10 Uhr, als Carol zurückkehrte. Falls Carol also die Wahrheit sagt, muß Mrs. Boynton in diesen zwanzig Minuten ermordet worden sein.
Wer könnte sie getötet haben? Zu der fraglichen Zeit waren Miss King und Raymond Boynton zusammen. Mr. Cope, der übrigens kein erkennbares Tatmotiv hat, besitzt ein Alibi. Er war mit Lady Westholme und Miss Pierce zusammen. Lennox Boynton und seine Frau saßen im großen Zelt. Dr. Gerard lag mit einem Malariaanfall in seinem Zelt. Das Camp war leer, die Diener schliefen. Genau der richtige Augenblick für ein Verbrechen. Gab es nicht doch noch jemand, der in diesen zwanzig Minuten den Mord an Mrs. Boynton hätte begehen können?«
Sein Blick ruhte nachdenklich auf Ginevra Boynton.
»Ja, diesen jemand gab es: Ginevra Boynton war den ganzen Nachmittag über in ihrem Zelt. Jedenfalls wurde uns das erzählt, aber ich habe Grund zu glauben, daß es nicht stimmt. Ginevra Boynton machte eine sehr aufschlußreiche Bemerkung. Sie sagte, daß Dr. Gerard im Fieber ihren Namen gerufen habe. Und Dr. Gerard berichtete, daß er von Ginevra Boynton geträumt habe. Aber es war kein Traum! Er sah tatsächlich ihr Gesicht, denn sie stand an seinem Bett. Er glaubte, das Fieber sei schuld und er bilde sich alles nur ein – aber es war die Wahrheit. Ginevra war in Dr. Gerards Zelt. Wollte sie etwa die Spritze zurückbringen – nachdem sie sie benützt hatte?«
Ginevra Boynton hob den Kopf mit der Krone aus rotblondem

Haar und starrte Poirot mit ihren schönen Augen an, die noch ausdrucksloser als gewöhnlich waren. Sie glich einer entrückten Heiligen.

»*Ah, ça, non*!« rief Dr. Gerard.

»Ist es, vom Standpunkt des Psychologen aus betrachtet, unmöglich?« fragte Poirot.

Der Franzose senkte den Blick.

»Es ist völlig unmöglich!« rief Nadine Boynton.

Poirot wandte sich ihr sofort zu. »Wieso unmöglich, Madame?«

»Weil –« Sie schwieg und biß sich auf die Lippen. Dann sagte sie: »Ich will von einer so schändlichen Beschuldigung nichts hören! Wir – wir alle wissen, daß es unmöglich ist.«

Ginevra machte eine Bewegung. Ihr Gesicht entspannte sich. Um ihre Lippen erschien ein Lächeln – das rührende, unschuldige Lächeln eines sehr jungen Mädchens.

»Es ist unmöglich«, wiederholte Nadine. Ihr gewöhnlich so freundliches Gesicht war hart geworden. Sie hielt Poirots Blick ruhig stand.

»Madame ist sehr intelligent«, sagte er.

»Was wollen Sie damit andeuten, Monsieur Poirot?« fragte sie ruhig.

»Ich möchte damit sagen, Madame, daß ich gleich von Anfang an gemerkt habe, was für ein ›kluges Köpfchen‹ Sie sind, wie es so schön heißt.«

»Sie schmeicheln.«

»Das finde ich nicht. Sie haben Ihre Lage immer sehr objektiv gesehen, im großen Zusammenhang. Nach außen hin schienen Sie mit Ihrer Schwiegermutter auf gutem Fuß zu stehen, weil Sie glaubten, es sei das beste, aber insgeheim verurteilten und verdammten Sie sie. Vor einiger Zeit wurde Ihnen klar, daß Ihr Mann versuchen mußte, sich von seiner Familie zu lösen, wenn er mit sich ins reine kommen wollte – er mußte für sich selbst verantwortlich werden, gleichgültig, wie schwierig und finanziell bedrückend sein Leben sein würde. Sie waren bereit, jedes Risiko einzugehen, und gaben sich alle Mühe, ihn dazu zu bringen, das Haus zu verlassen. Es gelang

Ihnen nicht, Madame. Lennox Boynton wollte die Freiheit nicht mehr. Er versank immer mehr in Apathie, wurde immer melancholischer und wehrte sich nicht dagegen.
Ich habe keinen Zweifel, Madame, daß Sie Ihren Mann lieben. Ihr Entschluß, ihn zu verlassen, wurde nicht durch eine größere Liebe zu einem anderen Mann ausgelöst. Es war eine Verzweiflungstat, ihre letzte Hoffnung. Eine Frau in Ihrer Lage konnte nur dreierlei versuchen: Sie konnten es mit Bitten und Überreden versuchen. Wie ich schon sagte, hatten Sie damit keinen Erfolg. Sie konnten Ihrem Mann drohen, ihn zu verlassen. Aber es ist durchaus vorstellbar, daß Lennox Boynton nicht einmal diese Drohung beeindruckte. Es würde ihn nur noch stärker in die Isolierung treiben, aber er würde deswegen nicht rebellieren. Da wollten Sie den letzten verzweifelten Schritt tun: ihn verlassen und zu einem anderen Mann gehen. Eifersucht und Besitzanspruch sind tiefverwurzelte, fundamentale menschliche Instinkte. Sie bewiesen große Klugheit, indem Sie versuchten, an diesen verdrängten Urinstinkt zu appellieren. Wenn Lennox Boynton Sie, ohne auch nur den kleinen Finger zu rühren, mit einem anderen Mann weggehen ließ, konnte ihm wirklich kein Mensch mehr helfen. Dann konnten Sie ebensogut versuchen, allein ein neues Leben zu beginnen.
Nehmen wir an, daß auch dieser letzte Versuch mißlang. Ihr Mann war über Ihren Entschluß äußerst erregt, aber trotzdem reagierte er nicht wie jeder normale Mann reagiert hätte und wie Sie es gehofft hatten: Er verteidigte seinen Besitz nicht. Gab es überhaupt noch eine Möglichkeit, Ihren Mann von dem immer rascher voranschreitenden geistigen Verfall zu bewahren? Sie hatten noch eine Chance – *wenn Ihre Schwiegermutter starb*. Vielleicht war es noch nicht zu spät. Vielleicht konnte er als freier Mensch noch einmal ein neues Leben anfangen, wieder männlich und selbstbewußt werden.«
Poirot schwieg eine Weile. Dann wiederholte er vorsichtig: »Wenn Ihre Schwiegermutter starb ...«
Nadine sah ihn immer noch an. Mit kühler Stimme fragte sie: »Wollen Sie andeuten, daß ich mithalf, die alte Frau zu

ermorden? Aber das ist unmöglich, Monsieur Poirot. Nachdem ich ihr erklärt hatte, daß ich meinen Mann verlassen würde, ging ich direkt ins große Zelt, das ich nicht mehr verließ, bis ich von ihrem Tod erfuhr. Ich mag an ihrem Tod mitschuldig sein, weil mein Entschluß für sie ein großer Schock war, aber dann müßte sie eines natürlichen Todes gestorben sein. Wenn sie aber, wie Sie behaupten, ermordet wurde, dann hatte *ich* keine Gelegenheit, diese Tat zu begehen.«

»Wie Sie eben feststellten, verließen Sie das große Zelt nicht mehr, bis Sie erfuhren, daß Ihre Schwiegermutter gestorben sei. Und das, Mrs. Boynton, ist einer der Punkte, die ich an dieser Geschichte seltsam finde.«

»Was heißt das?«

»Ich habe es hier auf meiner Liste notiert: Punkt neun. Als um halb sieben das Essen fertig war, wurde ein Diener losgeschickt, um Mrs. Boynton Bescheid zu sagen.«

»Ich verstehe nicht, was Sie meinen«, sagte Raymond.

»Ich auch nicht«, warf Carol ein.

Poirot blickte von einem zum andern.

»Wirklich nicht? Hm. Es wurde ein Diener losgeschickt – warum ein *Diener*? Waren Sie – Sie alle – sonst nicht immer eifrig und aufmerksam um die alte Dame besorgt gewesen? Begleitete sie nicht immer einer von Ihnen – auch zu den Mahlzeiten? Sie war krank. Sie hatte Schwierigkeiten, von einem Stuhl ohne Hilfe hochzukommen. Immer war der eine oder andere von Ihnen in ihrer Nähe. Ich finde, daß es das natürlichste von der Welt gewesen wäre, wenn einer von Ihnen zu ihr gegangen wäre und sie geholt hätte. Aber keiner unternahm etwas. Sie waren alle im großen Zelt, vor Entsetzen wie gelähmt. Sie beobachteten einander heimlich und überlegten, warum keiner sie holen ging.«

»Das ist doch absurd, Monsieur Poirot!« rief Nadine wütend. »Wir waren alle schrecklich müde. Es hätte sie einer von uns holen müssen – das gebe ich gern zu –, aber an jenem Abend tat es eben keiner!«

»Genau das meine ich. An jenem bestimmten Abend rührte

sich niemand. Sie, Madame, kümmerten sich vielleicht noch mehr als die andern um sie. Sie akzeptierten Ihre Pflichten ganz automatisch. Allerdings – an jenem Abend erboten Sie sich nicht, Ihre Schwiegermutter zu holen. Warum? Das habe ich mich immer wieder gefragt – warum? Und ich verrate Ihnen auch die Antwort: weil *Sie genau wußten, daß sie tot war*...

Nein, nein, bitte unterbrechen Sie mich nicht, Madame!« Poirot wehrte mit einer kühlen Handbewegung ab. »Sie werden mir jetzt ruhig zuhören – mir, Hercule Poirot! Für Ihren Besuch bei Ihrer Schwiegermutter gibt es Zeugen. Zeugen, die Sie *sahen*, aber nicht *hören* konnten. Lady Westholme und Miss Pierce waren zu weit weg. Sie beobachteten, daß Sie sich mit Ihrer Schwiegermutter unterhielten, aber was beweist das eigentlich? Ich möchte Ihnen statt dessen lieber von meiner Theorie erzählen. Sie haben Verstand, Madame. Auf Ihre ruhige, überlegte Art haben Sie beschlossen, die Mutter Ihres Mannes zu eliminieren, wenn Sie mir dieses Wort gestatten. Sie führen Ihren Entschluß umsichtig und nach genauem Plan durch. Während Dr. Gerards Ausflug am Vormittag können Sie in sein Zelt gehen. Sie sind ziemlich sicher, daß Sie ein passendes Mittel finden werden. Ihre Kenntnisse als Krankenschwester helfen Ihnen. Sie wählen Digitoxin – die alte Dame nimmt ein ähnliches Mittel – und entwenden seine Spritze, denn zu Ihrem Ärger ist Ihre eigene verschwunden. Sie wollen die Spritze zurücklegen, ehe der Arzt ihr Fehlen bemerken kann.

Bevor Sie den anderen Teil Ihres Plans ausführen, unternehmen Sie einen letzten Versuch, Ihren Mann aus seiner Lethargie zu reißen. Sie erzählen ihm, daß Sie Jefferson Cope heiraten wollen. Obwohl sich Ihr Mann sehr darüber aufregt, reagiert er nicht, wie Sie gehofft hatten – und deshalb sind Sie gezwungen, auch noch den letzten Schritt zu tun. Sie kehren ins Camp zurück und wechseln unterwegs ein paar freundliche harmlose Worte mit Lady Westholme und Miss Pierce. Sie gehen hinauf zu Ihrer Schwiegermutter. Die Spritze mit dem Mittel haben Sie dabei. Es ist ganz einfach, ihre Hand zu ergreifen – schließlich haben Sie als Krankenschwester Übung im Umgang mit Patienten – und die Injektionsnadel ins Fleisch zu drücken. Es ist passiert, ehe Ihre Schwiegermutter begreift, was los ist. Die andern unten im Tal sehen nur, wie Sie sich mit ihr unterhalten, wie Sie sich über sie beugen. Dann holen Sie ganz bewußt einen Stuhl und setzen sich zu ihr. Es hat den Anschein, als unterhielten Sie sich angeregt mit Ihrer Schwiegermutter. Dabei muß der Tod fast sofort eingetreten sein. Sie sprechen zu einer Toten, aber wer sollte Verdacht schöpfen? Dann bringen Sie den Stuhl zurück und gehen hinunter ins große Zelt. Ihr Mann ist schon dort. Er liest. Und sie gehen absichtlich nicht mehr weg. Sie sind überzeugt, daß man Mrs. Boyntons schlechtem Herzen die Schuld an ihrem Tod geben wird, was ja im Grunde auch stimmt. Nur ein Punkt Ihres Plans funktionierte nicht. Sie können die Spritze nicht zurückbringen, weil Dr. Gerard mit einem Malariaanfall in seinem Zelt liegt. Sie wissen es zwar nicht, aber er *vermißt* seine Spritze bereits. Das, Madame, war der Fehler in dem sonst so perfekten Verbrechen.«

Es herrschte Schweigen – ein tödliches Schweigen. Dann sprang Lennox Boynton auf und schrie: »Nein, das ist eine verdammte Lüge! Nadine hat nichts getan. Sie konnte auch gar nichts tun. Denn meine Mutter – meine Mutter war schon tot.«

»Ach?« Poirots Blick war nicht unfreundlich. »Dann sind *Sie* es also gewesen, Mr. Boynton?«

Wieder wurde es still. Dann ließ sich Lennox Boynton auf seinen Stuhl fallen und schlug die Hände vors Gesicht. »Ja – ja – es stimmt«, sagte er. »Ich habe sie getötet.«

»Sie holten das Digitoxin aus Dr. Gerards Zelt?«

»Ja.«

»Wann?«

»Wie – wie Sie schon sagten – am Vormittag.«

»Und die Spritze?«

»Die Spritze? Auch.«

»Warum haben Sie sie getötet?«

»Können Sie das noch fragen?«

»Ja, ich frage Sie, Mr. Boynton!«
»Aber Sie wissen es – meine Frau wollte mich verlassen – mit Cope –«
»Schon. Aber das erfuhren Sie erst am *Nachmittag*.«
Lennox starrte ihn entgeistert an. »Natürlich. Wir waren draußen im Tal...«
»Das Mittel und die Spritze besorgten Sie sich schon am Vormittag, noch ehe Sie es wußten?«
»Was sollen diese Fragen, verdammt noch mal?« Er schwieg und strich sich mit zitternder Hand über die Stirn. »Was spielt es für eine Rolle?«
»Es spielt sehr wohl eine Rolle. Ich rate Ihnen, Mr. Lennox Boynton, mir die Wahrheit zu sagen!«
»Die Wahrheit?« fragte Lennox fassungslos.
»Ja, das sagte ich – die Wahrheit.«
»Mein Gott, ja, ich werde die Wahrheit sagen!« rief Lennox. »Obwohl ich nicht sicher bin, daß Sie mir glauben.« Er holte tief Luft. »Als ich an dem Nachmittag Nadine allein ließ, war ich völlig gebrochen. Ich hätte nie auch nur im Traum daran gedacht, daß sie mit einem anderen Mann weggehen könnte. Ich war – ich war völlig durchgedreht und hatte das Gefühl, als sei ich betrunken oder schwer krank gewesen.«
Poirot nickte. »Lady Westholme erzählte mir, daß ihr Ihr seltsamer Gang auffiel. Deshalb wußte ich auch, daß Ihre Frau nicht die Wahrheit sagte, als sie behauptete, sie habe Ihnen ihren Entschluß erst nach der Rückkehr ins Lager mitgeteilt. Bitte, berichten Sie weiter, Mr. Boynton!«
»Ich wußte kaum, was ist tat – doch je näher ich dem Lager kam, desto klarer wurde mein Kopf. Wie ein Blitz traf mich die Erkenntnis, daß nur ich allein Schuld hatte. Was für ein Feigling war ich! Ich hätte mich schon vor Jahren mit meiner Stiefmutter auseinandersetzen und von zu Hause weggehen müssen. Und mir kam der Gedanke, daß es jetzt zu spät sein könnte. Da oben saß sie, die alte Teufelin, dick und regungslos wie ein häßlicher Götze. Ich ging direkt zu ihr, um endlich reinen Tisch zu machen. Ich wollte ihr erzählen, was ich dachte, daß ich allein leben wollte, mit Nadine, und so weiter.

Ich hatte sogar die verrückte Idee, sofort mit Nadine wegzugehen, noch am selben Abend, und in Ma'an zu übernachten.«
»Oh, Lennox, Liebling –«
Ein tiefer Seufzer war zu hören.
»Und dann, mein Gott!« rief Lennox. »Ich dachte, die Erde würde sich vor mir öffnen! Sie war tot! Sie saß da und war tot... Ich – ich wußte nicht, was ich tun sollte – ich war wie vor den Kopf geschlagen – wie benebelt. Alles, was ich ihr hatte sagen wollen, lag wie Blei auf mir – ich kann es nicht erklären –, es war, als würde ich zu Stein erstarren. Automatisch nahm ich ihre Armbanduhr, die in ihrem Schoß lag, und band sie ihr um. Der Arm fühlte sich schrecklich leblos und schlaff an...«
Er erschauerte. »Gott – es war entsetzlich! Ich taumelte weg, hinunter zum großen Zelt. Ich hätte jemand rufen sollen, jemand Bescheid sagen sollen – ich konnte es nicht. Ich saß nur da, blätterte Seiten um und wartete...«
Er schwieg.
»Sie glauben mir nicht, nicht wahr, Monsieur Poirot? Warum holte ich keine Hilfe? Warum sagte ich es nicht Nadine? Ich weiß es nicht.«
Dr. Gerard räusperte sich.
»Ihr Bericht ist durchaus glaubwürdig, Mr. Boynton«, stellte er fest. »Sie waren in einem Zustand höchster nervlicher Anspannung. Zwei Gemütserschütterungen so kurz hintereinander können eine Wirkung haben, wie Sie sie beschreiben. Lassen Sie es mich an einem Beispiel erklären. Wenn ein Vogel in eine Scheibe fliegt und zu Boden stürzt, bleibt er auch noch bewegungslos liegen, wenn er sich von dem Schrecken erholt hat – weil er weiß, daß sich sein Nervenzentrum erst beruhigen muß. Ich kann mich in Englisch nicht so gut ausdrücken. Was ich meine, ist folgendes: Sie konnten nicht anders handeln! In jenem Augenblick waren Sie zu keiner überlegten Handlung fähig. Sie machten eine Phase geistiger Lähmung durch.« Er blickte Poirot an. »Ich versichere Ihnen, mein Freund, es ist so!«
»Oh, ich bezweifle es nicht«, erwiderte Poirot. »Wie mir auffiel, läßt sich ein Punkt an der Geschichte – daß Mr.

Boynton seiner Stiefmutter die Armbanduhr umlegte – auf zwei Arten interpretieren. Mr. Boynton tat es, um die Einstichstelle zu verdecken, oder seine Frau beobachtete ihn dabei und deutete seine Bewegung falsch. Sie kehrte bereits fünf Minuten nach ihrem Mann zurück. Deshalb muß sie ihn gesehen haben. Als sie entdeckte, daß ihre Schwiegermutter tot war und sie die Einstichstelle am Gelenk fand, schloß sie automatisch, daß ihr Mann sie ermordet hatte – daß ihr Entschluß, ihn zu verlassen, eine völlig andere Reaktion verursacht hatte, als sie gehofft hatte. Kurz, Nadine Boynton glaubte, sie sei schuld, daß ihr Mann zum Mörder geworden war.«

Er sah Nadine an. »Stimmt es, Madame?«

Sie neigte leicht den Kopf. »Haben Sie mich tatsächlich verdächtigt, Monsieur Poirot?«

»Es war eine Möglichkeit, Madame.«

Sie beugte sich vor. »Und nun? Was geschah wirklich, Monsieur Poirot?«

29

»Was wirklich geschah?« wiederholte Poirot. Er griff hinter sich, zog einen Stuhl heran und nahm darauf Platz. Er wirkte jetzt entspannt und freundlich. »Das ist die Frage, nicht wahr? Denn das Digitoxin *wurde* gestohlen, die Spritze fehlte tatsächlich, an Mrs. Boyntons Handgelenk *war* eine Einstichstelle zu sehen.

In ein paar Tagen werden wir genau wissen, ob Mrs. Boynton an einer Überdosis Digitalis starb oder nicht. Dann wird eine Autopsie stattgefunden haben. Aber vielleicht ist es da schon zu spät! Besser, wir finden heute abend die Wahrheit heraus, solange der Mörder noch erreichbar ist.«

Nadine warf mit einem Ruck den Kopf zurück. »Wollen Sie damit andeuten, daß Sie trotz allem glauben, einer von uns hier ...« Ihre Stimme erstarb.

Poirot nickte leicht. »Ich versprach Oberst Carbury zu klären, was wirklich geschah. Und nun, nachdem einige Dinge bereinigt sind, bin ich wieder dort angelangt, wo ich heute schon einmal war. Als ich nämlich die Liste über die wichtigsten Punkte zum Mordfall aufstellte, stachen mir sofort zwei Widersprüchlichkeiten ins Auge.«

Zum erstenmal mischte sich Oberst Carbury ein. »Wie wäre es, wenn Sie es uns erzählten?« schlug er vor.

»Ich bin gerade dabei«, erwiderte Poirot würdevoll. »Beschäftigen wir uns noch einmal mit den zwei ersten Punkten auf meiner Liste: Mrs. Boynton nahm ein Digitalismittel, und Dr. Gerard vermißte eine Spritze. Wenn wir diese Tatsachen einmal im Zusammenhang mit dem unbestreitbaren Faktum betrachten – es fiel mir sofort auf –, daß alle Angehörigen der Familie ein schlechtes Gewissen hatten, dann scheint doch so gut wie sicher zu sein, daß einer von ihnen die Tat beging! Und doch sprachen eben diese beiden Punkte gegen diese Theorie. Denn, verstehen Sie, eine konzentrierte Lösung Digitalis zu verwenden – ja, das ist eine kluge Idee, denn Mrs. Boynton mußte ein ähnliches Mittel nehmen. Aber was würde ein Mitglied der Familie tun? Ah, *ma foi*! Es gibt nur eine einzige logische Antwort auf diese Frage. Man hätte das Gift in *ihre* Medizinflasche getan! Jeder, der auch nur ein Gramm gesunden Menschenverstand besitzt, hätte so gehandelt, vorausgesetzt, daß er an das Fläschchen herankommen konnte! Früher oder später hätte Mrs. Boynton ihr Medikament genommen und wäre gestorben. Und selbst wenn das Digitalis in dem Fläschchen entdeckt worden wäre, hätte man es als Fehler der Apotheke erklären können. Man hätte nichts beweisen können.

Warum wurde dann die Injektionsspritze gestohlen?

Es gibt nur zwei Möglichkeiten: Entweder übersah Dr. Gerard die Spritze, und sie wurde nie gestohlen, oder sie wurde entwendet, weil der Mörder an das Medizinfläschchen nicht herankonnte – das heißt, er gehörte *nicht* zur Familie. Diese beiden Umstände deuten also äußerst überzeugend darauf hin, daß ein Außenseiter der Täter ist!

Das erkannte ich sehr genau – nur war ich erstaunt, daß alle Mitglieder der Familie ein so schlechtes Gewissen zu haben schienen. War es möglich, daß alle Boyntons trotz ihrer schuldbewußten Haltung nichts mit dem Fall zu tun hatten? Ich machte mich daran, dies zu beweisen – nicht daß sie schuldig waren, sondern daß sie unschuldig waren!
Da stehen wir jetzt. Der Mord wurde von einem Außenseiter begangen, das heißt von jemand, der Mrs. Boynton nicht näher kannte. Der nicht in ihr Zelt gehen und an dem Medizinfläschchen herumspielen konnte.«
Er schwieg.
»Drei Leute sind hier«, fuhr Poirot dann fort, »die technisch gesehen Außenseiter sind, aber mit dem Fall in engem Zusammenhang stehen.
Beschäftigen wir uns zuerst mit Mr. Cope. Er ist mit der Familie seit einiger Zeit gut befreundet. Besitzt er ein Motiv? Hatte er die Gelegenheit? Anscheinend nicht. Mrs. Boyntons Tod wirkt sich auf sein Leben anders aus als auf das ihrer Familie: Durch ihn mußte er gewisse Hoffnungen begraben. Falls Mr. Copes Motiv nicht der fast fanatische Wunsch war, anderen Gutes zu tun, können wir keinen Grund entdecken, warum er Mrs. Boyntons Tod gewollt hätte. Außer, es gibt noch einen anderen Grund, von dem wir nichts wissen. Wir wissen nicht, wie Mr. Copes Beziehungen zur Familie Boynton waren.«
»Das erscheint mir ein wenig weit hergeholt, Monsieur Poirot«, antwortete Mr. Cope mit Würde. »Sie werden sich erinnern, daß ich keine Gelegenheit zu diesem Mord hatte, und außerdem habe ich ziemlich strikte Ansichten über die Unantastbarkeit des menschlichen Lebens.«
»Sie sind über jeden Verdacht erhaben«, bemerkte Poirot ernst. »In einem Roman würde Sie genau das verdächtig machen.«
Er wandte sich etwas zur Seite. »Wir kommen jetzt zu Miss King«, sagte er und nickte ihr zu. »Miss King hat in gewisser Weise ein Motiv. Sie besitzt die nötigen Fachkenntnisse, ist energisch und entschlossen, aber da sie das Lager vor halb vier Uhr verließ und erst um sechs Uhr zurückkam, hatte sie wohl kaum die Gelegenheit.

Und wie steht es mit Dr. Gerard? Hier müssen wir vor allem berücksichtigen, *wann* der Mord begangen wurde. Laut Mr. Lennox Boyntons letzter Aussage war seine Mutter um 16.35 Uhr bereits tot. Lady Westholme und Miss Pierce berichteten, daß sie um 16.15 Uhr, als sie aufbrachen, noch wohl und munter gewesen sei. Bleibt also eine Lücke von genau zwanzig Minuten. Während die beiden Damen weitergingen, begegneten sie Dr. Gerard, der ins Lager zurückwollte. Niemand kann sagen, was Dr. Gerard nach seiner Rückkehr tat, denn die beiden Damen sahen ihn nicht, weil sie in entgegengesetzter Richtung gingen. Deshalb ist es durchaus möglich, daß Dr. Gerard das Verbrechen verübte. Als Arzt konnte er alle Symptome eines Malariaanfalls vortäuschen. In gewisser Weise, möchte ich behaupten, hatte er sogar ein Motiv. Vielleicht wollte Dr. Gerard jemand retten, der dabei war, seinen Verstand zu verlieren, was manchmal schlimmer ist, als das Leben zu verlieren. Vielleicht glaubte er, daß dafür das Leben einer alten, kranken Frau geopfert werden müßte.«
»Was für eine blühende Phantasie Sie haben!« rief Dr. Gerard.
Ohne seinen Einwurf zu beachten, fuhr Poirot fort: »Aber warum hätte Dr. Gerard dann darauf aufmerksam machen sollen, daß an Mrs. Boyntons Tod etwas nicht stimmte? Es steht fest, daß niemand Verdacht geschöpft hätte, wenn er sich nicht bei Oberst Carbury gemeldet hätte. Es war Dr. Gerard, der als erster an die Möglichkeit eines Mordes dachte. Das, meine Freunde«, schloß Poirot, »ergibt also keinen Sinn.«
»Scheint mir auch so«, erklärte Oberst Carbury unwillig.
»Noch etwas wäre zu bedenken«, sagte Poirot nun. »Mrs. Nadine Boynton bezweifelte eben heftig die Möglichkeit, daß ihre junge Schwägerin schuldig sein könnte. Als Beweis führte sie an, daß ihre Schwiegermutter zur fraglichen Zeit schon tot war. Aber, wie Sie sich erinnern, war Ginevra Boynton den ganzen Nachmittag über im Lager. Als Lady Westholme und Miss Pierce gegangen waren und bevor Dr. Gerard eintraf – da...«

Ginevra schreckte auf und sah Poirot mit einem seltsam unschuldigen und erstaunten starren Blick an. »Ich soll es gewesen sein? Sie glauben, ich war es?«
Plötzlich sprang sie auf – eine Bewegung von unglaublich schöner Geschmeidigkeit –, fegte durch das Zimmer und warf sich vor Dr. Gerard auf die Knie. Sie klammerte sich an ihn und rief mit leidenschaftlichem Gesicht: »Nein, nein, lassen Sie es nicht zu! Sie ziehen den Kreis um mich immer enger! Es ist nicht wahr! Ich habe es nicht getan! Sie hassen mich – sie wollen mich ins Gefängnis stecken – mich einschließen! Sie *müssen* mir helfen. *Sie* müssen mir helfen!«
»Nun, nun, mein Kind!« Der Arzt tätschelte ihr zart den Kopf. Dann wandte er sich an Poirot. »Was Sie da behaupten, ist völliger Unsinn! Total aus der Luft gegriffen.«
»Verfolgungswahn?« fragte Poirot leise.
»Ja. Allerdings hätte sie es nie auf diese Art und Weise versucht. Ist Ihnen nicht klar, daß sie etwas Dramatischeres gewählt hätte? Einen Dolch zum Beispiel. Irgendeinen Theaterdonner hätte sie inszeniert – aber diese kühle Logik? Sie paßt nicht zu ihr. Ich versichere Ihnen, mein Freund, ich habe recht. Dieses Verbrechen war genau geplant und durchdacht – von einem gesunden Geist!«
Poirot lächelte. Dann verbeugte er sich plötzlich. »Ich bin *entièrement* Ihrer Meinung«, sagte er glatt.

30

»Nun«, sagte Hercule Poirot, »wir haben noch ein kleines Stück Arbeit vor uns. Dr. Gerard beschwor die Psychologie. Also prüfen wir den Fall im Hinblick auf seine psychologische Seite. Wir haben die Tatsachen besprochen, eine zeitliche Reihenfolge der Ereignisse aufgestellt und die Beweise untersucht. Es bleibt noch der psychologische Aspekt übrig. Und hier steht wieder die alte Mrs. Boynton im Mittelpunkt – ihr Charakter ist der Schlüssel zum Ganzen.

Nehmen wir Punkt drei und vier meiner Liste: Mrs. Boynton machte es Spaß, ihre Kinder daran zu hindern, andere Menschen näher kennenzulernen. Aber an jenem fraglichen Nachmittag schlug Mrs. Boynton selbst vor, daß die Familie spazierengehen und sie allein lassen sollte.

Diese beiden Punkte widersprechen sich eindeutig! Warum verhielt sich Mrs. Boynton an diesem bestimmten Nachmittag so anders als gewöhnlich? Entwickelte sie plötzlich eine gewisse Herzenswärme, wollte sie ihren Kindern eine Freude machen?

Nach allem, was ich erfuhr, erscheint mir dies sehr zweifelhaft. Trotzdem – sie mußte einen Grund gehabt haben. Was für einen Grund?

Betrachten wir Mrs. Boyntons Charakter etwas genauer. Es gab die verschiedensten Meinungen über sie. Sie sei eine tyrannische Alte gewesen, die alle Leute herumkommandierte, eine Sadistin, die Verkörperung des Bösen. Ja sogar, sie sei verrückt gewesen. Was stimmt wirklich?

Versetzen wir uns einmal in Mrs. Boyntons geistige Verfassung, soweit uns das möglich ist. Ein Mensch mit ungeheurem Ehrgeiz, einem grenzenlosen Verlangen, andere zu beherrschen und zu beeindrucken. Sie sublimierte ihre Herrschsucht nicht mittels anderer Aktivitäten und versuchte auch nicht, sie zu unterdrücken – nein, meine Damen und Herren, sie kultivierte sie sogar noch! Aber worauf lief am Ende alles hinaus? Was hatte sie schließlich davon? Sie besaß nicht viel Macht. Sie wurde nicht überall gefürchtet und gehaßt. Sie war nur die kleinliche Tyrannin über eine einzige Familie. Und wie Dr. Gerard mir erklärte, begann ihr Hobby sie zu langweilen – wie jede andere alte Dame auch. Sie wollte ihre Aktivitäten erweitern und sich amüsieren, indem sie ihre Überlegenheit und Macht noch auf andere Menschen ausdehnte. Womit wir zu einem ganz neuen Aspekt des Falles kommen. Auf ihrer Auslandsreise erkannte sie zum erstenmal, wie unbedeutend, wie unwichtig sie eigentlich war.

Und das führt uns direkt zu Punkt zehn – zu dem, was sie in Jerusalem zu Sarah King sagte. Sie müssen nämlich wissen, daß Sarah King den Finger genau auf die Wunde legte. Sie machte Mrs. Boynton schonungslos klar, was für eine erbärmliche Existenz sie führte. Und jetzt achten Sie gut auf die Worte, die Mrs. Boynton sagte. Miss King erschrak über die Boshaftigkeit, mit der Mrs. Boynton sprach. Sie sah Miss King dabei nicht einmal an. Sie antwortete etwa folgendes: ›Ich vergesse nie – keinen Namen, kein Gesicht, kein wichtiges Ereignis.‹

Miss King war außerordentlich beeindruckt, vor allem auch über den eindringlichen rauhen Ton, der in Mrs. Boyntons Stimme mitschwang. Der Eindruck war so stark, daß sie offenbar gar nicht merkte, was für eine weitreichende Bedeutung die Worte hatten.

Merken Sie, worauf ich hinauswill?« Poirot schwieg eine Weile. »Anscheinend doch nicht... Aber, *mes amis*, das war doch keine vernünftige Antwort auf Miss Kings Anschuldigungen! ›Ich vergesse nie – keinen Namen, kein Gesicht, kein wichtiges Ereignis.‹ Es ergibt keinen Sinn. Wenn sie erklärt hätte, daß sie Miss Kings Unverschämtheit nie vergessen würde, irgend etwas in dieser Art – doch nein, sie sagte ›kein Gesicht‹...

Ach!« rief Poirot und schlug die Hände zusammen. »Aber es springt einem doch direkt ins Auge. Jene Worte, die sie zu Miss King sagte, waren nicht für sie bestimmt. Sie galten jemand, der hinter Miss King stand.«

Poirot schwieg und musterte ihre Gesichter.

»Doch, es fällt einem sofort auf. Es war ein wichtiger psychologischer Augenblick in Mrs. Boyntons Leben. Eine junge intelligente Frau hatte ihr den Spiegel vorgehalten. Sie war wütend und bestürzt. Und in diesem Augenblick erkannte sie jemand wieder, ein Gesicht aus der Vergangenheit: ein neues Opfer, das ihr sozusagen frei Haus geliefert wurde.

Damit wären wir wieder bei der Frage des Außenseiters! Und bei Mrs. Boyntons plötzlicher Freundlichkeit am Nachmittag ihres Todes. Jetzt ist klar, was sie zu bedeuten hatte. Sie wollte ihre Familie los sein, weil sie Besseres zu tun hatte. Sie wollte ungestört sein bei ihrem Gespräch mit einem neuen Opfer...

Wollen wir von diesem neuen Standpunkt aus die Ereignisse des Nachmittags noch einmal betrachten. Die Familie war gegangen, Mrs. Boynton saß oben vor ihrer Höhle. Jetzt untersuchen wir die Aussagen von Lady Westholme und Miss Pierce sehr genau. Miss Pierce war keine zuverlässige Zeugin, sie paßt nicht genau auf und ist beeinflußbar. Dagegen ist Lady Westholme, was die Fakten betrifft, genau und sachlich und außerdem eine glänzende Beobachterin. In einem Punkt sind sich beide Damen einig: Ein Araber, einer der Diener, geht zu Mrs. Boynton, sie ärgert sich über ihn, und er verschwindet eilig wieder. Lady Westholme sagte aus, daß der Diener zuerst in Ginevra Boyntons Zelt war, aber vielleicht erinnern Sie sich, daß es neben dem von Dr. Gerard steht. Es ist durchaus möglich, daß der Araber in Dr. Gerards Zelt ging...«

»Wollen Sie mir erzählen«, unterbrach ihn Carbury, »daß einer meiner Beduinen sie mit einer Spritze umbrachte? Phantastisch!«

»Augenblick, Oberst Carbury, ich bin noch nicht fertig. Nehmen wir mal an, daß tatsächlich ein Araber aus Dr. Gerards Zelt kam und nicht aus dem von Ginevra Boynton. Wie geht es weiter? Beide Damen stimmen darin überein, daß sie sein Gesicht nicht deutlich erkennen konnten und sie nicht hörten, was gesprochen wurde. Das ist verständlich. Die Entfernung zwischen dem großen Zelt und der Höhle beträgt etwa zweihundert Meter. Andererseits beschrieb Lady Westholme den Mann sehr genau, seine geflickten Reithosen und die Unordentlichkeit, mit der seine Gamaschen gewickelt waren.«

Poirot beugte sich vor.

»Und das, meine Freunde, ist höchst seltsam! Denn wenn sie sein Gesicht nicht sehen konnte und nicht verstand, was gesprochen wurde, hätte sie auch nicht feststellen können, in welchem Zustand seine Hosen und Wickelgamaschen waren! Nicht auf diese Entfernung.

Es mußte ein Irrtum sein, verstehen Sie? Er brachte mich auf eine komische Idee. Warum waren die geflickten Reithosen und die unordentlichen Wickelgamaschen so wichtig? Waren die Hosen möglicherweise gar nicht geflickt, existierten die Gamaschen etwa nicht? Sowohl Lady Westholme wie Miss Pierce sahen den Mann – doch die beiden Damen konnten einander *nicht* sehen, was folgender Umstand beweist. Lady Westholme ging zu Miss Pierce, um festzustellen, ob sie wach war. Miss Pierce saß lesend vor ihrem Zelt.«

»Mein Gott!« rief Oberst Carbury und setzte sich plötzlich sehr aufrecht. »Wollen Sie behaupten ...«

»Ich behaupte folgendes: Nachdem Lady Westholme festgestellt hatte, was Miss Pierce machte – jemand anders kam als Zeuge nicht in Frage, denn nur sie war wach –, kehrte sie zu ihrem Zelt zurück, zog ihre Reithosen an, Stiefel, eine khakifarbene Jacke, machte aus ihrem karierten Staubtuch und einem Strang Wolle eine arabische Kopfbedeckung und marschierte so kostümiert kühn zu Dr. Gerards Zelt. Sie durchsuchte seinen Medikamentenkoffer, wählte das passende Mittel, nahm die Spritze, zog sie auf und ging hinauf zu ihrem Opfer.

Vielleicht döste Mrs. Boynton gerade. Lady Westholme war schnell. Sie packte sie am Gelenk und gab ihr die Spritze. Mrs. Boynton schrie auf – versuchte aufzustehen – sank zurück. Der ›Araber‹ rannte verwirrt und beschämt davon. Mrs. Boynton drohte ihm mit ihrem Stock, versuchte noch einmal aufzustehen und sank auf ihren Stuhl zurück.

Fünf Minuten später besucht Lady Westholme Miss Pierce und unterhält sich mit ihr über den Vorfall, den diese beobachtet hat, wobei sie Miss Pierce ihre eigene Version der Geschichte als wahr unterschiebt. Dann brechen die beiden Damen zu einem Spaziergang auf und bleiben kurz unter dem Felsen stehen, auf dem Mrs. Boynton sitzt. Lady Westholme ruft etwas zu ihr hinauf, aber die alte Dame antwortet nicht – denn sie ist tot. Lady Westholme bemerkt zu Miss Pierce, daß es doch sehr unhöflich sei, als Antwort nur zu grunzen. Miss Pierce glaubt ihr, denn sie hat häufig beobachtet, wie Mrs. Boynton auf eine Bemerkung nur mit einer Art Grunzen reagierte. Sie wird, falls nötig, allen Ernstes beschwören, daß sie es gehört hat. Lady Westholme kennt Frauen wie Miss

Pierce aus ihren Komiteesitzungen und weiß, wie man sie mit seiner eigenen Bedeutung und seiner Persönlichkeit beeindrucken kann. Der einzige Punkt ihres Plans, der nicht klappte, war das Zurücklegen der Spritze. Dr. Gerards vorzeitige Rückkehr brachte ihre Zeitrechnung durcheinander. Sie hoffte, daß er die Spritze nicht vermissen oder glauben würde, er habe sie übersehen. In der Nacht brachte sie sie zurück.«
Poirot schwieg.
»Aber warum?« fragte Sarah. »Warum hätte Lady Westholme Mrs. Boynton töten sollen?«
»Erzählten Sie mir nicht, daß Lady Westholme damals in der Hotelhalle ziemlich dicht hinter Ihnen stand, während Sie sich mit Mrs. Boynton unterhielten? Es war Lady Westholme, der Mrs. Boyntons Antwort galt – daß sie niemals vergesse, kein Gesicht, keinen Namen. Bringen Sie diese Worte mit dem Umstand in Verbindung, daß Mrs. Boynton Gefängniswärterin war, dann können Sie sich ungefähr vorstellen, wie die Wahrheit aussieht. Lord Westholme lernte seine Frau während der Rückreise von Amerika auf einem Passagierschiff kennen. Vor ihrer Heirat war sie im Gefängnis gewesen.
Begreifen Sie jetzt, in was für einem entsetzlichen Dilemma sie sich befand? Ihre Karriere, ihre ehrgeizigen Pläne, ihre gesellschaftliche Stellung – alles stand auf dem Spiel. Für welches Verbrechen sie verurteilt wurde, wissen wir noch nicht – wir werden es bald erfahren –, aber wenn es bekanntgeworden wäre, hätte es genügt, sie politisch zu erledigen. Und bedenken Sie auch folgendes: Mrs. Boynton war keine gewöhnliche Erpresserin. Sie wollte kein Geld. Sie wollte sich an den Qualen ihres Opfers eine Weile weiden und dann die Wahrheit auf eine möglichst sensationelle Weise genüßlich enthüllen. Nein – solange Mrs. Boynton lebte, war Lady Westholme nicht in Sicherheit. Sie gehorchte Mrs. Boyntons Anweisung, sie in Petra zu treffen. Ich fand es von Anfang an seltsam, daß eine Frau, die von ihrer eigenen Wichtigkeit so überzeugt ist wie Lady Westholme, wie eine einfache Touristin reiste. Im Geist schmiedete Lady Westholme sicherlich während der ganzen Fahrt Pläne, wie sie Mrs. Boynton erledigen könnte.

Sie sah ihre Chance und nützte sie kaltblütig. Nur zwei Kleinigkeiten verrieten sie: Sie redete zuviel – die Beschreibung der geflickten Reithosen machte mich mißtrauisch –, und sie ging zuerst ins falsche Zelt, in das von Ginevra. Ginevra war nur leicht eingedämmert. Daher ihre Geschichte von dem verkleideten Scheich, die zur Hälfte stimmte. Nur verdrehte sie die Wahrheit, damit es aufregender klang, doch der Hinweis, den sie mir gab, genügte mir.«
Wieder schwieg Poirot einen Augenblick.
»Wir werden bald genaueres wissen. Ich beschaffte mir heute Lady Westholmes Fingerabdrücke, ohne daß sie es merkte. Die Abdrücke wurden an das Gefängnis geschickt, in welchem Mrs. Boynton als Aufseherin arbeitete. Man wird sie dort mit den Abdrücken in den Akten vergleichen, und dann werden wir die Wahrheit bald erfahren.«
Monsieur Poirot war am Ende seiner Geschichte angekommen. Es herrschte Schweigen. Plötzlich ertönte ein scharfer Knall.
»Was war das?« rief Dr. Gerard.
»Klang wie ein Schuß«, sagte Oberst Carbury und sprang auf. »Es kam von nebenan. Wer bewohnt das Zimmer eigentlich?«
»Ich habe so eine Ahnung«, murmelte Poirot. »Das Zimmer gehört Lady Westholme.«

Epilog

Auszug aus dem »Evening Shout«:
»Mit großem Bedauern haben wir erfahren, daß Lady Westholme, Mitglied des Parlaments, auf tragische Weise ums Leben kam. Lady Westholme, die häufig in ferne Länder reiste, nahm stets einen kleinen Revolver mit. Während sie die Waffe reinigte, löste sich ein Schuß. Lady Westholme war auf der Stelle tot...«

An einem warmen Juni-Abend fünf Jahre später saß Sarah

Boynton mit ihrem Mann in London im Theater. Es wurde »Hamlet« gegeben. Als die Worte der Ophelia über die Rampe schwebten, ergriff sie Raymonds Arm.

»Wie erkenn ich dein Treulieb
Von den andern nun?
An dem Muschelhut und Stab
Und den Sandelschuhn.
Er ist lange tot und hin,
Tot und hin, Fräulein!
Ihm zu Häupten ein Rasen grün,
Ihm zu Fuß ein Stein.«

Sarah wurde die Kehle eng. Diese zerbrechliche leere Schönheit, dieses liebliche, überirdische Lächeln eines Wesens, das jenseits von Kummer und Leid in Gefilden lebte, wo die Wahrheit noch eine schwebende Fata Morgana war...
Wie schön sie ist, dachte Sarah.
Die Stimme war immer warm und melodisch gewesen, doch jetzt war sie das vollkommene Instrument einer erfolgreichen Schauspielerin, die jahrelang hart gearbeitet hatte.
Nachdem sich der Vorhang gesenkt hatte, sagte Sarah voll Bewunderung zu Raymond: »Jinny ist großartig gewesen! Einfach phantastisch!«
Später saßen sie im »Savoy« bei einem späten Abendessen. Ginevra lächelte versonnen und sagte zu dem bärtigen Mann neben ihr: »Ich war doch gut, nicht wahr, Theodore?«
»Du warst wundervoll, *chérie*!« antwortete Dr. Gerard.
»Eigentlich hast *du* immer an mich geglaubt«, sagte sie. »Du hast immer gewußt, daß ich etwas kann, daß ich die Menschen erschüttern kann...«
An einem Tisch in der Nähe saß der Hamlet des Abends und stellte düster fest: »Wie geziert und gekünstelt sie ist! Natürlich mögen die Leute so was am Anfang – aber ich behaupte, daß das nicht *Shakespeare* ist. Hast du gemerkt, wie sie mir meinen Abgang verdorben hat?«
Nadine, die Ginevra gegenübersaß, sagte: »Wie aufregend,

daß wir hier in London sind und Jinny als Ophelia sehen können. Wer hätte gedacht, daß sie so berühmt werden würde!«
»Es war nett von euch, rüberzukommen«, sagte Ginevra leise.
»Ein richtiges Familienfest«, stellte Nadine fest und blickte lächelnd in die Runde. »Glaubst du nicht, Lennox, daß die Kinder schon in die Matinee gehen könnten? Sie möchten Tante Jinny so gern auf der Bühne sehen!«
Lennox, ein gesunder, fröhlicher Lennox mit humorvollen Augen, hob sein Glas. »Auf das junge Paar. Auf Mr. und Mrs. Cope!« rief er.
Jefferson Cope und Carol tranken ihm zu.
»Der treulose Verehrer«, sagte Carol lachend. »Jeff, du solltest auch mit deiner ersten Liebe anstoßen. Schließlich sitzt sie dir gegenüber.«
»Jeff wird rot!« stellte Raymond fest und zwinkerte ihm zu. »Es gefällt ihm nicht, wenn man ihn an die alten Zeiten erinnert.« Er wurde plötzlich ernst. Sarah berührte zärtlich seine Hand. Raymond sah sie an und lächelte wieder. »Es kommt mir immer noch wie ein böser Traum vor«, sagte er.
Eine adrett gekleidete Gestalt blieb bei ihrem Tisch stehen. Hercule Poirot, in makellosem Anzug, mit gepflegtem Schnurrbart, verbeugte sich würdevoll.
»Mademoiselle«, sagte er zu Ginevra, »*mes hommages*. Sie waren wundervoll!«
Sie begrüßten ihn herzlich, und Sarah machte neben sich Platz für ihn.
Er lächelte alle strahlend an, und während sie sich fröhlich unterhielten, beugte er sich zu Sarah und sagte leise: »*Eh bien*, anscheinend geht jetzt alles gut bei *la famille Boynton*!«
»Das verdanken wir *Ihnen*«, antwortete Sarah.
»Ihr Mann wird berühmt. Heute las ich eine lobende Kritik über sein letztes Buch.«
»Es war wirklich ziemlich gut – auch wenn ich das sage. Wußten Sie, daß Carol und Jefferson Cope endlich geheiratet haben? Lennox und Nadine haben zwei reizende Kinder –

niedlich, nennt sie Raymond. Und Jinny – ich glaube, Jinny ist ein Genie!«
Sie betrachtete das schöne Gesicht ihr gegenüber und das rotblonde Haar, und plötzlich zuckte sie leicht zusammen. Ein ernster Ausdruck huschte über ihr Gesicht. Langsam hob sie das Glas und trank einen Schluck.
»Auf wen haben Sie getrunken, Madame?« fragte Poirot.
»Ich mußte plötzlich an die alte Frau denken«, erwiderte Sarah langsam. »Als ich eben Jinny ansah, entdeckte ich zum erstenmal die Ähnlichkeit zwischen den beiden. Sie haben die gleiche Veranlagung – nur steht Jinny im Licht, und sie stand im Dunkeln ...«
Da sagte Ginevra plötzlich: »Unsere arme Mutter ... sie war so seltsam ... wir sind jetzt alle so glücklich, und sie tut mir schrecklich leid. Sie hat im Leben nicht bekommen, was sie haben wollte. Es muß sehr schwer für sie gewesen sein.«
Nach einer kaum spürbaren Pause zitierte sie leise eine Strophe aus »Cymbeline«. Die andern lauschten wie verzaubert.

»Fürchte nicht mehr Sonnenglut
Noch des Winters grimmen Hohn!
Jetzt dein irdisch Treiben ruht,
Heim gehst, nahmst den Tageslohn.«

AGATHA
CHRISTIE
Tea for Two
Das fehlende Glied in der Kette
Die Tote in der Bibliothek

Der klassische Krimi

Bei Christie werden Nerven versteigert

Agatha Christies Geschichten sind die Kunst der Fuge,
aber das Leitmotiv ist
«Fuchs, du hast die Gans gestohlen».
Peter Ustinov

jeder Band
400 Seiten